U0565647

远去的背影

苗福生 著

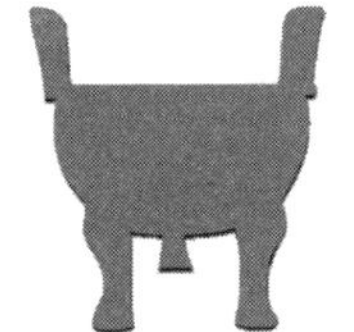

河南文艺出版社
·郑州·

谨以此书献给那些即便是在国家积贫积弱、战乱动荡的年代,仍然能够以一己之力、尽匹夫之责精心守护华夏文明的人。

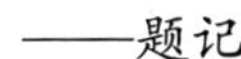

——题记

序

《远去的背影》是我写作计划之外完成的一部小说，也是我暂时不得不放下手头上的其他工作，必须完成的一部作品。我庆幸自己能够高效地利用一段时间，集中精力完成了这部小说，从而让小说中的人物，有了呼吸，有了心跳，有了生命，在白纸黑字间，活了下来。

有一段时间，我完全沉浸在这个小说的故事里。尽管这是一部小说，故事中的许多内容纯属虚构，但是我把它当成真实的故事来写了。有时候我觉得小说的真实，仿佛比生活的真实还要来得真实，至少在我进入写作状态的时候是这样。所以，这部小说的写作十分顺畅而高效。2018年的春节小长假，我每天都要写出大几千字，如果我不是强迫自己停下，让自己冷静下来，和故事保持一定的距离，写作的速度可能还要更快。故事就在脑子里，我只是如实地通过敲击键盘将它叙述出来，敲击键盘的声音，仿佛就是故事自己在诉说。写作状态最好的时候，我感觉敲击键盘的节奏，远远赶不上故事推进的速度。

在我心中，《远去的背影》正是我此前完成的长篇纪实散文、人物传记《最后的秀才》的姊妹篇。两部作品，一实一虚，互为补充，构成了我心目中的李汝谦或者李逸山，这两个人物其实就是一个人的形象。如果没有《最后的秀才》的写作，当然就不会有《远去的背影》这部小说的出炉，但二者是不可分割的。前者是后者的基础，后者是对前者的丰富与补充——虽然是依据想象与虚构，但谁能说小说不是另一种意义上的真实呢?

《最后的秀才》中的主人公李汝谦是一位真实存在过的人物。取材于《最后的秀才》的小说《远去的背影》中的主人公李逸山，我相信也真实地存在过。他们以及他们那一代人，如今都成了历史，成了一个个远去的背影。当这些背影曾经作为一个个鲜活的生命存在过的时候，这样的消逝的远去的背影，便带有伤感的意味。我是带着这样的感情进行写作的。

起初写作《最后的秀才》，是一个颇带有一点私人的家族话题在里面，正如我在开篇所写:“外曾祖不过是我们家茶余饭后偶尔被提起的一个家庭话题与家族记忆。”我的写作不过是在努力地将这个具有私人话题意义的作品变成大众话题，因为我确信，经过百年大动荡，我们很多人已经不知道自己是谁，从哪里来了。我在《最后的秀才》里寻找的外曾祖，某种程度上是我们当下所有人都已经遗忘或者说不清的先辈。我问过周边很多朋友，你知道你的爷爷、爷爷的爷爷，奶奶、奶奶的奶奶是谁吗？ 你说得清母亲家族的来龙去脉吗？ 我得到的回答几乎都是摇头。

为了挖掘这个话题的公共意义乃至当代意义，我花去了大量的时间与精力，在互联网时代，我借助国内外的多种渠道，从蛛丝马迹到一点一点地刨根问底，然后找到许多珍贵的历史资料，直到最后的资料汇总，我用了将近两年的时间完成了《最后的秀才》这本书。

作为人物传记散文，《最后的秀才》的写作也是异常艰辛，因为出于对历史负责、对真实负责，对于书中涉及的人物故事、时间地点、历史背景，我必须做到字字有出处，事事有依据，而在有限的史料中，去还原一个人的一生，这是很困难的，其中留下大量的历史空白，这些空白倒也为小说提供了重要的素材和丰富的想象空间。 从另一方面来说，写人物传记对于历史真实的限制与局促，反而促成了写小说时进入虚构的自由与放开手脚。 我不得不承认，写作人物传记，我是小心谨慎、诚惶诚恐的，而写作小说时，有了一个基本的框架之后，我的写作是自由奔放、酣畅痛快的，正如脱去冬装之后的春游，又如卸掉镣铐之后的舞蹈。

小说中的主人公李逸山，其原型就是李汝谦。 李汝谦，字一山，山东济宁人，清末廪生，是 1905 年科举考试取缔之前最后的一期秀才。 1907 年，他作为官费生留学日本，就读于东京法政大学，1911 年学成回国。 李汝谦虽然短暂涉足仕途，但其一生的主要成就还是作为文化学者，在诗歌、书画、金石、收藏等领域做出了一定的贡献。 1923 年，新郑出土的东周青铜器等一批文物在国际国内均产生了较大的影响，而李汝谦正参与了这批文物的整理，并出版了《新郑出土古器图志全编》。在动荡的年代，中国文物流失严重，而新郑文物却得以完整地保护，这不能不说与这批文物的及时整理并公之于众有一定的关系。但这些文物具体是怎样保护下来的，它们又经历了怎样的命运？在写作《最后的秀才》的时候，我并不清楚这批文物的最终命运，直到后来带着好奇向河南博物院相关方面打听，才知道这些文物经历了抗日战争，与故宫博物院的许多重要文物的命运一样，也是历经南下转移，最后有一部分到了台湾，另一部分由于国民党逃往台湾时太过仓促，留在了大陆。

写完《最后的秀才》，真实的李汝谦的一生经历与命运为我留下了许多疑问，这些疑问没有可查的资料，我只好靠想象了。想象当然不可能放在传记里面，趁我还没有从这个人物中走出来，我必须让李汝谦以李逸山的名义再活一回。这就是我必须完成的一部小说。

当然，既然是虚构，我就把注意力放在保护文物这一件事上。也可以说，这是一个关于保护国宝的故事。

文物的命运与国运是连在一起的。《远去的背影》讲述的是关于几件国宝级青铜器的保护的故事，但我不想把笔墨仅仅停留在文物上面，我希望借此写出文物后面人的故事，写出在大动荡的年代里，围绕文物收藏与保护所展示出来的人性的故事。文物是冰冷的，文物自己不会说话，可文物后面的人是有温度的，这样文物便也有了人性的温度。青铜器，本身具有国之重器的象征意味，某种意义上，也象征了国运。

近代以来，中国经历了从积弱积贫到浴火重生的伟大历程，至今，我们走到全世界的重要博物馆，都能看到从中国流失出去的国家宝藏、珍贵文物。 而我相信，这些静躺在各大博物馆的中国文物，它们的背后恐怕都有一个跌宕起伏、惊心动魄的故事。我写出来的不过是其中的一个。 我愿意用《远去的背影》向那些即便是在国家积贫积弱的年代，仍然能够以一己之力保护中华文明的炎黄子孙，致以深深的敬意。 我希望用文字记下他们，哪怕是远去的背影。

人物表

李逸山：男主人公，早年留学日本，北平青铜器专家

傅　云：女主人公，早年留学日本，上海滩著名服装设计师，李逸山的红颜知己

老　董：北平琉璃厂古董商人，为人侠肝义胆，古道热肠

老　布：北平琉璃厂古董商人，兜售青铜器赝品，为保护司母戊大方鼎死于日军乱枪之下

老　佟：北平琉璃厂古董商人，一生省吃俭用，抗战时期一生积蓄被洗劫一空

五　爷：北平世家子弟，家道中衰，毛公鼎收藏者

岳中原：新郑出土文物守护者，从重庆投奔延安

聂豫兴：新郑出土文物守护者，随新郑出土文物一道去了台湾

罗家伦：民国时期中央大学校长

叶恭绰：著名书画家、学者、收藏家，毛公鼎收藏者

李逸山母亲：一位家教极严、大义凛然的女性

李逸山妻子：一位任劳任怨、默默无闻、外柔内刚的女性

李　勖：李逸山的儿子，抗战时期新华社战地记者

李济婷：李逸山、傅云的女儿，随母先去了台湾，又移民美国

李逸川：李逸山胞兄，一家四口在南京大屠杀中遇难

傅云父母：死于重庆大轰炸

岛本雄二：日本青铜器研究专家，抗战时期日本中文翻译

伊藤直哉：日本占领北平时期日军指挥官

王忆梅：北京某机关公务员，《寻找外曾祖》一书的作者，李逸山曾外孙女

郝希金：王忆梅的丈夫，北京某咨询公司董事长，中国改革开放之后的富人

艾　米：傅云外孙女，出生于美国，青铜器专家

霍夫曼：艾米的丈夫，德裔美国人，出生在青铜器收藏世家，某艺术经营公司董事长

1

凡事都有因果。

王忆梅最近一直在琢磨这个道理，而且越琢磨越觉得有道理，有几次，自己一个人竟偷偷笑了出来。

几天前，她接到一个陌生电话。那天晚上八点多，她正在书房看书，突然手机响了。她拿起手机看一眼，前面显示区号001，以为是越洋诈骗电话，便随手挂了。过几分钟，同样的电话号码又打了进来，她又挂了。连挂几次电话后，她有点纳闷，一般的诈骗电话不会这么连续打，可是美国那边也没什么特别重要的朋友，即便是移民到美国去的老同学、老朋友也是很多年不怎么联系了，会是什么人呢？会不会是什么老熟人有什么急事呢？正纳闷之间，手机又响了，还是同一个电话号码。

对方是一位女士，问：

“请问是作家王忆梅女士吗？”

王忆梅吓了一跳，还从来没有人以“作家”称呼过她，但她很快想起自己最近确实出版过一部名叫《寻找外曾祖》的人物传记作品，虽然是个小众话题，但还是得到了朋友们的好评，而且是在一家很不错的专业出版社出版的。想到这里，王忆梅立刻表示出一种矜持，轻声问道：

“您是……？”

王忆梅出生在北京一个有教养的家庭，她说“您”的时候，能听出特别强调的尊重意味。 而且，她从对方的声音判断，这是一位有一定年龄的女人的声音。

对方在电话里的声音一下子激动起来：“哎呀，我真是找了你们很久了，太好了，终于找到你们了。”

王忆梅一下子有点反应不过来。 她不清楚对方在说什么。她依然矜持地轻声问：“请问您是哪位？ 您有什么事吗？”

对方这才觉得自己太激动，有点失态了，语速虽然有点放缓，但还是带着兴奋的口气说：“我最近在互联网上无意中看到你写的人物传记《寻找外曾祖》，我把书买来看了，我太激动了，你寻找的外曾祖，就是我的外公李逸山先生。 我们一直在寻找外公一家的后人，找了大半个世纪了。 我出生在纽约，叫赵佩云，英文名字叫艾米。 从辈分上说，我和你的母亲是平辈，这样看来，我是你的姨妈。 不过你不用这样称呼我，叫我艾米好了。 哎呀，我好激动，我真不知道应该从哪里说起。 我是从出版社打听到你的电话的，起初出版社不肯给，我讲明了原因，他们才把你的手机号码给了我。 我们联系上就好，太好了。”

这实在是太意外了。 王忆梅拿着手机静静地听。

这位美国姨妈继续说：“这是我家里的电话号码，我一会儿再把我的电子邮箱、手机号码一起发给你，咱们也可以微信联系。”这位突然冒出来的艾米姨妈似乎还沉浸在自己的亢奋情绪里，她说："我和我先生每年都会到中国出差，最近我们计划去一趟北京。我这里还有很多情况可以与你分享，是你书里没有提到的。"

艾米沉浸在找到亲人的自言自语的诉说里，而王忆梅虽然拿着手机在听，脑子却陷入一片混乱。

直到艾米姨妈放下电话，王忆梅似乎还处在半梦半醒之间。

王忆梅接电话的时候，她的爱人郝希金正在另一间屋子审阅公司财务报告。过了一会儿，郝希金从房间走出来，一边伸着懒腰，一边漫不经心地问："刚才谁打来的电话，怎么打了这么久？"

王忆梅这才从刚才的电话里醒悟过来。她把刚才电话里的情况向老公复述了一遍，然后问："你说，这不会是假的吧？我怎么忽然又冒出这么一个姨妈？我怎么觉得是在梦里？"

郝希金遇事总是很冷静，他说："这怎么可能是假的呢？又不存在诈骗动机。再说，人家看了你的书，说的又都是事实。"说完，他又打岔道："你这一下可要出名了，我们家一颗作家新星就要冉冉升起了。"

王忆梅笑道："快别拿你老婆打岔了。那你说，我怎么会有这么一个姨妈呢？我从来没有听我家里人说起过这些事。"

"你妈还有你舅舅他们恐怕也不知道这些事。不过，"郝希金犹豫了一下，笑着说，"万一你外曾祖年轻的时候交过什么桃花运呢？"

王忆梅白了老公一眼，说："你真是没正经，就不能讲点好听的。”说完又低头沉浸在刚才接电话的情境里。王忆梅从对方在电话里的声音判断，虽然普通话听上去非常清楚，但还是带着港台口音。

这个突然冒出来的姨妈是怎么回事呢？王忆梅洗漱完，直到上床躺下，脑子里一直带着这个悬念，一宿没睡好觉。

2

这个艾米姨妈究竟是什么人呢？

第二天上午，王忆梅想打电话问问母亲。可是，她犹豫了一下没打。她想，打了也没用。母亲出生于抗战时期的延安，对她爷爷李逸山的具体情况几乎一无所知，尤其是经历“文革”以后，母亲似乎有意在淡忘家庭出身背景，直到几十年后，当王忆梅觉得应该写写这位传说中的外曾祖，开始写《寻找外曾祖》这本书的时候，母亲连爷爷的名字都记错了，这几乎误导了王忆梅的寻找。如果不是在澳洲的表弟有一天突然提供了一条有价值的线索，她的家族恐怕永远不可能寻找到自己的外曾祖，更毋庸说找到自己六百年的家族史。但是母亲的记忆还是提供了某种帮助，比如母亲回忆了童年时期家里的青铜器、书画收藏，以及新中国成立后回到北京生活在四合院的一些细节。

为了写作《寻找外曾祖》这本书，王忆梅花费了将近两年的时间，几乎找遍所有与外曾祖李逸山有关的史料，查阅了与外曾祖交往过的各类人等的相关资料。

从已经收集到的各类史料来看，李逸山只有一位妻子以及他们唯一的儿子，这个叫李勖的儿子又生下一子一女，此外再无他人。那么，这位说着港台口音普通话，生活在美国的艾米姨妈是从哪里冒出来的?

她忽然想到，第一次在国家图书馆查阅外曾祖留学日本期间出版的《东瀛螺楼诗文集》时，书的扉页上有一张外曾祖的毕业照，下一页上是一个时尚女人的全身照。那是她第一次找到外曾祖的照片，也是唯一的一张。女人的照片虽然为黑白照，且印刷质量欠佳，加上照片上的女人身穿棉袍，看不出身材体形，但是从高高盘起的发髻、眉清目秀的瓜子脸，便可看出是一个美人样子。《东瀛螺楼诗文集》中，也几次写到一个女人傅云。在写作《寻找外曾祖》这部书的那段时间，她曾经对这个女人的身份进行过研究。

最初，王忆梅判断，书中提到的傅云可能是外曾祖留日时带上妻子一同前往，但是后来很快给否定了。她把复印下来的照片拿给母亲看，问这个女人是不是母亲的奶奶。母亲虽然对爷爷没有记忆，但是对奶奶印象深刻，因为她小时候一直和奶奶生活，到中学奶奶才去世。母亲端详了半天，坚决说不是。

母亲说，奶奶个头没照片上的这个女人高，虽然也是瓜子脸，但没有照片上的这个人漂亮。王忆梅打趣说：你小时候，外曾祖母已经是老太太了，怎么可能漂亮呢。母亲也笑了，说：确实看不到奶奶当年的影子。母亲指着照片上女人的脚说：奶奶是裹了脚的小脚老太太，这个女人穿的鞋子不像是小脚。王忆梅认为母亲说得有道理，而且小脚女人怎么可能一起到日本留学呢？

在王忆梅能够看到的所有材料中，她注意到，外曾祖李逸山回国后，他的生活中再没有出现过傅云的影子，因此，关于傅云，王忆梅没有多想什么。

现在看来，也许这个女人真的与外曾祖李逸山留学日本期间有一段特殊关系？

由于一晚上没有休息好，王忆梅脑子有点昏昏沉沉的。上午十点钟，她在茶几上为自己沏上一杯上好的武夷山红茶，为了提神，还有意在专门沏红茶的紫砂壶里多添了一木匙茶叶。这两年，自从她离职回家，便养成了上午喝红茶的习惯。说是习惯，于她几乎也成了一种仪式：烧水、洗茶、泡茶、斟茶、品茶。她很享受这样一个过程，尤其是看书、写作累了，喝上几小盅热茶之后，顿时变得神清气爽、气定神闲。

她想，艾米姨妈也许与傅云有关。那么傅云是中国人还是日本人？想到这里，王忆梅推测，艾米中文名字中赵佩云的云字，也许与傅云有关。如果外曾祖李逸山是艾米的姥爷，那么傅云就是艾米的姥姥。

写书一年多来，王忆梅觉得自己的生活充实了很多，她至少为自己的家族重新找回了一位值得后人尊敬的外曾祖，同时，也重新找回了李氏家族六百年的发展脉络。那么，现在看来，这项工作还没有完成，也许，已经完成的《寻找外曾祖》一书不过是找到外曾祖丰富一生的冰山之一角。

想到这里，王忆梅内心激动不已，觉得自己正在从事一件很有意义的工作。或许，还有一个意想不到的世界正在等待她来打开。

3

王忆梅写作《寻找外曾祖》，是五十五岁那年退休之后的事。

本来，她在机关处级岗位上还可以继续上班到六十岁，单位领导找她谈话，征求意见，她毫不犹豫就选择了退休。退休后的第一件任务，就是完成《寻找外曾祖》这本书。这是她一直想做的事。外曾祖一直是家族中的一个话题，母亲、舅舅他们聚在一起，偶尔会谈起他们的爷爷，谈起家里曾经的收藏、字画、四合院，等等；但是，具体说起来，又莫衷一是，谁也说不清楚，以至于连外曾祖的名字都说不清楚了。

王忆梅当年上大学读的是中文系，本来是怀着一个作家梦的，但是毕业之后，被分配到国家机关工作。之后，忙工作、忙孩子、忙家庭，一晃几十年过去了。

王忆梅想写这本书，既是为自己退休之后找一件事做，算是练练笔，也希望对自己、对家族、对后人有一个交代。趁母亲他们这一代人还活着，还能够回忆起点滴往事，如果自己不去整理，恐怕将来家族的历史会成为可怕的空白。

起初，在她决定“寻找”外曾祖，并且到处托人求人、寻找资料，忙得不亦乐乎的时候，身边的人几乎都对她表示不解，说，找什么家谱啊，那有什么用?

郝希金、王忆梅夫妇在经济上属于中国改革开放之后首先富裕起来的那一部分人。郝希金现在开了两家咨询公司，一个做资产评估，一个为政府与企业做咨询。他的目标是在近几年之内将公司打包上市。

郝希金非常忙，但也很有成就感。他本来在一家证券公司担任高管，年薪数百万，但是大约七年前，在他参加了一期 EMBA（高级管理人员工商管理硕士）学习班之后，人生观发生了变化。他原以为自己的生活已经很好了，可是在 EMBA 班里，他发现与自己年龄相仿甚至更年轻的，不少人已经是身家几亿或数十亿元。人有钱没钱不在于吃什么、穿什么，而在于举手投足之间透出来的那种自信！他发现自己在这帮兄弟面前一下子矮了半截，没有了自信。而且更刺激他的一件事是，这些人还成立了一个飞马俱乐部，而加入俱乐部的门槛是亿元资产以上，这让一向要面子的郝希金很受伤。

那一段时间，他失眠了。细心的老婆起初以为他身体或者生活中遇到了什么问题，直到他决定辞职打算成立自己的咨询公司时，他才把自己的苦恼、理想向老婆如实相告。王忆梅一开始也是百般安慰，跟他说不用和别人比，自己家的日子已经很好了，不仅有几百万存款，女儿学习又好，未来生活一点不用担心，但是郝希金说，他一定要以亿元作为自己人生的最低目标，他还有时间和机会。

郝希金来自湖南农村。 王忆梅当年选择嫁给他，也是喜欢他这种永远不服输的劲头。 郝希金是这样一个人，他总是在工作，希望赚更多的钱。 要说他的优点，就是没什么不良嗜好，不喝酒、不抽烟，对所谓的高档消费场所更是没有兴趣，要说缺点，就是没什么爱好，也没什么情调。

王忆梅有时候心疼他，想让他放松放松，比如参加个音乐会、看个话剧什么的。 他的第一反应是浪费时间，即便是去了，他的注意力也不太集中，有时候还会睡着。 他几乎天生就喜欢和数字打交道，你只要让他盯着什么财务报告，再枯燥的报表，放在他跟前，他立马聚精会神，两眼放光。 说老实话，年轻的时候，王忆梅是那种很有一点小资情调的人，在个人趣味上，过去两个人也拌过嘴，争论过，后来经过多年磨合，王忆梅自己忍了，或者说起初是忍了，后来是慢慢接受了。 这正是聪明女人的教养，她接受了母亲经常灌输给她的夫妻相处之道，人和人不可能完全一样，即便夫妻也不可能十全十美，关键要看主流，看优点，所以，这些年下来，她对老公的包容、无微不至的关心，让老公内心很温暖，也很知足。

她曾经开玩笑地问郝希金：你挣那么多钱，为什么呀？ 郝希金的回答很直接：让你们娘俩过上无忧无虑的生活呀。 她进一步问：还有呢？ 郝希金一脸天真：没啦。 郝希金对家庭的责任感，让王忆梅感动。

所以，这些年下来，他们夫妇彼此尊敬并且相爱，各忙各的，也不太干预对方的生活。

王忆梅将家里打理得井井有条，一有时间就看书、写作，整理家谱，忙自己的。郝希金则把挣来的钱全数交给老婆，剩下来的就是全身心投入工作：见客户、拉单子、做咨询，在全国各地飞来飞去，忙得不亦乐乎。

4

过了一周，艾米在北京时间晚上8点再一次打通了王忆梅家的电话。

王忆梅似乎早有预感。她很快拿起了电话，好像生怕接晚了对方就会挂断电话。这个世界就是这样，血缘关系很容易拉近人们的距离，即便两人从来没有见过面，有了第一次的电话交流，这次两个人在电话里都倍感放松和亲切。

“嗨，艾米。”王忆梅首先亲热地开口打招呼。

艾米也是十分放松，也不再以王忆梅女士称呼了，而是高兴地接话道：“嗨，忆梅。”

打过招呼，两个人都在电话里笑了起来。

艾米说：“忆梅，你知道吗？我把联系上你的消息和家人说了以后，我们全家都非常开心，周末还举办了一次家庭聚会进行庆祝。可是，我先生还有孩子们问我一些关于你们的具体情况时，我回答不上来。上回在电话里太激动，好多话忘了问你。”

王忆梅说：“我们也是特别高兴。我也有好多情况没有弄清楚呢，而且还没有告诉母亲，我担心母亲年龄大了，知道太多一时情绪激动，也顾虑她老人家好奇地问起来，我还真答不上来。”

说着，两个女人在电话里又嘻嘻笑了起来。

凭直觉，她们彼此都觉得两个人一定很聊得来。

艾米先介绍了自己的情况。

艾米说：“忆梅，《寻找外曾祖》书中简单几笔提到的女人傅云就是我妈妈的妈妈，也就是我的外婆。我外婆是杭州人，留学日本期间，与李逸山相识相爱，这个过程非常动人曲折，三言两语说不清楚。总之，外婆生下我的母亲，一生未婚，一人带大我的母亲。我母亲叫李济婷。母亲说，李，是随李逸山父姓；济，是纪念李逸山的祖籍山东济宁；婷，是外婆在怀孕的时候，就在心里把名字想好了，如果是男孩，就用挺拔的挺，如果是女孩，就用亭亭玉立加女字旁的婷。因为外婆说，李逸山是个高大挺拔的男人，无论挺拔还是亭亭玉立，挺和婷都好，她相信这是爱情的结晶。不过，李逸山起初很长一段时间并不知道傅云和他生下的这个女儿。这正是他们爱情曲折与隐忍的地方，他们那一代人的爱情太让人心痛。1949 年以后，外婆带着母亲去了台湾。到了台湾之后，母亲认识了父亲，并很快结婚，父亲先到美国留学，1958 年，在我三岁那年，母亲随父亲移民美国，这样外婆傅云就与我们全家一道去了美国。外婆 1985 年在美国去世，享年八十四岁。她离开大陆以后，一直在打听李逸山的下落，直到去世，最放不下的还是这件事。她留下最珍贵的遗物也是与李逸山相关的书信、日记等物。这些遗物，一直由母亲保存，母亲去世后，又交到我的手里，她们希望我一定找到李逸山的后人，傅云还有遗愿未了。这些我希望见面再详聊。”艾米说到后面，似乎有点激动，王忆梅在电话这边能感觉到，艾米可能流泪了。

艾米与傅云的血缘关系，王忆梅在上周接到电话后大致猜到了。但是，其中的曲折、深情，她一时又很难想象。听了艾米的大致介绍，王忆梅心中的谜团基本解开了，这也和她最初的判断基本吻合。

王忆梅也在电话里简单介绍了自己这边的大致情况。

“大陆这边这些年发展很快，我自己的家庭、舅舅全家都很好。”王忆梅特别介绍了自己的家庭情况，“我爱人郝希金正在忙着公司上市，母亲在父亲去世后，长年住在北京香山脚下的一栋别墅里，那里空气好一些，我专门请了保姆在照顾她，周末我和先生也过去住两天。其他时间，我和先生住在城里，大多数时间是我自己一人在家，读书、写作，每周健身三次、美容一次，女儿在美国留学，是普林斯顿大学，本科快毕业了，准备考研。”

王忆梅这边介绍，艾米那边在很认真地听。出于习惯与礼貌，艾米在王忆梅说话的空隙还不断插入“嗯哼、嗯哼”，以表示自己在认真听并且听明白了。

听说王忆梅的女儿在普林斯顿大学读书，艾米很兴奋地说，那是美国的常青藤大学，很不好考的，不过，她又打趣说，李逸山的后人，读书一定都很优秀。

提到孩子的读书，王忆梅对艾米诉苦道：“不久前，先生和女儿在电话里争吵很激烈。女儿中学时期各门功课都很优秀，尤其喜欢文学、历史，对商学院兴趣不是很大，研究生希望改学历史学。但她爸爸不同意，一直动员女儿学习金融，认为学历史没用，回国连工作都不好找，并且希望自己的公司上市之后她能来接班。但女儿坚决不同意，她说，本科阶段学习商学已经屈从了爸爸的意见；研究生阶段，一定要按照自己的兴趣选择未来。父女两个最近关系很紧张。在这个问题上，我左右为难，父女两个谁也不愿意妥协。”

艾米说：“如果可能，我回大陆，劝劝你先生。我觉得，孩子应该选择自己的兴趣。只要喜欢，学习什么都可以做得很好。”

说到自己的先生，两个女人似乎又有了新话题。王忆梅说，自己的先生什么都好，勤劳、吃苦、聪明、节俭，就是只知道一门心思赚钱，不知道休息，也不爱惜自己，每天即便拿出一点时间锻炼，也是为了有体力去赚更多的钱。所有的经历与兴奋点都在赚钱上。

艾米安慰说，男人只要爱家庭、有责任感就好，能赚钱就更好了。接着又笑着说：“我的丈夫是德裔美国人，六十多岁了，还是个长不大的大男孩，很单纯的，将来见面你就知道了。”讲到这里，两人在电话里又嘻嘻哈哈笑起来。

最后，艾米告诉王忆梅，她计划最近到北京。等安排好具体行程，她会提前告诉。

5

一个月以后，艾米乘飞机来了北京。

起程之前，王忆梅在电话里对艾米说："到北京以后，你就住到我家吧。"

艾米说："不用了，我住宾馆更习惯一些。"

王忆梅没想到，这位美国姨妈说来就来，如此干脆。在艾米告诉她准备来访之后，王忆梅便和爱人郝希金商量怎样接待的细节。郝希金说，既然是姨妈，也别见外，来了就住家里，住城里和郊外别墅都行。

王忆梅夫妇共有三套房产。第一套在西二环附近，是王忆梅所供职的单位分配的福利房，两室一厅，九十多平方米。第二套是他们在市中心核心地段购置的一套商品房，一百七十多平方米。第三套则是他们在西郊香山脚下购置的一套地上两层带地下室和花园的联排别墅，大约三百平方米。

这些年，北京房价飞涨，郝希金、王忆梅夫妇拥有的房产总价值就有几千万元。自从他们的所有资产价值超过亿元之后，郝希金脸上时常流露出一种成功者的得意之情，说人就得有梦想，梦想大，才能走得远，如果当年他没有亿元梦，就不可能辞职下海创业，没有创业，只能当一个高级打工仔，永远不可能实现财富自由。

郝希金是天生就能赚钱的那种人。在他眼里，中国处处都是商机，尤其是北京城，遍地黄金，就看你能不能发现。女儿出国之后，王忆梅曾经动过移民美国的念头，让郝希金一句话给堵回去了。他认为，全世界最大的机会在中国，美国虽好，但这样的市场经济国家已经发展得太成熟了，机会就减少了。王忆梅长期在政府部门工作，虽然对市场并不敏感，但是对郝希金的观点也是打心眼里认可的。她记得大学毕业刚工作的几年，能出一趟国是天大的福利，那些年，大家为了节省下一点外汇买电器，出国的行李箱里带了很多包方便面。这才多少年，中国已经发生了翻天覆地的变化，尤其是自己的家庭财务状况，即便到美国也算是富人。因此，他们希望姨妈艾米住在自己的家里，这既有一份亲情上的考虑，也有一份虚荣在里面。只是这一层虚荣，夫妇两人都没有说开而已。

王忆梅提出，姨妈来了以后，夫妻二人首先要正式宴请一次，如果艾米高兴呢，可以选择京城最具特色又十分高档的酒店换着口味宴请。他们大致估算了艾米的年龄，也就是六十多岁。这样看来，艾米应该是退休在家，没什么事情，要是这样的话，可以请她在家里多住些日子。

为了正式宴请艾米，郝希金推掉了当天飞往广州的行程和第二天的重要商务会谈。

当天下午，艾米来了，下了飞机直接住进钓鱼台大酒店。

王忆梅和郝希金兵分两路。王忆梅开宝马车去酒店接艾米，郝希金开凯迪拉克去了一家号称京城“四把刀”之一的专吃生猛海鲜的大酒店。

北京初夏，和风习习，花红柳绿。

艾米站在酒店门口，牛仔裤、旅游鞋、黑色T恤，背着运动款双肩背包，手里拿了一瓶喝了一半的矿泉水，看见一个着装高雅的女人朝自己走过来，便做出一个拥抱的姿势，乐呵呵地朝王忆梅小跑过来。

这真是血缘关系，自从王忆梅下车朝酒店的旋转门走过来，双方的眼光便远远对上，甚至没有寒暄，便猜到了对方就是自己要等的人。

双方拥抱后松开的那一瞬间，都是发自真心地开始赞美对方。

艾米："你真漂亮，我一看就知道这是李家的后人，气质就是不一样。"

王忆梅被艾米这一夸，自是神采飞扬，也赞叹说："您也是，那么精神！"

女人之间相互夸奖赞美，虽然少不了客气的成分，但是王忆梅今天的神态、气质、装扮，确实不一般。

来接艾米之前，王忆梅是在家里精心打扮了的。王忆梅到了五十多岁的年龄，依然从来不化浓妆，这固然与平时的养尊处优、美容保健等诸多因素有关，更重要的是天生丽质与良好教养。王忆梅在怎么穿衣服上认真考虑过，她觉得第一次见美国回来的姨妈，自己应该在穿着方面体现出分寸，既不能是正装，那样容易产生距离，也不能是便装，第一次见面显得过于随意。她在衣橱里挑选了一件黑色长裙与淡绿真丝上衣，上衣外又套一件白色软坎肩。 坎肩能防寒护胃，热了也可随时脱下。

艾米坐在副驾驶的位置，她们一边聊，一边就到了吃饭的酒店。

郝希金在包间已经等候一会儿，在和艾米寒暄几句之后，开始让服务生上菜。

因为郝希金专门交代服务员上菜的时候直接分餐，因此，服务员依次端上了高汤清炖过桥石斑鱼、凉拌洋葱芥末鲜海参丝、鸡汤鱼翅、烤乳猪、黑椒牛肉粒，另外要了两样青菜，主食为每人一小碗椰子蒸泰国香米饭，最后一道甜食，郝希金为艾米点了一道血燕燕窝。 每一道菜品量均很少，但十分精致。

艾米多次来大陆，这是她吃过的最精致也可以说最奢华的一顿饭，即便不算郝希金自带的一瓶法国葡萄酒，一顿饭吃下来也要大几千元。

用完餐，结账的时候，艾米好奇地盯着拿着 POS 机准备结账的服务员。

王忆梅想转移艾米的注意力，侧过身子对着艾米轻松地笑着说：“艾米，怎么样？ 吃好了没有？”

艾米客气几句，便主动站起来与王忆梅一同从酒店出来。 漂亮的女服务生一直陪着从二楼包间把她们送到酒店门口，经过大堂的时候，几个服务生同时热情地喊道：“请慢走，欢迎下次再来。”

出了酒店，王忆梅让艾米上了自己的车，郝希金因为陪艾米喝了点酒，则让司机送他回家，并吩咐司机第二天一早送他去机场。

到了钓鱼台大酒店，王忆梅又陪艾米在大堂要来一壶茶，聊了一会儿。

王忆梅主要问了艾米接下来的行程安排。

艾米说，在美国她现在依然很忙，在一家基金公司做事，到北京来加上周末也就三四天时间，此外还要和一位故宫博物院的青铜器专家见面，他们是在一次国际会议上认识的，有一些展览的问题需要商量。

王忆梅听完，说："明天是周末，要不到我家里去，家里就我一人，很安静，可以详聊。"

艾米表示同意，并说不用来接了，她直接打车过去。王忆梅说，她现在的住址在玉渊潭附近，离这个酒店很近，如果不介意，明天可以散步来接她。

艾米："我一天不运动都难受，每天一早起来都要跑步。这样正好，明天就一同步行过去。"

王忆梅回到家里，郝希金已经洗完澡穿了睡衣在客厅等她。两个人交流了一下今天和艾米的见面感受。

郝希金："艾米经济上估计不宽裕，也没有见过什么大场面，我看她吃什么都很好奇，好像还有一点紧张。"

王忆梅："都这个年龄了，还在公司打工，经济上估计是不宽裕。不过，从精神状态上看，好像挺好的，哪像六十多岁的人啊，多精神，不至于日子有什么困难吧。"

郝希金:“六十多岁的人了，不管怎么说，也不该再去打工了。也可能是美国人不服老吧。你注意一下，如果她经济上不太宽裕的话，我们可以帮帮她。比如帮助她处理一下飞机票。”

王忆梅:“她好像还挺忙的，明天上午过来家里，过两天就回美国。”

郝希金:“这么着急啊，咱们家的别墅，她还没有参观呢。”

6

第二天上午 8 点 30 分，王忆梅准时在酒店接上艾米，9 点左右，两人就到了王忆梅家在 16 层的单元房。

站在客厅大阳台向外看，玉渊潭公园尽收眼底。

艾米问:“这个位置的房子现在很贵了吧?”

王忆梅说:“可不嘛，买的时候一平方米也就三万多元，几年时间，现在听说涨到十五万元了。”

艾米:“北京的房价现在比纽约、旧金山都贵。这么贵的房子，都谁在买呢?”

王忆梅:“即便这样，也是供不应求呢，只要想卖，很快就能出手。越贵的地段，越有人买，北京还是有钱人多。”

两个人一边聊着，一边回到客厅。

王忆梅问:“艾米，你想喝点什么?”

艾米:“我一般上午要喝上点咖啡，这样工作起来精力充沛。

不过，早餐在酒店已经喝过了。 我可以要一杯绿茶。”

王忆梅准备沏茶的时候，艾米站在客厅的书架前慢慢浏览。王忆梅的这套房子，是三室两厅两卫，与一般家庭不同，王忆梅将四十多平方米的大客厅直接改造成了书房兼工作室，因为现在家里很少来人，她和先生两人又很少看电视，只在一个小房间的墙面上挂了一台电视，偶尔看个电视剧或什么节目。 王忆梅喜欢大客厅里的这种书香氛围，自从退休以后，这个客厅就成了她读书、写作的地方。

茶端上来了，是今年刚上市的清明前龙井茶。 精致的玻璃杯里，龙井茶冒出淡淡的茶香。

艾米接过茶杯握在手里，下意识地端到鼻子底下闻了闻。

王忆梅：“艾米，你对茶很在行呢，这是今年新上市的龙井茶。”

艾米：“这个味道很正宗，姥姥傅云的家乡就在杭州，移民到美国后，偶尔喝过几回从大陆带过去的龙井。 姥姥说，多数味道不对，要么茶叶不够新鲜，要么水不够好。 她说小时候在杭州喝龙井是要和虎跑泉的水一起冲泡才够味。 在我印象里，她只有两次说喝到的龙井比较正宗，第一回，我见她喝了一口，马上就哭了。 她说，就是这个味道，让我们都尝一尝。 那时候我还小，我真没有喝出什么味道。 直到后来，我和先生几次到大陆出差，有一回，专门拐到杭州虎跑泉，连对中国茶不怎么讲究的先生喝了以后，都惊叹道，龙井茶果然名不虚传。 那是一个初夏的下午，我们一直喝了一下午，换了两道茶。”

王忆梅说：“我们给你准备了两斤龙井，你可以带走，以后想喝，我负责提供。 我们每年要托朋友专门订一些，自己留一些，其他送朋友和郝希金的客户。 这种茶要常年恒温保存在冰箱里，品质才能保持得比较好。”

喝完一杯茶，又续上第二道水。

艾米看着王忆梅说：“我们开始工作吧？”

听艾米这么说，王忆梅笑了起来。 自从和艾米接触以来，王忆梅一直觉得艾米是一个特别认真的人，干什么事都是有板有眼的。

王忆梅说：“那好，我们工作吧。”

艾米取过双肩背包，从里面掏出两个厚厚的文件袋。 然后，小心翼翼地从里面取出一沓发黄的信件和六本保存完好的日记。

艾米说，这些书信是李逸山和傅云早期的通信，抗日战争爆发后，他们偶尔还有一点联系，1949 年以后，完全没有了音讯。傅云一生都在坚持写日记。 这三本是与外公李逸山有关的。 另外这些资料对王忆梅进一步研究写作《寻找外曾祖》一定很有帮助。

艾米说：“我看了你的《寻找外曾祖》，关于新郑出土文物以及青铜器保护方面，还有许多不为外人知道的故事。 抛开血缘关系这一层不说，仅从中国青铜器保护这一点看，李逸山是中国文化界最早的觉悟者、倡导者、实践者，可惜，他的皇皇巨著《中国青铜器大全》未能完成，手稿在抗日战争期间被日本人抢走之后，至今不知流失何处，下落不明。”说到这里，艾米停顿了一下，接着说：“出于私情，外婆还有一个遗愿未了，那就是她在美国去世之前，把我母亲叫到身边说，她在一个木头盒子里留下了两条自己年轻时候的辫子，如果可能，想和李逸山葬在一起。”

艾米说到这里的时候，悄悄流泪了。

“看完他们的书信、日记，我们才可能读懂那一代人的内心世界。”艾米一边说，一边将资料小心地收起来，装进双肩背包，“这些资料，我还要带回美国。 但是不要紧，我已经将所有资料都拷在U盘里了。 辫子的图片也在里面。”

艾米告诉王忆梅，她现在从事的工作，一直与东方艺术史相关。 她大学本科、硕士、博士均与东方艺术、历史、哲学有关，因为越研究，越感觉需要拓宽知识结构。 最早学习东方艺术时，中国文化还是一个冷门，“中国热”只是这些年随着中国的崛起才引起更多外国人的关注。 她现在所在的基金公司，其实是她先生的家族企业出资成立的，她现在所做的研究就受到该基金的支持，目前重点在研究中国古代青铜器。 所以，对她而言，如果能够找到李逸山先生的手稿，那就太好了。 因为中国许多价值极高的青铜器，在战乱时期，有的被盗卖，有的被掠夺，重要的是，很多至今不知下落，好可惜。

眼看到了中午用餐时间，王忆梅说：“艾米，我们先去用餐吧，一边吃饭一边再聊。 你给我提供了太多重要的信息，我太高兴了。”

艾米说：“中午可以在附近简单吃一点。”

王忆梅说：“反正都要吃饭，这样吧，你到北京了，就听我的安排，咱们找一家有特色的餐厅吃饭，也算你没有白来一趟北京。”

艾米脸上显得很着急的样子，犹豫了一下说：“忆梅，有一句话，不知道该不该说？”

王忆梅笑着说：“艾米，你有什么说什么，批评也行，谁让你是长辈呢。”

听王忆梅这么一说，艾米自己也笑了，说：“昨天晚上，你和你先生请我吃饭，我非常感谢，我知道你们是热情、好客，但是，如果我的先生在的话，他会生气的。因为他觉得吃饭不能太奢侈，营养够了，干净卫生就好，这也是他们家庭的传统。尤其是餐桌上还上了鱼翅、燕窝，他不会接受的。我昨天晚上本来想提出来的，但我知道这就是今天的中国，有钱人都这样。可是，我不说出来，心里不舒服。谁让我是你的长辈呢。”

听了艾米一席话，王忆梅脸都红了。其实，这些年她走过不少国家，对海外是清楚的。但是在国内，她已经习惯这样了。

她非常不好意思地对艾米说：“艾米，你的批评我一定接受。就从今天开始，我们改。”

艾米本来是鼓足勇气这样说的，现在一听王忆梅的话，一下放松了下来。她高兴地拥抱了王忆梅说：“忆梅，我真喜欢你。你不愧是李逸山的后人。”

王忆梅和艾米经过今天一上午的接触，发现彼此内心更亲近了。

这天中午，她们就在小区附近的一家川菜馆，点了三菜一汤：宫保鸡丁、麻婆豆腐、蒜蓉空心菜、紫菜鸡蛋汤。然后一人要了一碗米饭。

艾米吃得很开心，最后端起碗，把一点紫菜鸡蛋汤也喝得干干净净，高兴地说：“大陆的川菜真是比美国地道多了。”

7

王忆梅这几天一直在哭。

送走艾米，王忆梅把自己关在家里，打开电脑，用了整整两天时间，几乎是一口气读完了李逸山与傅云的书信以及傅云留下的六本日记。

王忆梅边哭边读，边读边哭。她有时是默默流泪，有时是泪如泉涌，有时甚至伤心欲绝，哭得昏天黑地，一次又一次跑进卫生间用凉水冲洗眼睛，同时也好让自己平复一下情绪。可是，不知为什么，这些陈旧的书信日记，仿佛就是一个特别的磁场，一进入这样的一个磁场，她就想哭，乃至放声大哭。

她为自己素昧平生的外曾祖李逸山而哭，为深情善良、坚韧内敛的傅云而哭，为他们刻骨铭心的爱情而哭。这几天，王忆梅忽然发现，一个人安静地待在书房里无所顾忌、酣畅淋漓地哭泣，其实是一件挺幸福的事。

记忆里，她很久没有这样痛快地哭过了。

她发现：哭，原来也可以这样幸福。

王忆梅经历了大半辈子人生，又赶上新中国历史上一个最好的发展时期，她的生活无论从哪方面看，都算美满。 可是，当她真正走进外曾祖和傅云他们的精神世界、感情世界之后，才发现，第一，自己原来对外曾祖他们的了解依然是如此之少，第二，她越读自己的先人，越觉得他们那一代人内心之干净、人格之崇高，同时也越发觉得自己活在当下的卑微与渺小。

郝希金天天在外奔波，他有时候会打电话回家，问问家里的情况，王忆梅照例告诉他家里一切平安。 事实上，郝希金并不清楚王忆梅这几天内心所经历的一场感情的净化与洗礼。

王忆梅希望郝希金最好出差在外多一点，好让自己一个人多待些日子。 她甚至很享受这样一个人的安静与安详。

这几天，王忆梅晚上 9 点钟左右，常常要一个人下楼走进玉渊潭公园，独自一人绕湖散步。 说是散步，也不是散步，主要还是散心。

初夏的公园，晚上凉风习习，带着湖水的湿气与阵阵丁香的气味。 王忆梅自搬来玉渊潭湖边生活这么多年来，很少体会过公园的妙处，过去自己散步或者和郝希金散步，总像是在完成一项锻炼身体的任务，看着计步器上的数字，一看到了 8000 步，就准备回家，是为散步而散步，很少去感受风景在不同时节的妙处。

王忆梅这几天仿佛又回到大学时光，那时候虽然经济拮据，但是内心至少充满了浪漫的气息；这些年，总是步履匆匆，似乎有忙不完的事，又似乎什么也没做。 得过且过之中，岁月便匆匆老去。 自己生命的意义是什么？ 人生的意义是什么？

她这几天一个人散步的时候，脑子变得十分活跃。她觉得，今天的人们，当然包括自己，似乎完全生活在一种物质主义当中，并且乐此不疲，自以为是，日常生活当中所表现出来的优越感、满足感其实不过是物质上的巨人、精神上的矮子。她想，今天的人也许沉浸在物质世界的满足上，已经不知道，也不曾真正体会过刻骨铭心的爱情。自己现在不是也变得俗不可耐吗？每当在给朋友的孩子们介绍对象的时候，开口闭口不都在提什么身高、长相、学历、工作、职位、收入、家庭背景吗？

艾米真是一个细心的女人。她将U盘里的资料拷进王忆梅的电脑里的时候，专门把傅云生前不同时期的照片也复制了一份。起初，她并没有打算这样做。她想，把李逸山与傅云的相关资料留下来给王忆梅就好了，因为傅云毕竟与王忆梅没有血缘关系，她们的共同血缘是李逸山这一支。但接触下来，她发现王忆梅确实是一个有素质、有涵养、可信赖的女人，因此，她把其他资料拷进电脑的同时，顺便把傅云的相册也放了进去。

傅云真是一个光彩照人、气质脱俗的女人。王忆梅想起民国时期那些著名的大家闺秀，她觉得傅云无论长相还是气质，一点不输她们，某些方面，还要更胜一筹。

傅云太美了。王忆梅一张张过目傅云的照片，与照相馆里的那些标准照相比，王忆梅更喜欢傅云生活中不施粉黛、天生丽质的那份天然美，即便是到了老年，在美国留下的几张生活照，满头银发，眼神依然是那么清纯，还有淡淡的哀伤，这样的眼神，王忆梅一看就想哭。

在傅云的相册里，只保留了李逸山的两张照片，一张是李逸山在日本留学时打着蝴蝶结的毕业照，这张照片在李逸山出版的个人诗文集中，扉页上选用过；另一张是傅云与李逸山在日本樱花树下的黑白合影，虽然照片上两人还保持一点距离，显得有点矜持，但是两人站在一起的合影，看上去真的很和谐美好。

8

李逸山与傅云相识，是在日本东京留学的第三年。

傅云日记里第一次出现李逸山的名字，是 1920 年的春天。他们是 1918 年秋天到日本留学，1922 年夏天回国，这样算来，他们在日本相处了两年多的时间。

李逸山就读于东京法政大学，傅云在东京女子实践大学。 两所大学虽然同在东京，但相距较远，步行加上转乘公交车，需要一个多小时。 后来，也就是 1922 年大学第四年，李逸山与傅云就是经常步行一段路，再乘坐一段公交车，往返于两所学校之间。 他们每个周末，都会走很长一段路，即便看到公交车来了，也宁可再走一段。 走这样远的路，也不是为了散步，主要是到了分别的时候，都是依依不舍，步行可以让两个人相处的时间更多一点。 每个周末，傅云的日记里总是充满了这样难分难舍的伤感。

傅云与李逸山是这样认识的。傅云所在的学校要举办一次该校学生自己的书艺展览，校长田中夏子女士的丈夫认识到日本访问的康有为先生，在一次私人宴会上，田中夏子主动邀请康有为说："本校正在举办学生书艺展览，其中也有中国学生之作品，康先生如能拨冗惠顾，点拨一二，对学生的书艺提高必大有裨益，也是我女子实践大学之荣幸。"

康有为说："有幸受邀，不胜荣幸，不过实在不巧，来东京的时间安排已满，分身乏术。"康有为犹豫一下又说："不过倒是可以推荐一个人。"

田中夏子本来有点失望，一听有了转机，十分高兴地说："康先生请讲。"

康有为："中国留日学生中，有一位山东济宁人氏，李君逸山，才华出众，我虽不曾谋面，但在朋友处见过其书法，行、楷、隶书均好，年龄不大，家学深厚，我在国内报章上还读过他的诗文，鄙人来东瀛，本想见一面，但实在是没有时间了。不过已经打听到他现在的情况，就在东京法政大学留学。你们不妨请他，也代我向他问好。"

田中夏子想，既然是康有为大为赞赏的人，自然错不了，便高兴地说："那我们就以康先生的名义一并邀请李逸山君了。"

田中夏子考虑得很周到，她不仅亲自给李逸山书写了一份请柬，而且在请柬中附了一张便函，因为担心李逸山收到请帖后感到唐突，便函里专门提到康有为的推荐云云。为了留出富余时间，田中夏子让秘书提前一周将请柬寄给李逸山。

李逸山的诗文、书法在中国留学生中早就小有名气，但是能够得到康有为先生的青睐，这是李逸山没有想到的。

东京的春天总是小雨绵绵，这天周末，李逸山着一袭中国长衫，撑一把油纸伞，准时出现在女子实践大学博物馆的门口，而在博物馆的门口，已有两个女人撑着油纸伞，早早地在等候他了。

李逸山身材修长，迈着大步朝博物馆走过去的时候，小雨中的他，长衫随步子的移动而左右飘移，一起一落，真是玉树临风。

田中夏子一眼便认出了这位穿着中式长衫的李逸山君，还没等李逸山收起雨伞，她已经带着身边的一位女秘书笑着走向前，彬彬有礼地点头、鞠躬，开始做自我介绍。

李逸山听了介绍，也用日本礼仪深鞠一躬，然后非常谦虚地说："我的书法根基很浅，只是偶一为之，并无专攻，承蒙康先生、田中夏子校长抬举了，只要不失望就好。"

日本人做事真是认真，上百幅学生的书法作品，在博物馆的两间展室布置得井井有条。 而所有参展不参展的本届学生，均已经依次排队在展览室等候。 在田中夏子做了简短讲话并对李逸山做了介绍之后，便建议大家自由参观，并投票评出最喜欢的作品。 田中夏子与秘书则陪着李逸山边走边看。

田中夏子说："李君请直接点评，不用客气。"

李逸山点头说好。 书法渊源毕竟在中国，日本有教养的家庭虽然也十分看重书法教育，但是文脉不同，即便这些学生写字认真，但不少作品还显得稚气未脱。李逸山主要是从肯定、褒扬的角度，对一些有特色的作品谈自己的感受。起初，不少学生还没有把这位中国年轻人当回事，可是随着点评的进展，田中夏子、李逸山的身边围过来了越来越多的人。校长秘书一路认真记录下李逸山的点评，由于李逸山的日语个别发音不易听清，校长秘书甚至还主动插话表示确认。

看过大部分作品，李逸山站在一幅隶书作品前，停留良久，显得十分兴奋，脱口而出："这幅书法作品基础扎实，底蕴不浅，有汉碑遗风，又有乾嘉时期秋盦（清代书法家黄易，号秋盦）先生之影子。这位书法作者是谁？"

李逸山话音刚落，田中夏子校长便笑了起来，说："李君果然眼力不同一般，这件作品在本期展品中确实出类拔萃，其作者也是贵国来我校的留学生傅云小姐。"说完，在人群中边寻找边说："傅云同学在哪里？刚才不是还跟我打招呼了吗？人呢？"

这时候，一位女学生走上前来，低声说："刚才看见艺术史老师岛本先生急匆匆找她有事，她说，去一下马上就来。"

正说话间，几位女生同时对着校长说："傅云来了，傅云来了。"

只见傅云来到田中夏子校长面前，轻轻低头一鞠躬说："对不起，校长，我刚才出去取一本书。"

田中夏子笑着对傅云说："刚才，李君正在夸奖你的作品呢。"然后又笑着对李逸山说："这位就是该作品的作者，也是中国留学生，你说得一点没错，她的书法作品完全继承了中国风格。”

就在傅云跑过来以及田中夏子介绍傅云的时候，李逸山一直在关注面前的这个中国女同胞。他内心暗自惊叹，在国内也极少看到这样气质超群、容貌出众的女子。他在想，也许在国内女人们穿衣过于保守、拘谨，到了日本，穿着打扮稍加开放，便有破茧而出的异样风采。而傅云在展览之前，已经听田中夏子校长说过要来一位中国的书法专家，她原还以为是来了一位什么老朽，没想到如此年轻，这等英俊。就在这一瞬间，他们事实上都在为对方是中国人而骄傲，因为他们内心里都觉得，站在这一大群日本学生中间，真有鹤立鸡群之感。

正在田中夏子校长介绍李逸山和傅云相互认识的时候，女秘书借机走上来，对李逸山请教说：“李君刚才说‘QIU AN’二字怎么写？‘QIU AN’又是谁？”

李逸山很有礼貌地指着傅云说：“你让她给你写这两个字吧。”

傅云抬头看着李逸山笑笑，拿起笔一笔一画写下“秋盦”二字。

秘书接着问：“秋盦当什么讲？”

田中夏子打断说：“不要耽误李君的时间，一会儿回去查字典吧。”

一上午的展览结束后，李逸山提出要赶回学校，田中夏子哪里肯依，说李君既然来了鄙校，按照中国的习惯，一定要留下墨宝，况且已经到了午饭时间，无论如何也要吃了饭再走。最后还提出，今后要经常来女子实践大学指导。一边说着，一边来到展览室进门处的一张桌子旁，笔墨纸张早已准备好了。

李逸山无法拒绝田中夏子校长的热情，但恳切地说："今天不写字了，在众目睽睽之下，实在也是心情浮躁，恐怕写不好。况且面前还站着一位书法高手，我需要回去在状态好的时候认真写一幅，一周后送过来，只是不要见笑好了。"

李逸山提到书法高手的时候，剑眉下的一双大眼一直看着傅云。傅云肤色本来就白，见李逸山这样看着自己，脸上不由得泛起红晕。

田中夏子校长也真是过来人，她注意到了李逸山注视傅云的眼神与傅云泛起红晕的表情。她装作什么也没有看见，只是十分得体地说："傅云也留下，大家一同用餐吧。"

午餐进行到一半的时候，前面来找过傅云的艺术史老师岛本先生突然走进餐厅，打着哈哈说："啊哈，田中校长，来了这么重要的客人，也不请我一起用餐？"一边说着，一边拉过一把椅子，坐在校长与傅云之间。

岛本雄二，中等身高，身体健硕，也不等田中夏子介绍，便主动对着李逸山说："李君是来日本留学的中国学生，听说上午点评得很精彩呀。"

田中夏子对李逸山说："李君不用见外，这位是我校的艺术史老师岛本雄二，从欧洲留学回来，是当今日本数一数二的青铜器方面的专家。"

李逸山听说他是老师，便站起身，鞠躬说："岛本老师好。

本人于书法不过是外行，让岛本老师见笑了。”

岛本雄二见这位中国学生如此谦恭，哈哈大笑，连忙摆手示意坐下。

田中夏子说：“岛本君如果没有用餐，就一起来吧。”

岛本雄二：“不客气，在下已经吃过了，来一杯茶就可以。”

田中夏子问：“岛本君最近一期青铜器讲座准备如何了？”

岛本雄二说：“正发愁青铜器上的几个古籀文字难以辨认，多亏遇到傅云小姐，她帮了大忙。”

傅云见岛本雄二进来，原本吃了一惊，一直低头不语，听岛本雄二提到自己，她连忙说：“岛本老师过奖，我也不认识古籀文，不过是写信求助国内的家父，才算知道一二。”

岛本雄二对李逸山说：“我最近要举办一期中国青铜器艺术讲座，李君如果方便，不妨过来听听。”说完站起来，将一杯茶一饮而尽，然后又对傅云说：“我今天上午交给你的书籍，其中有的出处、年代语焉不详，你帮我再到图书馆查一查，核实一下，尽快告知。”

傅云只是轻轻点头不语。

用完餐，田中夏子与傅云一同将李逸山送出校门，临别时，傅云又匆匆追上几步，对李逸山说：“李君功课忙，下周写好字，不用再跑了，还是我去取吧。”

李逸山刚想客气，田中夏子说：“那就让傅云去取吧。”

9

近半年时间，傅云一直在躲着艺术史老师岛本雄二。

虽然岛本雄二老师对傅云很是欣赏，还经常主动借书给她，找出各种理由让她去办公室谈事，但傅云在心里保持警惕，在日记里常常流露出一种不安全感。王忆梅注意到，自从李逸山出现在傅云的日记里，傅云日记里的文字叙述似乎也松弛了许多。但是，在后来的日子里，又似乎笼罩了一种哀伤的气息。王忆梅将心比心地想，也许女人到了谈婚论嫁的年龄，内心都是这样对未来充满了一种不确定性的伤感吧。

按照约定时间，傅云在接下来的周末上午乘车到了李逸山所在的东京法政大学。李逸山这天也是一早起床，在学校一片空旷的地方打完一套家传的李氏拳法，锻炼完身体之后，匆匆吃了早餐，就在学校门口等候了。

上周李逸山回校后的第三天晚上就把字写好了，一共写了两幅，选择更满意的一幅，折叠好，装在一个牛皮袋信封里，等候傅云来取。这几天，闲下来的时候，偶尔还会取出来再认真看几遍。李逸山对自己的这份“作业”是满意的，写字要看心情，不同心情还要看写什么内容，李逸山觉得自己写的这幅十一言联，是很少有的状态，一笔一画都能显出用笔的饱满与灵动。这幅十一言联的内容，他也是十分喜欢，在某种程度上还表达了他的思乡、怀旧之情。这幅十一言联的内容是他少时祖父的书房里曾经挂过的，出自黄易的笔墨。李逸山等于是在心里凭记忆进行了临摹，不过，他根据自己的理解，又融入了个人的体会。

男校很少出现女生，李逸山与傅云一同走在校园里，不断吸引来异样的眼光。虽然傅云今天不过是普通的学生打扮——黑裙子、黑皮鞋、白袜子、藏青色上衣，但傅云的美丽已经足够吸引男生了，何况又是和一位男生在一起，再加上傅云的乌黑长辫子，发梢系着的丝绸鹅黄蝴蝶结，本来这可能就是不经意间的随手一系，却更点缀出女人的柔媚与青春之美。因此，傅云走在校园里感到浑身不自在，从李逸山宿舍取完字之后，李逸山本来还想带领傅云到体育馆、图书馆等参观一下，也算对法政大学有所了解，但傅云说："不参观了，我还是回去吧。"

李逸山已经看出傅云的窘境，开玩笑说："你别介意，我们学校难得见到女生，你又这么漂亮，男生多看几眼也可以理解。"

李逸山也不挽留，起身要送傅云，却发现自己一身衣服显得单薄，便随手取出一件浅黄色风衣披在身上，说："走，我送你去车站。"

两个人说着往校外走去。到了公交车站，公交车迟迟不来，傅云便说："既然车不来，不如我们走走吧。"

李逸山："好啊，今天周末，也没什么事，也好走走散散心。"

两人边走边聊，累了，就坐几站公交车，不知不觉便到了傅云的女校。

傅云：“要不要到我们学校看看？”

李逸山：“上周刚来过了。”

傅云：“我们女校的女生，可不像你们男生那样没出息，盯着别人使劲看。”

李逸山：“这可能是男人、女人不一样的地方。”

傅云：“你对女人还挺了解？”

李逸山笑笑不语。

傅云：“今天还早，天气又好，要不我们到附近的公园看看？今年的樱花不知道谢了没有。”

李逸山：“还是步行，你怎么样？”

傅云：“没问题。”

李逸山：“这正是女人不裹脚的好处。 国内现在还有很多女人在裹脚，这样看来，你家定是一个开明的家庭。”

傅云：“怎么说呢，也算吧。”

李逸山：“既然到了你们学校门口，建议你回去拿两把雨伞。东京的天，小孩的脸，说变就变。”

傅云：“不用了，走吧。”

两人在一起，虽然也是东拉西扯，但是有说不完的话，又是不知不觉间到了公园。 两个人在公园里简单买了点面包充饥，便在公园里闲逛起来。 春天即将过去，哪里还有樱花？ 他们两人其实都知道樱花早就谢了，只不过找一个在一起的理由而已。

其实，早在两周之前，也就是李逸山还没有出现在傅云的生活当中之前，岛本雄二曾经在一个周末邀请过傅云一起去赏樱。

那是下课时间，岛本突然对傅云说："傅云小姐，周末正是日本樱花最美的时刻，你不去赏樱吗？"

傅云说："我已经看过了。"

岛本雄二："日本的樱花，每年都不一样，每天也不一样，每天的不同时间点更是不一样。 作为艺术系的学生，要有这种观察美、捕捉美的能力。 樱花之所以成为日本的国花，正在于美的瞬间易逝，正如同女人的青春与美丽。"

傅云："东京的几个有樱花的公园我都看过多次了，岛本老师。"

岛本雄二："我可以带你去看东京郊外的樱花，那些开在乡野人家、田间地头的樱花所表现出来的无拘无束与天然之美。"

傅云："不过，我的周末已经安排好了，将来有机会再去看吧。"

岛本雄二："你不要误会。 艺术系的学生每时每刻都要具有发现美的眼光啊。"

其实，傅云对岛本老师的才华还是十分佩服的，对于他的观点自己也从内心里认同。 但是不知为什么，话从岛本的嘴里说出来，傅云就打心里不接受，而话从李逸山的嘴里说出来，傅云则觉得很舒坦、很可心。

也就是这天的傍晚，当春天的夕阳暖暖地洒在傅云身上的时候，李逸山一回首的那一瞬间，傅云也正在夕阳下轻轻地下意识地甩动一下两条系着蝴蝶结的乌黑辫子，夕阳仿佛在傅云的脸上涂了一层金黄色，而辫子和蝴蝶结的甩动像是一个慢镜头，李逸山突然惊呆了，他情不自禁地几乎是喊出来：“傅云，你真美。”——多少年来，这个镜头都成为李逸山对傅云刻骨铭心记忆的永恒瞬间。

听到李逸山的惊叹，傅云先是一惊，仿佛一阵微风从湖面突然吹过，她的脸一下子羞红了，幸好有夕阳照射在脸上。她机灵地将话题转移。

傅云：“是啊，今天的风景真美。”

夜幕降临了。走了一天的路，两个人并不觉得累，依然兴致很高地往傅云的学校走。途中，他们找到一家简易的日餐馆用餐。

东京的春天正如李逸山说的，说变就变，白天天气晴好，晚饭时间，便淅淅沥沥下起了雨。既然下起了雨，傅云说，干脆要点清酒，慢慢喝，等雨停了再走也不迟。

两个人便要了一瓶清酒，慢慢喝起来。将近晚上9点，天不作美，雨还是下个不停。这时候，傅云倒是有点着急了，说：“真该听你的，带两把雨伞出来。”

李逸山脱下风衣，给傅云穿上，说：“喝了清酒，不冷了，雨中漫步，倒也惬意。我们走吧。”

傅云本来怕冷，穿上李逸山的风衣，风衣还带着李逸山的体温与气息，加上也喝了点酒，身上顿时十分暖和。小雨中，两人又走了将近一个小时，才到了女子实践大学门口。

分别的时候终于到了，傅云要脱风衣，李逸山说：“穿上吧，回宿舍再脱，不然会感冒的。”

傅云点点头，又整了整风衣穿好，说："逸山，我今天真高兴。"

李逸山："我也很高兴。"

说完，李逸山大步流星朝车站走去。走了一百多米远，他回头一看，发现傅云还站在学校门口张望，他便使劲挥挥手，然后消失在夜幕之中。

傅云往校园里走的时候，正沉浸在高兴与失落交杂的情绪之中，忽然抬头发现女生宿舍门前有一个黑影，她还没有反应过来，黑影说话了："你今天干什么去了，这么晚才回来？"

是岛本雄二。

傅云一惊，压住内心的火气说："是岛本先生啊。"

岛本雄二："我问你呢，你干什么去了，这么晚？"

傅云："和田中夏子校长说过的，去找李逸山先生取字啊。"

不知为什么，傅云说到李逸山名字的时候，有意识地强调了一下这三个字，立时觉得身上充满了温暖与力量。

岛本雄二："那你为什么这么晚？"

傅云："今天是周末，这是我的自由。"

岛本雄二忽然发现自己有点失礼，连忙说："我不干预你的自由，但是我给你布置的资料，你要尽快给我准备好。明天上午上课之前就要用。"

傅云早就想到了岛本雄二可能会突然要材料，还好，她上周拿到资料已经在图书馆查找到了其中语焉不详的地方。但她并没有告诉岛本雄二自己已经在另外一本书里找到了佐证材料，只是轻描淡写地说知道了，说完就往学生宿舍二楼走。

岛本雄二："你就这样走了吗？ 你还没有和我说晚安。"

傅云并不搭理，径直上楼。

岛本雄二在楼下喊："以后注意，晚上出去，要注意安全。我是为你好！"

10

回到宿舍，虽然走了一天，但傅云并不觉得疲乏，反而依然沉浸在兴奋状态。 她将李逸山的风衣挂好，经过简单洗漱之后，便迫不及待地展开李逸山书写的这幅十一言联，一边看，一边暗自吃惊。 她没想到李逸山的隶书功底如此深厚，更让她惊喜的是，李逸山的隶书似乎也和黄易的隶书字体有着某种渊源。

"古今来许多世家无非积德，天地间第一人品还是读书。"傅云反复吟读十一言联的每一句话，忽然觉得眼熟，小时候跟着父母亲仿佛在什么人家见过类似内容。

第二天一早，傅云本来打算上课前把李逸山写的十一言联交给田中夏子校长，但犹豫了一下，觉得自己还没有看够，就打算中午再看几遍后交给校长。

中午，傅云又把李逸山的书法反复看了几遍，真是爱不释手。 下午，她带上字，去了田中夏子的办公室。 田中夏子校长展开一看，连连赞叹，说："康有为果然眼力不凡。"她表示要好好装裱起来，作为藏品郑重收藏在学校博物馆。正准备将字收起时，岛本雄二过来了。岛本雄二看了李逸山的字，称赞几句，然后说：“这位中国学生的隶书作为一种风格，固然不错，但是作为男人的书法，又显得有些纤细俊逸了，缺少一种阳刚之气，这大概也就是当下中国萎靡不振的精神状态了。”

岛本雄二的点评让傅云很不舒服。

田中夏子说：“书法有不同的风格。岛本大概过于痴迷于青铜器时代的那种粗犷与狞厉之美了。”

岛本雄二听了田中夏子的反驳，哈哈一笑，然后收起笑容，一脸严肃地对田中夏子说：“校长，我过来就是想告诉你，青铜器艺术价值的讲座已经准备得差不多了，你看定在什么时间。还有，社会上的一些博物馆、私人收藏家、其他大学对青铜器感兴趣的研究者也都在打听讲座时间。你安排好时间，我近期可以随时开讲。”说完，走开了。

这天晚上，傅云似乎有很多的话要对李逸山说，而对于岛本雄二下午的挑剔，傅云似乎也是深明其意，以女人的直觉，她知道这是岛本在嫉妒。傅云历来瞧不上小肚鸡肠的男人。因此，对于岛本雄二的话，傅云反而没再往心里去。

夜已深，傅云毫无困意。到日本留学将近三年以来，她常常害怕黑夜，担心晚上睡不着觉，就会胡思乱想。现在认识了李逸山，她反而喜欢这样的夜晚。到了夜晚，她让思想感情变得无拘无束，自由驰骋。

这天晚上，傅云提笔给李逸山写了一封信。

王忆梅这几天发现，她非常喜欢读这两位先人的书信。她发现，傅云写给李逸山的书信，虽然没有一个爱字情字，但能感觉到字句后面深沉的情义。

王忆梅还注意到一个时间点或者是小秘密：傅云写给李逸山的书信，大多是在晚上夜深人静的时候。

王忆梅还把自己的想法和老公郝希金交流过，郝希金觉得王忆梅这一段时间常常是神经兮兮的，便开玩笑说："晚上不写信，白天哪有时间啊，留学生活还能天天坐下来写情书啊，这也算有什么秘密吗？你们学中文的，要是这么研究文学史，研究作家的创作，就走进旁门左道了。"

王忆梅说："你将心比心，夜深人静的时候，是不是最适合情人之间互诉衷肠？"

郝希金发现，这个世界上谈生意、拿单子、挣大钱，比了解女人简单多了。

王忆梅这些日子一直沉浸在李逸山、傅云的二人世界里。她注意到，从电脑里读到的所有资料看，这是傅云与李逸山的第一封通信。同时，她也注意到，这封信的左上角空白处，有一个"001"的淡色铅笔标记。王忆梅判断，这可能是艾米或者也可能是傅云自己做出的标记。发现这样一些小细节，她自己常常乐不可支地笑出来。

傅云在这封信里提到了黄易。之所以提到黄易，是因为她相信，她与李逸山的书法均受到过黄易的影响，某种程度上算是师出一门。傅云说，黄易乃杭州人氏，清朝乾嘉时期的著名书画家、金石学家，为后人推举为西泠八大家之翘楚，一生主要时间在山东济宁任运河漕运，官居五品，其后人世居杭州，与傅家至少有三代以上交情，等等。

李逸山收到傅云的来信，一口气读了好几遍，看着傅云的娟娟笔迹，心里十分亲切。他中午也没有午休，直接给傅云回信。在这封信里，李逸山告诉傅云李氏家族祖上与黄易的关系。他写道，黄易在济宁生活将近二十年，当年黄易与李逸山的第十二世祖李钟霈在文化趣味与保护文物方面结下深厚友情，黄易看上的不少重要文物都是李钟霈慷慨解囊相助购得的，尤其在发掘保护武梁祠画像石方面，更是在二人协力之下，才动员各方力量让画像石被保护至今，二人不仅私交甚好，还促成儿女姻缘，成为亲家。在李钟霈去世后，黄易写了一首沉痛的吊唁诗，其中提到“不道朱陈契，翻多管鲍情”，指的就是这一层特殊感情。

李逸山在信里还告诉傅云，他的太曾祖母就是黄易的女儿黄润。黄润为李氏生下六个儿子，个个优秀。黄易、黄润父女两代对李氏家族影响深远。

将近两周，二人虽然不曾见面，但书信往来又加深了他们的理解与亲近。尤其是在异国他乡，虽然两人的学校同在一座城市，但书信往来似乎又成为他们后来每周一次见面间隙的情感补充。

天气渐暖，东京街头巷尾的各种花木，好像积蓄了一个漫长冬季的力量，商量好了似的，在同一时段竞相开放，一时间将整个东京城装扮得繁花似锦。

岛本雄二注意到，走在校园内，傅云总是在有意地回避自己。过去见面，至少还客气地打个招呼，现在当她发现他迎面走过来的时候，她反而转身走向另一条小碎石路，宁可绕远道前往教室。岛本有点气恼，但又不想得罪傅云。

有一天，他远远地看见傅云背着书包走过来，便加快步伐走到离教室门前不远的空旷地段，然后放慢脚步，等傅云经过。

傅云这一次无法回避了，本想加快脚步走进教学楼，岛本却迎面站住了，装作若无其事的样子说："傅云小姐，本人的青铜器艺术价值讲座，定于本周五下午两点准时开始。听课的人包括外校师生与社会各界的研究者、收藏家，这是关于你们中国文化的热点问题，希望你早到找个好座位。"

傅云对岛本的青铜器艺术价值讲座自然是期盼已久的，她当然很想听听关于自己祖国的文化讲座。但是她脸上并没有表现出哪怕一丝的兴奋神情，只是平静地说："谢谢岛本老师，我知道了。"

岛本为了向傅云套近乎，又低声补充道："如果你的那位中国同胞李逸山君愿意来听讲的话，也可以一同邀请过来，我是欢迎的。"

傅云："谢谢你的好意。我不知道李逸山有没有时间和兴趣。"

岛本："那你就说，我郑重邀请。"

傅云："那我试试吧。"

岛本："你转告他，他的书法作品挺好的。"

傅云笑了。

11

李逸山决定去参加岛本雄二的青铜器艺术讲座。

李逸山虽然学习的是法政专业，但他对一切的艺术均怀有浓厚的兴趣。这种兴趣甚至超过了对本专业的兴趣。当然，借此机会，能够见到傅云，也是他很乐意的。因此，收到傅云的来信邀请，他毫不犹豫就回信答应了。

李逸山对于法政专业谈不上有兴趣，也谈不上没兴趣。他是作为官费生，被选派到日本东京法政大学留学的。在留学生中，他的年龄已经是属于偏大了，由于自小接受的是私塾教育，虽然对于四书五经、史记策论可以说是滚瓜烂熟，但是对于西方新学诸如数理生化均没有基础，因此学习法政专业，也是权宜之策。能得到官费留学名额，已经是机会难得。

李逸山祖上世代做官，明末以后数百年间，李氏家族堪称济宁当地望族。诗书传家、重视教育是李氏家族得以生生不息、兴旺发达的族规与家训，整个清朝期间，李氏家族中通过科举考试取得举人以上功名的达数十人。1905 年废除科举，1911 年辛亥革命推翻清王朝，自小接受私塾教育的李逸山顿感前程迷茫。

1918 年，赶上山东全省境内选拔留日官费生，李逸山这年二十三岁，留学日本学习法政，似乎让他看到一缕希望的曙光。

然而，留日两年以来，苦闷彷徨的日子远远多于心情好的时候，因为来到异域，对国内的乱局认识得更清醒，尤其是自小从书本里学到的中华泱泱大国，等到睁开眼睛回到现实当中，发现连东瀛小国也已根本不把中国放在眼里。这种在日本随时随地都能感受到的冷嘲、蔑视常常让他感受到如芒刺在背，因此这种难以言说的悲哀与苦闷，让他更多的时候变得沉默不语，留学期间除了完成必修功课应付考试之外，他更多的业余时间主要用于写作诗文，偶尔也写点小说发表在国内刊物上。

李逸山家学深厚绝非虚言，他的家族藏书甚丰，书画、碑帖、钟鼎彝器也有不少，因此，对于古代文物并不陌生，但是将青铜器单独作为一项专门的学问研究，李逸山在国内还闻所未闻，这不仅引起他的好奇，而且也带有极大的兴趣。他倒想听听这位日本年轻学者如何讲解中国的青铜器。

这天下午两点前，李逸山提前十分钟来到女子实践大学的校门口，傅云接上他后，直接去了报告厅。

报告厅里座无虚席。讲台上，岛本雄二的助理正在调试幻灯片的效果。

两点钟，岛本雄二准时出现在讲台前。他先是用目光巡视了一下报告厅，目光还不时地停留在熟人的位置，点点头，算是打了招呼。

李逸山、傅云坐在报告厅左侧偏后的位置。

傅云有意选了一个这样的位置，既不影响听课效果，也不太引起岛本雄二的注意。岛本雄二似乎也没有看见他们，或者没有特别注意到这个靠后的位置，也许他看见了却装作没有看见。傅云在想，日本人心眼太多，有时候你真不知道他们在想什么。

讲座开始。

岛本雄二做了精心准备。先是提纲挈领地介绍了中国西周、东周时期青铜器的制作年代、功能、材料、工艺以及当时的历史背景，然后又介绍了世界各大博物馆与中国民间的青铜器收藏以及地下市场交易的情况，最后把重点放在对陕西、河南出土的几件青铜重器的艺术鉴赏上。

岛本雄二通过一张张幻灯片介绍这些国之重器的出土年代、特点、造型、功能等，在幻灯片推出一张毛公鼎的图片时，岛本雄二十分动情地说："这件青铜器名叫毛公鼎，堪称天下金器之冠。不过实在可惜，这张照片效果不佳，目前只能看到这样一个模糊的样子，实际样品一定要比这个精彩百倍。我想这张照片一定是中国人自己拍摄的，所以，才可能是这样差的效果。"说到这里，下面的听众发出轻轻的笑声。然后，岛本雄二提高声音说："更可悲的是，这样一件稀世珍品，至今不知其下落，我方专家虽然多方打探，但均无果而终，初步判断是，或者深藏在中国哪位达官贵人的手里，秘不示人，或者已经流失西方国家。文物本应为公众所有，为公众所用，如果还在中国国内，倒也情有可原，如果真的流失西方国家，这也是我日本文物收藏界的耻辱。中国文物，官方几乎没有收藏，更谈不上保护，连这样的稀世瑰宝都不能得到保护，更何况更多的青铜器乃至其他历史文物。”

岛本雄二确实不愧青铜器方面的专家，谈到毛公鼎，他十分动情地说：“毛公鼎，是西周晚期毛公所铸青铜器，1843 年出土于陕西岐山，鼎高 53.8 厘米，口径 47.9 厘米。圆形，二立耳，深腹外鼓，三蹄足，口沿饰环带状的重环纹，造型端庄稳重。鼎内铭文长达 499 字，记载了毛公衷心向周宣王为国献策之事，被誉为‘抵得一篇尚书’。其书法乃成熟的西周金文风格，奇逸飞动，气象浑穆，笔意圆劲茂隽，结体方长，是研究西周晚期政治史的重要史料。作为青铜器的研究者，我虽然去过几趟中国，也买回过几件价值不菲的宝器，但是仍然没有见过这件稀世珍品，最多看到这件作品的照片与上面的拓片文字。”

岛本又通过幻灯片打出两张鼎上的金文拓片，然后摊手说：“这上面还有几个文字的准确含义我不能确认，但是，真是太了不起了。我发誓，今生今世作为一位青铜器研究者，一定要亲眼看到毛公鼎，而且最好是在日本的国家博物馆。我相信，最珍贵的文物，应该在能够保护它的国家，得到最好的保护。”

岛本雄二说完，向下面的听众做了一个深鞠躬。

报告厅里，响起热烈的掌声。

岛本雄二再次深鞠躬表示感谢。

李逸山与傅云对岛本雄二知识的渊博是由衷的佩服，也可以说，这场讲座一下打开了他们的视野。

报告最后，是互动环节。如果说岛本雄二的演讲中某些话语虽然有点狂妄与刺耳，但还能基本接受的话，在后面的提问环节中，日本学生的提问与岛本雄二的回答则深深刺痛了两位中国留学生的心。

第一个提问的学生站起来说："请问岛本先生，大约三千年前，中国文明已经达到这样的高度，为什么今天的'支那'却如此落后、愚昧，不堪一击？"

这个问题或许正是岛本期待的提问，他对学生的提问用点头表示肯定，同时又将目光两次投向李逸山、傅云的座位。

"这是一个好问题。通观所谓的人类四大文明，古代埃及、巴比伦、印度以及我们的邻居中国，都已经衰败了，相比较而言，中国文明挣扎的时间似乎还要长一点，但是现在看来，也已经是日薄西山，气息奄奄了。你们要问为什么？对不起，不为什么，这是历史规律。可是，如果我这样回答你，似乎又太过笼统，就分析一下中国文明衰败的原因吧。先秦以前，不用说了，你们看到了甚至更早的青铜器时代所表现出来的创造活力，直到两千年以来，秦、汉、唐、北宋以前，中国文明均有了不起的创造与发明。我们大日本帝国能有今天，也是深受中国唐朝文明的影响，但是，南宋以后，虽然元明清各朝代也都有短暂的崛起迹象，但很快就衰败下去了。我以为，南宋以后，这个民族便失去了锐气，主要表现于这个民族内心里头缺少了阳刚之气，一个把张生、贾宝玉当作男性偶像，一个沉醉于男扮女装唱着女人腔调并视之为国粹的民族，精神人格已经萎靡不振，他们唱唱女人戏可以，烧点瓷器做点刺绣可以，但是，让他们再去制造这样大气磅礴的青铜器，已经不行了。我们观察世界各国文物，不仅要看外表，看形式之美，更重要的是观察其中的民族精神与创造活力。”

刚回答完，另一个学生便接着问：“中国政府对青铜器的保护如何？难道他们不知道这是自己的国家重器？”

岛本雄二答道：“中国的青铜器能够保护三千年之久，那要感谢大地。对，大地。多亏这些更多的国家重器常年埋在地下，是大自然替它们做了保护，否则早就没有了。作为研究者我们必须明白保护文物的责任与义务，我想强调的是，保护自己国家的文明载体，尤其是国家重器，必须是国家的当然责任，这也是当今先进国家的基本共识。凡是先进国家，谁能够容忍自己国家的文明宝物流失外国？遗憾的是，中国虽然是文物大国，但在中国，文物、重器均藏在达官贵人私人手里，或巧取，或豪夺，或偷梁换柱，最终都秘不示人，将公共器物视为己有，至今在中国仍没有公共博物馆之概念，公共保护、公共参与、公共享受更是无从谈起，即便是想做研究，也难以找全资料。因此，中国虽然是青铜器制造之国，但研究青铜器在中国根本不具备条件。”

报告厅又一次发出笑声。

第三个站起来的是一个女学生：“那么多青铜器流失国外，我真为我们的邻居中国感到遗憾与痛惜。那么请问岛本先生，流失他国也是对青铜器的最好保护？”

岛本雄二说：“完全正确。当然也要加上一个前提，当一个政府不能保护自己文物的时候，最好的方式就是让世界上的先进国家来保护，这也是对人类文明的负责。你们看四大文明古国的文物保护，如果没有英国、法国、德国、美国以及我大日本帝国的精心保护，早不知毁坏到什么程度了。以毛公鼎为例，自从1843年在陕西出土以来，先是商人与当地县衙相互勾结，将当地村民关进大牢，强取豪夺，此后多年销声匿迹，直到1911年四川发生护路运动，四川巡抚端方被杀之后，毛公鼎才又从他家密室短暂露面，现在又不知去向，这要是放在我日本任何一家博物馆，都不会是这样的命运。痛惜，实在是痛惜！”

就在岛本雄二侃侃而谈的时候，李逸山非常愤怒，实在听不下去了，他站起来反驳说：“中国文物保护并不像岛本雄二先生讲的那样糟，事实上，许多文物也是得到了有识之士的精心保护。”

岛本雄二笑着回答道：“我理解你作为中国学生的心情，但是，你们的政府在保护文物方面确实不行，这是事实嘛。如果你认为你们的政府已经保护得很好了，请你给我举出一个例子，我只要一个例子就行。”

李逸山说：“你说的政府是清朝政府，我们已经推翻了帝制，成功取得了辛亥革命的胜利，未来我们是能够保护好的。我们不会再让珍贵文物、国家重器流失海外了。”

台下再度发出一片笑声。

直到今天王忆梅在翻阅傅云当天的日记时，她依然能够感受到这种受到羞辱的巨大痛苦，以至于她硬是把郝希金拉到电脑前，把傅云当年日记记录的内容回放给郝希金看。郝希金看后，也是非常生气地大骂日本，不过，他又冷静地说：“可不是嘛，弱国可不就是任人欺负吗?”说到这里,郝希金似乎也被带进了当时的历史环境里,他愤怒地说:“今天哪个日本人敢当面这样说话,我第一个抽他大嘴巴。”

王忆梅狠狠地说:“当时就该抽!”

12

李逸山与傅云从报告厅出来,心里很堵。

送李逸山走出校园的路上,两个人都没有开口说话。李逸山铁青着脸,傅云第一次看到他愤怒生气的可怕样子,她有点后悔了。看见公交车进站了,傅云主动说:“先别上车回学校,我们走走吧。”

漫步在人行道上,两边绿树成荫,泥土里挣脱出各种生命力旺盛的野草与野花,各种小鸟也是成双结对地撒欢鸣叫,快乐地沐浴在夕阳西下的春光里。要在平时,他们一定也是开开心心地享受这难得的闲暇时光。但是,今天实在没有心情。

还是傅云先开口:“逸山,我今天真是有点后悔,不该听这个讲座。”傅云说这话的时候,其实还有后半句,只是话到了嘴边,没有说出来。她想说的是,今天这场讲座,岛本雄二主动邀请李逸山过来,会不会是故意设的陷阱,有意识地制造出一种优越感,刺痛李逸山的自尊心,从而让他们难堪?

李逸山理解傅云的心情,觉得她主动把自己请来,又受到了这样的刺激，有一种内疚在里面。 事实上，李逸山刚才脑子里一直在回味岛本雄二的讲座内容，他逐渐从恼怒中平静下来，开始理性地思考其中的道理，因此，当他听到傅云说到后悔的话时，他停了下来，反问傅云：“为什么要后悔？”

傅云：“岛本雄二这人太狂了，太不把中国放在眼里，不把中国放在眼里，也就是没有把我们放在眼里。”

李逸山：“岛本雄二狂妄，报告厅里的日本听众不也都是很狂妄吗？ 这说明他们整个国民都没有把我们中国人放在眼里。”

傅云联想起自己来日本这几年的感受，觉得李逸山确实分析得对，日本对中国的态度从政府到民间处处都表现出一种傲慢之气，这是甲午海战之后，日本国以一个胜利者的姿态对战败国所建立起来的一种心理优势。 不要说日本，自从鸦片战争之后，西方列强谁又把中国放在眼里？

想到这里，傅云内心感受到了一种喘不过气来的压迫感。 她本来是想安慰一下李逸山的，现在自己反而深陷一种无名的痛苦之中。

李逸山说：“岛本雄二这个人狂妄，代表的是整个日本当下社会的狂妄，这种全社会的狂妄膨胀到一定程度，总有一天要付出代价。 但是，抛开岛本雄二身上的狂妄不谈，仅就他今天的讲座内容而言，听了报告之后，我觉得还是有一种醍醐灌顶的感觉，这家伙还是有水平的，而且作为一名日本的知识分子、社会精英，他讲了不少实话。 真话有时候不好听，还很刺耳，咱们老祖宗不是说过良药苦口、忠言逆耳这样的话吗？”

傅云停下脚步，抬起头，看着眼前这个认识不久、身材高大的儒雅男人，内心仿佛一下子敞亮了许多。

李逸山：“傅云，我在考虑转行，不学法政专业了，这个专业学了，回国也是摆设，在我们有生之年恐怕也难看到法治国家的建立，再说，我对从政没什么兴趣，干脆开始收集从中国流失的青铜器资料，回国之后先从保护国家的青铜器以及一切重要文物开始，如果将来国家强大了，我们好告诉后人，我们的国宝级文物、国之重器都流失在什么地方、什么特点、价值何在，至少给后人一个交代。”

傅云睁大眼睛看着面前的李逸山，这个时候，夕阳的余晖正柔和地照在李逸山的身上、脸上，剑眉下面的眼睛更显得炯炯有神。傅云内心里发出一声惊叹，多自信的男人啊。但很快，她把目光移开了，像是自言自语，又像是给李逸山打气般地说：“你想好了，我尽全力支持你。”

本来是带着一肚子气从报告厅出来的，现在，两个人反而是将刺激、羞辱变成了动力。自此以后，将近两个月，李逸山与傅云除了完成功课之外，业余时间都用来查阅收集有关中国青铜器的相关资料。不得不佩服，在日本的各大图书馆、资料室、博物馆，关于中国历朝历代的文献资料，真是收集得十分齐全。不仅如此，更让他们佩服的是，竟然管理得井井有条，查阅起来十分方便。日本人真是细心，凡是历史文物与文献史料，每一件原物哪怕是一张陈旧的纸片，也整理码放得十分精确。也就是在日本，李逸山亲眼看到了自己家族六百年的家谱。家谱其实是傅云在东京的一家图书馆发现的，在这个家谱里，她把李氏家族的历史脉络了解了一个大概，然后告诉了李逸山这个家族史。 李逸山带着好奇，也查找了杭州城傅氏家谱，他发现杭州傅氏家族也是一个了不起的家族。

因为需要掌握许多青铜器的知识，傅云这一段时间不再故意去躲避岛本雄二，有时候还主动请教一些问题，这让岛本雄二十分高兴，他得意地说："喜欢青铜器了吧？ 那是一门很有意思的学问。 但是，你要先打好其他学科的基础，比如历史、考古、文字、艺术史、雕塑、绘画乃至政治学、文化人类学、材料学等学科，然后可以在研究生阶段专门研究。 如果愿意，我可以带你研究。"

岛本雄二是一个敏感的人，他突然又问道："好久不见李逸山君了，他感兴趣吗？"

傅云没有回答岛本雄二的问题，她当天倒是给李逸山写信提到了岛本雄二问他对青铜器感不感兴趣的话题。 李逸山回信说，让傅云告诉岛本雄二，他对青铜器很感兴趣，对岛本的学识也很是佩服，希望有机会当面求教。

傅云把李逸山的原话转给岛本雄二之后，岛本雄二脸上笑开了花。

岛本雄二："傅云小姐，请你转告李逸山君，这个周末我请他吃饭。 你也参加，我们一起喝杯酒，我愿意和谦虚好学的中国学生交朋友。"

李逸山回信表示很高兴参加。

那天傍晚，就在约定的地方等候李逸山的时候，傅云有点后悔了。她担心岛本雄二会不会耍出什么新花招，再次算计李逸山，让李逸山受辱。

与日本人打交道，傅云总担心李逸山书生气太重，容易吃亏。

13

岛本雄二安排的这家日本料理店，门脸儿不大，但里面很安静，菜品也精致。

大家坐下来先是喝茶闲聊，岛本问李逸山是中国什么地方人。

李逸山："山东济宁。"

岛本雄二马上说："啊，那是出梁山好汉的地方啊。"

李逸山："岛本先生真是知识渊博啊。"

岛本雄二："《三国演义》《水浒传》是我们日本男孩成长中的必读书，其中的英雄好汉令人崇拜。"

李逸山："中国明清时期的四大名著也都是我们中国孩子喜欢的读物。"

岛本雄二："其他两部，《西游记》还可以，《红楼梦》不男不女，婆婆妈妈，没有意思，学者研究还可以，当青少年读物，要误人子弟，实在没有阳刚之气。"

李逸山觉得在《红楼梦》这个话题上，二人没有共同语言，便不再说话。

岛本雄二说：“李君，你既然是来自英雄好汉的故乡，我们今晚就喝点酒吧。”

李逸山：“我有一些青铜器方面的问题想请教，喝了酒就请教不了了。”

岛本雄二：“周末放松一下，从现在开始，不谈论青铜器问题。喝酒、谈论女人都行。”说完，他对服务员说：“先上三瓶清酒，我们三人一人一瓶，来个一醉方休。”

傅云见状，连忙说：“不行，不行，我不能喝酒。”

岛本：“你喝不完没关系，我和李君替你喝，但你一口不喝不行，能喝多少是多少。”

这样，岛本雄二和李逸山举杯大口喝酒的时候，傅云只是将酒杯举在唇边，象征性地抿一下。

岛本雄二没想到每一次敬酒，李逸山都是来者不拒，端杯一饮而尽。岛本雄二本来一到周末就喜欢喝点酒，今天看李逸山酒量不错，喝酒也爽快，再加上眼看着两瓶酒很快喝完了，岛本雄二来了情绪，说：“来，再上两瓶酒，每人一瓶。”

傅云赶紧说：“把我这瓶喝了再要吧。”

岛本雄二：“那是你的，我们再来一瓶，最后不够再喝你的。”

服务员又上了两瓶酒，岛本雄二和李逸山面前一人一瓶。

李逸山到日本以后，在喝酒上十分节制，即便逢年过节留学生们聚在一起斗酒较劲，李逸山也是适可而止，从不多喝。有人苦闷的时候，便借酒浇愁，而李逸山苦闷的时候，从来不碰酒，他或者写作，或者找一个幽静的场地痛痛快快地打上几遍祖传家拳，出一身大汗，算是发泄。他的酒量其实很大，只是轻易不喝而已。今天看岛本雄二颇有一点较劲的意思，李逸山心想，喝就喝，今天也放开了，倒想看看岛本雄二的酒量有多大。

岛本雄二连连给李逸山敬酒，说是敬酒，不过是以敬酒的名义，想让李逸山多喝几杯，让他难堪而已。自小在酒乡长大的李逸山哪能不懂这个道理？来而不往非礼也，该李逸山给岛本雄二敬酒了。李逸山站起来，说了两句客气话，便将一瓶酒倒出一半在瓷碗里，说："小酒杯喝酒实在不痛快，来，学学梁山好汉，大块吃肉，大碗喝酒。"说完，仰脖一饮而尽。

岛本雄二抚掌大笑，他想，这位李逸山君一定是喝高了，才这么主动端起大碗喝。他也高兴地站起来，说了声"痛快"，学着李逸山的样子，将半瓶酒倒在瓷碗里，端起来一饮而尽。

李逸山喝酒有一个特点，一旦喝高兴了，酒精便会通过汗腺排出去，再加上边喝酒边吃菜边喝茶，像日本这样的低度清酒，放在中国，简直就不算酒。李逸山和来日本留学的中国学生，根本不把日本清酒当回事。

而岛本雄二看李逸山连续三次站起来大碗喝酒，心里以为李逸山已经喝高了，所以，他更是开始大胆挑战，主动进攻了。

岛本雄二又在两人面前各放了一瓶酒，目光盯住李逸山，像是要考验一下李逸山的胆量。还没等岛本雄二站起来，李逸山已经抢先将一瓶酒对着嘴直接一饮而尽。

岛本雄二摇晃着脑袋，嘴里哇哇叫着，拍桌狂笑。

傅云感觉这可能又是岛本雄二的一个戏弄李逸山的圈套或者陷阱，赶紧说："你们别喝太快，多吃菜，多吃菜。"一边说，一边给二人夹菜。

岛本雄二想，好吧，先吃口菜，休息一下，再继续战斗。

李逸山也想，我看你岛本雄二到底有多大能耐。 两人表面上喝茶、吃菜，心里头真的开始了两个男人之间的争勇斗狠。

趁中间喝茶的间歇，岛本雄二发出坏笑，用说醉不醉、说色也色的目光看看傅云又看着李逸山说："李君，我们说说女人吧。"

李逸山也略带一点醉意说："好啊，说说就说说。"

岛本雄二问："逸山结婚了吗？ 有女人吗？"

岛本雄二这话一出，傅云心里一惊。 这其实也是她这些天一直想知道却无从知道的问题。 她多希望李逸山说自己没有女人，没有结婚。 可是，傅云最不想听到却又最想知道的话终于从李逸山口里说出来了。

李逸山很坦然地说："结婚了，家乡有一个 3 岁的儿子。"

岛本雄二大笑。

傅云差一点哭出来，借故去取一壶开水走开了。 她走进卫生间，发现自己脸色很不好。 她真想哭出来。

岛本雄二谈论女人正在兴头上，对李逸山说："恭喜李君，艳福不浅，不过，一生中能得到像傅云这样的女人的爱情，可以说此生无憾了。”

李逸山：“傅云小姐确实非常优秀。”李逸山觉得背后这样议论傅云是不礼貌的，马上转移话题说：“日本女人也很优秀啊。有道是：吃中国的美食，娶日本的老婆，找法国的情人，乃人生至乐也。”

岛本雄二更来劲了，说：“不对不对，大大地不对。还是中国女人最好，最标致。我们日本人对东亚三国女人进行过比较，大家通通认为，日本女人，上身长，下身短；朝鲜女人，下身长，上身短；只有中国女人，上半身和下半身比例协调，身材最好。你的，明白？”

傅云在卫生间平复一下自己的情绪，担心自己在这里待时间太长了不好，便端了一壶开水过来，重新坐下，仿佛什么也没有发生。

岛本有点不依不饶，说：“傅云，这么长时间，你都没有喝酒，来来，我们重新开始喝酒，你要把你的这瓶酒喝完。”

岛本雄二又要了两瓶清酒，还是倒在大碗里。就在岛本雄二和李逸山将一大碗酒喝下去的时候，他们吃惊地发现，傅云也一口气喝下一大碗。岛本雄二见状，哈哈大笑说：“傅云小姐，真是女中豪杰。”

这一晚到底喝了多少酒？岛本雄二过了许多年还在吹嘘说，自己这一生最多一次喝过六瓶清酒。这晚傅云因为喝完一瓶也已经有点小醉，记不清他们两个男人到底喝了多少。李逸山非常清楚地记得，他和岛本雄二一人喝了五瓶酒。岛本雄二坚持说六瓶。李逸山事后想，岛本雄二那天晚上如果还想较劲的话，就日本这种低度酒，他再喝下去几瓶也不在话下。

14

喝完第五瓶清酒，岛本雄二已经不行了，但脑子还算清醒，他发现李逸山脸不变色心不跳，淡定自如。他心里已经认输了，但嘴上不服，依然喊着要酒喝。李逸山见好就收，搀扶着岛本离开料理店。出门的时候，岛本雄二借着酒意，顺便将一只手搭在傅云的肩膀上，傅云下意识地将他的胳膊一把打开，转到李逸山的一旁。

李逸山架着岛本雄二，三人一起往回返，经过一个路灯昏暗的偏僻岔道口时，迎面走来三个也是喝了酒的青年。三人一高、一胖、一瘦，摇摇晃晃地拦住了他们的去路。高个子说："今晚运气不错，这个姑娘挺漂亮嘛。来！姑娘，过来和我们一起玩玩。"

李逸山放开岛本，本能地抢前一步，用身体挡住高个子的去路。另外两个青年一拥而上，准备打架。岛本雄二一惊，似乎酒醒了一些，又用身体将李逸山、傅云挡在后面，指着三个年轻人说："你们想干什么？不要伤害我的中国朋友。"

三个年轻人一听，更来了劲。高个子青年说："啊哈，原来是支那妞，长得不错嘛。"说着就要去拉拽傅云。

李逸山大吼一声：“你们喝多了，想干什么？ 请你们学会尊重！”

胖子青年说话了：“支那人，东亚病夫，还要尊重？ 想得到尊重，去战场上打赢我们啊！”

瘦青年补充说：“没胆量上战场，今天来和我们打一架，打赢再说尊重。”

岛本雄二听了这些话，连自己都听不下去了，可是，他心里明白，说话的时候舌头却不好使：“今晚，我……我们……都……喝多了，要打架也……好，约……约个时间再打吧。”

高个子青年笑着说：“你这个结巴胆小鬼，想逃跑，不敢打了？ 也好，把这位姑娘留下。”

岛本雄二勉强抬起头，努力睁大惺忪的眼睛，做出愤怒但看上去更像是痛苦的表情说：“可……可耻。”

李逸山的拳头则是紧紧地攥着，连傅云都能听见拳头攥在一起时手指骨节发出的咔吧咔吧声。

三个日本青年步步进逼。

危急关头，岛本雄二仿佛清醒了一点，说：“既然……一定要打……打架，好吧，我们……公平……一点，那就一对一吧，谁输谁下。”说完，就要脱外套。

高个子青年正要往上扑，岛本雄二的一个衣袖被一只胳膊别住了，他结结巴巴地说：“等我……脱了……衣服……不迟。”

李逸山热血直冲头顶。 李逸山自小习武，济宁李氏家族数百年来对男孩的教育是，习文学武。 为此，李氏家族世代一直沿袭多套刀枪、棍棒、拳法，自成一体，但同时又对子孙反复告诫，习武只为强体防身，不得欺负弱者，不到万不得已，出手不得致人伤残。李逸山出国前，家族威望甚高的三爷还专门把他叫到身边，谆谆教诲一番，特别强调，出门在外，尤其在人家的国度里，做事务必小心谨慎，不要惹事，但是也不要怕事。就在李逸山的脑海里不时闪现家乡父老的嘱托时，岛本雄二与对方的高个子青年已经动手了。

只见两个人互相抓住对方的双肩，你进几步，我退几步；我进几步，你退几步。毕竟都是喝了不少酒，双方脚下明显无力，像是踩着棉花。两人一边拉扯，嘴里还嘟嘟囔囔。只听岛本雄二说，老子摔不倒你这个大傻瓜，就算是白练空手道；对方则说，你这个饭桶，这算什么空手道。

李逸山站在一旁，看到眼前的情景，仿佛想起早年在家乡月夜之下，和本家的几个叔伯兄弟练拳切磋的场景。突然，高个子青年用力一转身，再反转身，正好用肘部狠狠击中岛本雄二的左眼，岛本雄二啊呀一声喊，还没有来得及护住眼睛，对方又是一记重拳打在岛本雄二的下巴上，岛本雄二一下子被甩出很远，撞在路边一棵松树上，好在，岛本雄二下意识地抱住树，没有倒下。这时候，对方还要往前冲，李逸山上前拦住，说："你已经伤了我朋友的眼睛，不要再打了，今天就算你赢了，好吧？"

对方不依不饶，另外两个青年见李逸山上前拉架，马上说："不是一对一吗？要认输也要让这个饭桶亲口认输，你说了不算。"

岛本雄二今晚确实喝多了，人还处在半醉半醒之间，这时听说要认输，哪里肯答应，他睁开惺忪的眼睛，以为松树在扶他，一把推开松树，说：“去，别扶我。”

岛本雄二经过几分钟歇息，忽然来了精神，像一头受伤的雄狮一般冲向高个子。一旁观战的另外两个青年就像在观看一场拳击赛，一边喊着加油，一边有节奏地拍击双掌，他们眼看着就要取得最后的胜利。

岛本雄二也是一条血性汉子，就在冲向高个子的一刹那间，拳头像暴风雨般连连击打在对方的头部、胸部、腹部，对方眼睛也挨了重重一拳，向后趔趄几步硬是坚持住没有倒下。岛本雄二像是一头用尽最后力气的老牛，原地站着，呼呼喘着粗气，正慢慢移动脚步转身回头时，对方一个飞铲腿踢向岛本雄二的腰部，岛本雄二哎哟一声，像一堆烂泥扑通瘫在地上。

高个子青年像是一个胜利者，叉腰站在李逸山面前，挑衅说：“我今晚一打二，你敢应战吗？不敢应战，现在就告诉我你输了，并且留下姑娘，否则，地上躺下的饭桶就是你的下场。”

李逸山说：“我看你打累了，这样恐怕不公平，你们可以换一个上来。”

一胖一瘦青年争着要上，高个子说：“不用，我一个就够了，不然怎么证明你们是东亚病夫呢？”

胖子和瘦子青年发出狂笑：“就认输了吧，东亚病夫！”

李逸山淡然一笑，从容脱下外套，扭头交给傅云。傅云向李逸山坚定地点点头。

李逸山向后退两步，双手抱拳，说：“请！”

高个子青年鼻腔里发出一声轻蔑的声音，猛扑上来，李逸山轻轻一闪，对方扑了个空。对方再扑，又扑了个空。对方大怒，挥起拳头朝李逸山的方向一阵乱打，可是每一拳都被李逸山轻轻化解。高个子青年好像被激怒了，只见他用尽全力，就要往李逸山身上冲，李逸山眼疾手快，双掌借力，顺势猛推，对方扑通趴下，啃了满嘴泥，在地上挣扎了几下，重新爬起来，更是发疯似的用尽全身力气猛扑过来。他哪里知道中国功夫借力打力的道理，李逸山又是顺势一拉、一闪，双掌猛击，高个子青年重重地扑倒在地，这回，挣扎了几次，爬不起来了，嘴里好像还发出痛苦的呻吟声。

这时，胖子和瘦子也顾不得前面说好的一对一规则，一齐朝李逸山冲上来。傅云担心李逸山吃亏，也管不了许多，紧追在瘦子身后，加上喝了酒，心里又积压许多不痛快，不顾一切地在瘦子身后又是揪耳、又是抓脸，并把雨点般的小拳头打在对方后脑勺上。

李逸山正在用鹰爪拳上下左右逗弄胖子，并没有真正发力，只是想打掉对方的嚣张气焰便罢休，可是突然发现，瘦子转身之后正准备对傅云施以重拳，说时迟，那时快，李逸山一个飞脚将瘦子踢飞三米以外。瘦子连连吃亏，还没有反应过来，又吃了这么一飞脚，早已吓得魂飞魄散，踉跄着爬起来，大喊“警察，警察”，消失在黑暗处。

胖子连连遭到李逸山拳法戏弄，内心无名火顿起，也不管这许多，用肥胖的身体直接朝李逸山撞过来，李逸山稍稍侧身，又是一个顺势将其推倒在刚从地上坐起的高个子身上。两人同时又是啊的一声。

岛本雄二早已酒醒，本来担心李逸山、傅云会吃亏，现在，他倒像一个局外人，扶住松树一边观战，一边手舞足蹈地为李逸山喝彩。

突然，远处传来警察的哨子声和朝这里跑过来的杂乱脚步声。

岛本雄二喊了一声“警察来了”，三人拔腿就跑。刚跑出几步，傅云又折转身，将一只脚踩在还躺在地上的两个日本酒鬼身上，说：“怎么不狂了？我看你们不过是银样镴枪头。记住了，这就是侮辱中国人的下场。”

傅云因为很激动，一时忘了用日语，说的是中国话。胖青年只顾哈依哈依点头，其实并没有听懂傅云说的是什么。

岛本雄二到底是本地人，对当地地理环境十分熟悉，他带着李逸山、傅云连续穿过几条小道，又走了一条近道，便回到了女子实践大学校门口。

路灯下，岛本很不好意思地对李逸山、傅云连连鞠躬说：“不好意思，今天实在是给你们添麻烦了。还是中国古代先贤有智慧，青铜器毛公鼎上的铭文说得好：酗酒误国，要后人记住教训。现在看来，酗酒也误事啊。”说完，岛本雄二又十分恭敬地对李逸山说：“李君的中国功夫果然厉害，今后要向李君多多学习。”然后，深深一鞠躬说：“请多关照。”

在校门口送走傅云，李逸山和岛本雄二也各自回到了自己的住处。

15

自从那天喝完酒打了一架以后，岛本雄二与李逸山、傅云的关系才算是真正走近了一些，这从他们在一起的称呼上便能听出来。私下里，李逸山直呼岛本君，岛本雄二则称呼李逸山为李君。三个人在一起，岛本几乎是毫无保留地将自己所知道的青铜器的相关知识告诉他们。

李逸山觉得每次只要和岛本在一起，都会有新的收获，比如岛本会写上一张长长的纸条，告诉他们，到哪些图书馆可以查到哪一方面的参考图书和资料。岛本对这些信息的熟练掌握，也让李逸山、傅云少走了许多的弯路，省去不少时间。岛本甚至还告诉他们哪里可以看到英、法、德、美等国家关于青铜器图片资料的介绍，只是有些英文图书，日本还没有翻译，好在傅云自小在杭州的教会学校读书，英语比日语还要好，这样，傅云不仅能够给李逸山提供帮助，也能为岛本提供英语支持。

岛本是老师，本来他还端着老师的架子，但是，这一段时间以来，不知不觉地和李逸山、傅云慢慢成了朋友，至少以前的那种狂妄口气收敛了很多。从年龄看，岛本其实不到三十岁，比李逸山大不了几岁。这一段时间，经过接触，他对李逸山、傅云的认真、勤奋、好学从内心里也是欣赏与敬佩的，这也在某种程度上改变了他对中国人的印象，或者说，某种程度上还多了几分敬重。

李逸山对岛本启发自己打开一个崭新的青铜器研究领域感到十分幸运。经过一段时间的学习、研究、收集、整理，他发现自己其实对这一领域并不陌生，因为家族当中的诸多收藏其实已经包括了金石学内容，只是国内的关注点与兴趣点主要集中在古籀文字方面。相比较而言，日本以及西方青铜器的研究视野更开阔，范围更广，更加系统。

李逸山听从岛本的建议，不仅花大量时间用于现有文字资料的学习，而且充分利用业余时间尽量到东京各收藏有青铜器的博物馆去仔细参观实物，增加感性认识。李逸山深感在日本留学的时间不多了，他要抓紧收集能够看到的一切与中国青铜器有关的资料，他要把这些资料带回去。

傅云虽然一直与李逸山保持经常联系，并且周末只要有时间，也会陪同李逸山一起到图书馆、博物馆，但是，傅云的内心这段时间以来一直有一种难以名状的失落与伤感，只是外人很难察觉出来。

傅云是矛盾的。一方面她恨不得每天都能够见到李逸山，与李逸山在一起，她有说不完的话，她已经习惯了哪怕是遇到生活中很小的一点事，都想立马与李逸山分享、交流；另一方面，她又不断地提醒自己和李逸山保持距离，有几次，她本想找个理由不再和李逸山一同外出，但内心还有一个声音在不断地提醒她，她和李逸山在一起的时候不多了。刚到日本的头两年半时间，她觉得时间可真是漫长，自从认识李逸山以后，又感觉时间过得真快，而一想到来年就要毕业，毕业就要分离，傅云就会伤心地默默流泪。世界上，有的苦恼可以说出来，尤其是可以和最亲近的人说出来，但有的苦恼却无人可说，无处诉说，因为这种苦恼正来自你最亲近的人，或者说，最亲近的人本身就是你的苦恼之源。

这一年东京的冬天，显得格外冷，三天两头都在下雪。

白雪皑皑的东京街头，无处可去，岛本便经常约上李逸山、傅云到他的工作室，一起交流、讨论问题。他惊奇地发现，他的两个中国学生进步神速，已经可以在一起讨论一些学术问题了。

由于同在一所学校，岛本有时候也单独约上傅云去他的工作室。岛本为了打消傅云的顾虑，在傅云敲门进来的时候，他会主动敞开门，让傅云坐下来聊天的时候，有一种安全感。

岛本是喜欢傅云的，他也观察出傅云内心的情绪波动。但是，由于他顾虑到傅云与李逸山这一层关系，加上傅云有一段时间不断躲避他的经历，他对傅云的说话处事也变得谨慎了许多，因此，即便内心深处依然爱慕着傅云，但他把这种爱慕或者暗恋的感情藏得很深，他甚至担心一旦傅云再生气翻脸，他今后可能连接近她的机会都没有了。所以，与傅云单独相处时，便十分小心，注意分寸。傅云当然也能感觉到岛本的变化，只是假装不知道而已。

眼看着东京又是连下三天大雪，这个周末，岛本约好大家一起到他的工作室，看几件青铜器实物，还有关于毛公鼎铭文拓片上的一段话，大家可以讨论。大约一个月前，岛本将毛公鼎拓片上的一段关于警告“酗酒”的文字出示给李逸山、傅云看，但这一段文字，除了猜出酗酒的内容外，其他文字说了什么，岛本没有说清楚，李逸山有几处也没有完全弄明白。李逸山就是这样一个人，他只要遇到什么问题，一定要弄明白。他们当时就约好了，这个周末一起讨论。

连降大雪，公交车停运。傅云正担心这个周末李逸山能不能过来，李逸山居然深一脚浅一脚踩着大雪准时来了。李逸山见了傅云，一同来找岛本。在岛本的工作室外，李逸山掸去积在外套上的一层雪花，然后脱去外套，进了岛本的工作室，从外套口袋里掏出一瓶高粱烧酒和一包花生米，放在岛本的办公桌上，说：“有人从国内捎来的，今天天气太冷，过一会儿，岛本也尝尝中国的白酒，暖暖身子。”

岛本开玩笑说：“我们要遵守毛公鼎上面铭文的教导，酒可以喝一点，但不可以喝高，喝高就是酗酒，酗酒是大大的不好，后果很严重。”

李逸山和傅云都笑了。李逸山说：“只是尝一尝，比较一下中国酒和日本酒的味道。”

岛本说：“我在北平喝过当地的高度烧酒，当然中国酒厉害。中国酒、中国功夫、中国青铜器，还有像傅云这样的中国美女都厉害，只是中国政府不厉害！”

“中国政府以后也会厉害的。”李逸山反驳说。出了国才最爱国，李逸山自从到了日本，只要听到日本人说中国不好，他就不高兴。虽然他们这些出国的留学生在一起时也是经常批评中国政府，但是自己人在一起批评可以，外人不可以。

岛本识趣地说："我们不谈论政府和政治，我们只谈青铜器。"

岛本先是从柜子里拿出几件小件青铜器，放在办公桌上，说："这是一位日本朋友刚从北平古董商手里搞到的，让我给鉴定一下。"岛本戴上白色手套，打开头顶上的吊灯，先从一个简易的木头匣子里取出一件青铜宝剑，小心翼翼地捧在手上，赞叹道："这是战国时期的一件青铜器，你们看，刀刃依然锋利，从宝剑手柄上复杂的兽纹图案来看，可以断定宝剑的主人应该是当时的一位贵族或者将军。"接着他又展示了两件青铜古镜，说："古镜应该是西汉时期贵族家庭的寻常用具，距今也已经两千多年了，虽然放在中国整个青铜器文物当中不算什么，但是放在人类文明史上看，依然展现了了不起的工艺水平，那个时候，美洲大陆还是蛮荒之地。"

收回几件小件青铜器，岛本说："还有更重要的，你们等着。"接着，他打开另一个柜子，让李逸山帮助他从柜子下面两层分别抬出两件造型略有差异、重有二三十公斤的青铜方鼎。

在国内，李逸山、傅云都没有亲眼见过青铜方鼎，灯光下，他们仔细看着从自己的国家转运过来的青铜器，心里在想，这样的宝物怎么就这样轻易地被人家弄走了？还有多少国家宝物正在被外人弄走呢？

岛本是一个敏感的人，他在这一瞬间，大概也读懂了李逸山、傅云的心思，说：“我理解你们的心情，可是，美一定要让能够欣赏它的人来保护才更合适啊。多美的青铜器，可是，在古董商那里，它并不是美，不过是钱，只有在我们的眼里，它才是真正的美。”

岛本指着一件青铜器上的饕餮纹与篆刻在内壁上的文字，说：“真美啊，可是谁能想到这是三千年以前的工艺。”然后，他又指着另外一件青铜器说：“不瞒二位，这是一件赝品。”听岛本这么一说，李逸山、傅云吃了一惊，低头仔细辨认，却没有看出什么破绽。

岛本得意地说：“辨别真假古代青铜器，一定要有专业知识。中国各地的文物商人，见有利可图，往往都会仿造一些赝品，蒙蔽外行。这件赝品，我差一点就被蒙蔽了，但是在我看出破绽之后，文物商人倒是够讲义气，说既然遇到了日本的内行，宁愿送给我，不收钱了。不过，我还是给了他三十大洋，因为即便是赝品，这件赝品的制作也展现了当今中国民间匠人的工艺水平。此外，也可以当作教学用具来研究。”说完，岛本指着那件正品说：“这是东周时期的艺术品，距今至少两千八百年以上，这件作品花多少钱都值得，不过，时下在北平的古董市场，价格还是不贵，要是从河南、陕西当地农民手上收集到，可以用很便宜的价格买到。不过真正的稀世珍品是像毛公鼎这样的青铜器，真希望能够看到啊。”

岛本注意到李逸山、傅云似乎一直沉浸在他刚才的讲解中，仿佛忽然想起来什么，说：“这样吧，我们先尝一尝逸山君带来的中国酒，也好暖暖身，解解乏，然后，我们听听逸山君对毛公鼎上铭文的解读。”

李逸山取过酒，刚一打开瓶盖，岛本的工作室内便弥漫了一股悠悠的酒香。

傅云说，这样的高度酒，她从来不喝，便要了一杯白开水，抓了一把花生在手里。岛本则试着喝了几小口，摇摇头说不行了，也倒了一杯白开水端在手里。李逸山很长时间没有喝过家乡的酒了，喝一口酒，就几粒花生，他觉得这酒的味道太好了，连喝几杯下去。

借着酒力，李逸山觉得身上热了起来。他让岛本打开幻灯片里的毛公鼎铭文拓片，定了定神，然后将全文 499 个字从头至尾大声读了出来，越读越兴奋，就像小时候在家乡的私塾里大声背诵四书五经那样。岛本脸上露出兴奋之情，和着李逸山抑扬顿挫的朗朗读声，两手有节奏地轻轻击掌；傅云也被李逸山的读书声迷住，跟着有节奏地击掌。李逸山的读书声仿佛通过青铜器的回声，将古老华夏汉语言的华美淋漓尽致地展现了出来。全文读完，李逸山戛然而止，只见他：两腮汗在流，两眼泪在涌。

傅云哭了。

岛本也哭了。

岛本边哭边说：“美啊，这样的文字，只有像李君这样的中国人读出来，才是世界上最美妙、最好听的声音。”

稳定一下情绪，李逸山说：“感谢岛本君让我们有机会认识到中国青铜器之美，这件毛公鼎铭文，记载了毛公衷心向周宣王为国献策之事，配得上‘抵得一篇尚书’的美誉。”对于铭文中提到“酗酒”一节，李逸山用日文直接翻译给岛本雄二：“这一段意思是这样的：周王说，父歆啊！ 现在我重申先王的命令，命令你做一方的政治楷模，光大我们的国家和家族。 不要荒怠政事，不要壅塞庶民，不要让官吏中饱私囊，不要欺负鳏公寡妇。 好好教导你的僚属，不能酗酒。 你不能从你的职位上坠落下来，时刻勉励啊！ 恭恭敬敬地记住守业不易的遗训。 你不能不以先王所树立的典型为表率，你不要让你的君主陷入困难境地！”

岛本睁大眼睛看着李逸山，说：“李君真是无师自通的天才。今后我们可以好好合作，做出了不起的成就。”说完，对李逸山深鞠一躬，然后又继续说：“铭文上说到的话，三千年过去了，直到现在，放到全世界也还是值得各国政治家们时刻牢记啊。”

傅云心情好极了，主动拿过酒瓶，为每人茶杯里倒了一些酒，说：“来！ 为逸山破译毛公鼎铭文干杯！”说完，自己先喝了一大口。

岛本见傅云喝了一大口，也不甘示弱，喝下一口，说：“看来，这种厉害的中国酒，也是专门适合中国人的胃和中国人的性格。 今天如果没有这个酒，李君恐怕也不会有如此精彩的演绎。”

李逸山喝下一大口酒说：“酒，有时候也是好东西！”

岛本笑着说：“高兴了，就不是酗酒。 来，干杯！”

16

转眼又到了新一年的早春，樱花要开了。

这一年，于他们两人而言，是在日本逗留的最后一年，傅云格外珍惜，她一直惦记着与李逸山一起赏樱的约定，也期盼这一天早早到来。可是，随着春天脚步的悄悄来临，傅云内心里反而多了一分忧愁与感伤，她既希望这一天尽快到来，又希望迟一点来临，越迟越好。

日本人真是太看重一年一度的赏樱时节了，樱花树吐出花蕊，刚有一点准备绽放的意思，东京街头的老老少少、男男女女便开始筹备着今年以什么方式到什么地方与什么人一起去赏樱的计划了。

樱花确实很美，与高洁的梅花、富贵的牡丹、清雅的茉莉等中国的名花相比，樱花灿烂到极致的热烈背后，似乎总纠缠了一种哀婉清冷的气质，因此所谓的赏樱，有人欣赏的是它的浓烈与绚烂，有人感悟的却是它的美丽与哀愁。

傅云在悄悄等待李逸山的邀请。她本来也可以主动邀请李逸山，但她也要试探一下他是否记得去年这个约定。这个约定，在傅云的心中，分量很重。

尽管李逸山对青铜器资料的收集、整理、研究到了痴迷的程度，但是他依然记得去年和傅云的约定。

可是，他的内心也十分矛盾。

他很清楚傅云对自己的那份感情，尽管他有妻有子，尽管妻子是非常善良贤惠的女人，但是，说实话，他其实从来也没有经历、体会过青春男女那种难舍难分、说不清道不明的爱情。他原以为男大当婚、女大当嫁不过就是结婚生子完成一件人生大事，可自从遇到了傅云，他才发现，这个世界上，人们可以找许多的异性作为自己结婚过日子的另一半，但是，那种心心相印、难舍难分的灵魂伴侣，却是可遇不可求的。运气好的人，一生可能遇到一次；更多的人，却一辈子也碰不到一回。

生活中，李逸山是一个性情中人，也是一个理性的人。他很清楚，和傅云每多一次见面，每多走进一层关系，双方在加深感情的同时，其实也在加深痛苦。在李逸山心中，傅云是他内心里最为珍惜的，他最不愿意看到傅云痛苦、流泪、伤心。

做事一向干脆果断的李逸山，这几天却像哈姆雷特一样变得犹豫不决：约，还是不约，这是一个值得思考的问题。

这几天的岛本雄二也像是处于青春期的男孩，他特别期待着能够约傅云到东京的几个最著名的赏樱公园，一起度过一个人生的美好时光。他在想，傅云很快就要离开日本了，作为他一生中最动心的女人，也许今后再没有机会相见了。想到这里，他内心也是十分痛苦。

岛本内心的矛盾在于，有时候他觉得李逸山既然已经有了家室，即便二人均有好感，但走到一起的可能性很小，虽然他也知道中国男人可以在娶妻之后再纳妾，但是以傅云的出身、所受的教育以及她本人的条件和性格，都不可能屈从于姨太太这样的身份；可是如果他公然表示对傅云的追求，李逸山这边的反应固然可以不予考虑，断绝友情也可以在所不惜，但是，关键是傅云这边他实在没有把握。

让岛本雄二恼怒的是，自视清高的他，从来没有在女人面前这样缩手缩脚过。昨天在校园里遇到傅云，他明明看出傅云心事重重，可还是没有勇气说出约她一同出去赏樱的话。去年被拒绝之后，他真是没有勇气再说出口。事后，死要面子的他恨不得抽自己一个嘴巴，但是，在傅云面前他就是这样没有信心。

傅云等的人是李逸山。

就在李逸山还在犹豫的时候，傅云眼看赏樱的日子越来越近，如果再次错过，将成为一生的遗憾。她不想等了，她想，也许李逸山太痴迷于青铜器研究，把去年的约定忘了，于是，她打定主意，放下身段，主动给李逸山写了一封邀请信。

就在李逸山收到傅云信的当天，傅云也收到李逸山的邀请信。两个人的心情完全相同，几乎是在同一时间，不再犹豫，决定相约赏樱。

尽管两人约好周末一早赶过来，但是公园里已是人山人海。东京的市民都仿佛是在家里猫了一个冬季，一下子从冬眠中醒了过来，许多人都穿上节日的和服盛装，将整个公园装扮得色彩斑斓，好像是人和樱花在争奇斗艳。李逸山和傅云穿的是学生服，傅云今天还在两条辫子的发梢上各系了一条红色丝绸的蝴蝶结，两人的着装走在人群里本来是普普通通，但是两个人走在一起便显得十分出众。

走到一棵樱花树下，一位摄影师大老远跑过来，热情地说：“我已经关注你们很久了，来一张合影吧，真是金童玉女呢。”

傅云听他这么一说，内心十分高兴，便主动地停下来，脉脉含情地看着李逸山，李逸山站住，两人便站到了一起。

摄影师：“靠近一点，再靠近一点。”

李逸山和傅云稍微靠近一些，他们并没有手拉手——他们还从来没有拉过手——显得有一点矜持。

摄影师按下了快门。

这天赏樱花的人实在太多了，他们来到公园僻静的一角坐下，这里既避开了赏花人群的热闹，又能够在安静处看到远近的樱花，也能够安安静静地享受二人世界，放松地说说话。

傅云：“真快啊，很快就要毕业回国了。”

李逸山：“是啊，真快。”

两人这么说话显得漫不经心，其实内心都突然感到一阵阵伤感。

傅云将目光投向远处，一簇簇樱花正处于盛开期，真是花团锦簇，绚烂至极。忽然吹过一阵小风，花瓣如雨一般纷纷飘落，撒在水面上，如梦如幻。

傅云：“日本真是一个奇怪的民族啊，美到了极致，伤感到了极致，日本人是怎么将这两种极致统一在一起的呢？”

李逸山：“所以日本是一个矛盾的民族呢。不过日本人是真的喜欢樱花，是喜欢到骨子里面的。”

傅云：“日本的文人喜欢，底层老百姓也喜欢。诗人写过那么多关于樱花的俳句。和泉式部、松尾芭蕉、正冈子规、小林一茶，都有写樱花的句子，也只有日本人能用俳句这种世界上最短的句子，把樱花之魂，惟妙惟肖地传递出来。”

李逸山：“所以这是他们的国花呢。民歌《樱花》的旋律也很动听。”

两人一边说着，一边用日语哼起了《樱花》：樱花啊，樱花啊，阳春三月晴空下，一望无际是樱花，花如云朵似彩霞，芳香无比美如画，快来吧快来吧，一同去赏花。

傅云：“最近有一部日本电影刚公映，是讲两个人的爱情故事的，可惜，结局是在烂漫樱花中双双自杀了。”

李逸山：“每年樱花开的时候，日本总有人自杀，真是一个奇怪的民族。”

傅云：“这部电影看过了？”

李逸山：“在学校礼堂看过了，结局又美又浪漫，与死亡结合在一起。”

傅云：“我也看了，是一个人到电影院看的。”

李逸山看见傅云在掉泪，说：“不用那么伤感。我们中国人和他们不同。我们还有好多事情要去完成。”

傅云：“很快就要毕业回国了，你回国有什么打算？”

李逸山：“回国马上把家搬到北平，一来是在北平净土寺胡同本来就有祖产，是个三进四合院，哥哥在北洋政府做事，来信说已经将房子收拾好了，想把全家都迁过去，老母亲也是这个意思；二来搞青铜器研究，在北平条件比较方便一些，北洋政府中颇有几位济宁老乡，他们对我的履历也还认可，哥哥来信说已经在法制局替我谋好职位，只是我去信说，不想从政，他们说法政专业毕业生正是政府眼下急需的人才，建议我先保留一个职位；另外国史馆也同意我去做编修，这倒是我想要做的，希望回国后，呼吁政府保护青铜器，尽快将国内的所有青铜器登记在册，以防流失。”

傅云：“我回到杭州，也尽力替你收集沪、杭、宁一带的青铜器资料，定期寄给你汇总。”

李逸山内心十分感动，但犹豫一下说：“回国后，你要照顾好自己，安排好自己的生活。我愿意永远听到你的好消息。”

傅云：“你也照顾好自己的身体，不要太劳累。今后再忙，也要告诉我你的消息，我们一辈子都要知道对方的消息啊。”

李逸山：“你一切都好，我就好。”

傅云：“没有你的消息，我不会好。”

说到这里，两人都低下头，似乎都感觉到心事重重，内心充满了说不出的悲苦。

17

傅云在十六岁那年，登门提亲的当地大户人家便络绎不绝。起初，母亲试探她的口气，她总是坚决拒绝，眼看着一两年过去了，她依然没有谈婚论嫁的意思，父亲急了，只是脸上挂着不快，当面不好说，就让母亲去做她的工作。母亲话还没有说完，她便回母亲说，将来嫁人一定要嫁自己看得上的、心里喜欢的，否则，一律不嫁。父亲知道后，对母亲拍桌子怒曰："反了她！婚姻大事，不是父母说了算，谁说了算？"母亲含泪劝她，这都是女人的命。母亲还拿自己的亲身经历说，嫁到傅家之前，并没有见过她的父亲，这一辈子不是也过得蛮好？

傅云："什么蛮好？父亲爱你吗？你爱父亲吗？你们真的相爱吗？"

母亲一听这话，脸都羞红了，说："这话怎么能从姑娘嘴里说出来，要羞死人的。嫁到什么人家，男人好不好，这都是命。可是，来提亲的，父母保证都是好人家。"

傅云："你老说是命，啥是命？自己就不能选择自己的命？"

母亲："你都快十八岁了，怎么还问小孩子的问题？"

母亲看一时谈不通，也知道女儿的性格，想不如放一放，过一段时间再说。女大当嫁，到时候她自然会想通的。

傅云的父亲算是当地的富商，家族几代人做丝绸生意，除了经商，也十分重视诗书传家。傅云本来还有两个哥哥，但在很小的时候先后因病夭折，傅云出生之后，父亲便把她当作男孩一般抚养，加上傅云自小聪明伶俐，父亲更是对她宠爱有加，一直把她视作掌上明珠，很早把她送进当地教会学校读书。傅云自小接受的是东西方教育，在家里，父亲请来私塾先生讲授四书五经，还专门请了黄易后人教授书法，进入教会学校，傅云则接受西洋教育，弹得一手好钢琴，为此，家里为她专门从德国定购一架钢琴。可是随着傅云年龄的增长，父母发现这孩子逐渐变得与父母话语不多，直到有一天她突然提出来要到日本去留学，这让父母听后如晴天霹雳。但是，傅云这孩子主意太大，一旦拿定主意了，谁也劝不住。父母不同意，傅云就以绝食相抗争，最后，父亲终于在母亲劝说下勉强同意，但条件是，学完回国，个人婚姻大事必须听从父母安排。

傅云到日本留学，一方面是提亲结婚的事让她太烦，她想借此机会出来躲一躲，另一方面也是偶尔在报刊上看到秋瑾的介绍，秋瑾是一个令她神往的女中豪杰，早期曾留学日本，上一代的女人都可以留学日本，自己为什么不可以？傅云正是在这样的背景之下去了日本。

岛本雄二是在傅云到日本留学的第二年下学期认识她的。那一学期，岛本雄二讲一门必修课叫《西洋艺术史》，在几十人的一个班里，第一次上课，他便注意到了这个美丽、文静的女孩，这是他印象里东京女子实践大学真正的校花，直到一学期即将过去，他才知道这个女孩原来是个中国人。岛本第一次约傅云到他办公室谈一篇论文的修改时，他以为傅云作为一个中国学生，能够被老师叫去办公室，定会觉得是莫大的荣幸，但出乎岛本意料的是，这个外表温柔、文静的中国女孩其实是一匹桀骜不驯的烈马。岛本雄二一直有一种优越感，他出生于日本富商家庭，不到二十岁便去了欧洲留学，先后在法国、德国学习雕塑、考古，不到三十岁已经是日本青铜器领域的专家，可是自我感觉良好的岛本，在这个二十岁出头的中国姑娘眼里，几乎什么也不是。这让岛本既苦恼又不甘心。越是不甘心，越是激起征服的欲望。起初他能够说服自己的理由是，毕竟傅云是中国姑娘，而有着同样背景的李逸山，他们都是中国人，在一起共同语言更多，因此，他忍痛割舍对傅云的暗恋，可是，当他那天喝酒探听到李逸山已经结婚之后，重新燃起了再次追求傅云的欲望。眼看傅云就要毕业，一旦毕业回国，他恐怕再也没有机会了。岛本注意到，傅云最近几天脸上常有泪痕，走路总是低着头，心事重重的样子；他还注意到一个细节，傅云一个人到校外看了一场正在东京热映的爱情电影，他相信，傅云正在经历个人感情上的煎熬。

岛本看到了机会。

这一天傍晚，岛本看见傅云一个人在校园散步，便主动追过去，打了一个招呼："傅云小姐，今天天气很好啊，一个人散步呢？"

傅云侧身点点头："是啊，今天天气不错，岛本老师。"

岛本："我正好也没事，一起走走。"

傅云没说好，也没说不好，继续往前走。经过上次喝酒打架事件以来，傅云对岛本增加了许多的好感，至少过去那种本能的抵触、躲避不再有了，就像一般朋友那样，在一起说话也放松了许多。私下里，她有时候也像李逸山一样，当面称呼岛本君。

岛本："时间真快啊，你们很快就要毕业回国了。"

傅云轻轻叹一口气，像是自言自语："是啊，真快。"

岛本："回去以后做什么，定了吗？"

傅云："还没有想好。家人肯定不希望我出去工作，但是我一定要自食其力，找点事情做。"

岛本："在我们东方，女人一般都不出去工作。西方倒是不同。不过各有利弊。"

傅云："既然各有利弊，为什么我们东方人只看到弊的一面，而看不到利的一面呢？"

岛本："傅云小姐看问题总是有新角度。东方男人不希望女人出去工作，也是心疼女人，怜香惜玉嘛。"

傅云："恐怕还有另一层含义吧？"

岛本："说出来听听。"

傅云："东方男人缺乏自信。"

岛本："女人嘛，确实也有其特长，比如傅云小姐，在艺术领域就是才华出众。将来不用真是可惜了。"

傅云："是啊，在青铜器方面，我也是不想丢掉，还想做点对国家有意义的事情。"

岛本："如果这样，我倒是希望傅云小姐能够留在日本，也可以当我的助手，在日本继续从事青铜器研究。回到中国恐怕不具备条件。你们的政府官员，忙于升官发财，谁把公共文化事业当回事啊。这一点，你和李君都不爱听，但我讲的是事实。我去过中国，也和中国各类官员有过接触，我对他们不抱希望。我总是批评你们的政府，我是拿其他国家的政府和贵国政府进行比较之后才得出的结论，是就事论事，请你不必介意。"

傅云："我又不是第一次听到你这样批评中国政府。但是，正因为这样，我们才出来留学，才要留学回国，改变中国现状。否则不是永远没有希望吗？”

岛本：“傅云，你留下来吧，我们可以在青铜器研究上一起做出成果。”

听到岛本说“我们”，傅云有点不舒服，心想，你是你，我是我，哪来的我们呢？ 不过，傅云觉得没必要与岛本计较，因为他也没有什么恶意。

岛本看傅云没有直接回答，以为傅云在犹豫，便又加强语气说：“傅云，如果你愿意留下来的话，我可以帮助你。 请你认真思考。”

傅云口气坚决地说：“我是不会留在日本的。 从来也没有这样想过。”

岛本以为傅云没有完全理解自己的意思，他鼓足勇气干脆把话挑明了，说：“傅云，在你即将毕业之际，我想告诉你，我非常爱你！ 你现在不用回答我，但请你认真思考。”说完，岛本像是完成一项重大使命，深深一鞠躬，掉头走开了。

傅云早就猜到了岛本的心思，也知道日本人说话比较含蓄、暧昧，但没想到岛本把话直接说出来了。 有一位优秀的男人直接向自己示爱，傅云内心还是高兴的，哪怕出于女人的虚荣，她也有一种满足感。 但是，她知道，这不可能。 她怎么可能嫁给一个日本人，留在日本呢！

18

李逸山与傅云是 1922 年 6 月 29 日清晨从日本乘船到达上海的。这一点，傅云在日记里做了详细的记录。

到达上海之前，傅云在船上就和李逸山商量好，到达上海后，先不急于离开，两人一起在上海逛一天，然后再分头回各自的家。傅云小时候多次跟随父母到上海游玩，留下了很多美好的记忆，她说，她可以给李逸山当导游，去看看大世界的哈哈镜，到城隍庙尝尝上海的小吃，然后到小时候去过的霞飞路转转，晚餐可以安排在外滩所住旅店的附近，那里有一家很不错的杭帮菜餐厅。

在旅店安顿好之后，两个人虽然按照计划去了上海的几个景点，却没有逛街游览的兴致了。

这天，上海下着小雨。傅云发现，留在童年记忆里的大世界的哈哈镜并没有想象的好玩与快乐，而城隍庙的小吃也不是记忆中的味道。

傅云在离开日本上船之前就想好了，和李逸山在一起的时间不多了，也许这就是一生中的永别，因此，一定让自己的情绪保持最好，让李逸山和自己在一起的最后时刻是快快乐乐的。可是，真正下了船，到了上海，她的情绪变得越发伤感，一想到和李逸山从此分离，便悄悄地流下伤心的眼泪。尽管她一直在内心里安慰自己，一定不要在李逸山面前流一滴眼泪，可是，眼泪还是不时地流下来。好在，这天一直下着雨，泪多的时候，她便故意将头探出雨伞，让清凉的雨水滴在脸上，当李逸山主动要为她拭去脸上的“雨水”时，她又谎称自己喜欢雨水打在脸上的感觉。这样几次下来，李逸山已经感觉到了傅云的泪水。

李逸山不愿意说破。他担心，一旦说破，傅云会失控哭出来。李逸山也希望两个人最后在一起的时候一定是高高兴兴的，自己一定不要触及伤感的话题。

就这样在一起逛了一天，说是逛，内心里都不在玩上。

到了晚饭时分，傅云带李逸山来到外滩那家杭帮菜餐厅，她希望能让李逸山好好尝尝她家乡的美味，点了菜，还要了一瓶绍兴花雕老酒。李逸山喝惯了北方的高度烧酒，对绍兴黄酒没有当回事，刚要倒一杯尝尝，傅云却说，这种酒是糯米酿造的，需要热了才好喝，但不能喝多，后劲很大。傅云让服务员将酒给热一热，同时吩咐，在酒里放上一颗话梅。酒端上来之后，李逸山闻了闻，果然有一股特别的浓香。傅云见李逸山很喜欢这种酒，心里高兴，说她父亲也是很喜欢这种花雕，每天晚餐都要喝一点，写字的时候尤其要喝上一杯热酒。

傅云说：“我父亲喜欢喝酒，但也要看情绪。你要是和他一起喝酒，他一定高兴。”讲到这里，她忽然发现自己有一点失言，马上纠正说：“他喜欢与懂书法又能喝酒的人在一起大声说笑。”

李逸山：“这酒确实好。”

傅云:“明天给你带上一瓶,路上喝。”一说到分别,傅云的心情一下子又变得沉重起来。

这一天,两个人虽然都在有意识地回避分别的话题,可是,无论怎么找话题,无论怎样转移注意力,说来说去,都离不开明天就要分别的事实。

李逸山尽量让自己装作无事,大口嚼着饭菜,几乎把这天傅云点的饭菜吃了个一干二净。

用完晚餐,天色渐晚,两人回到旅店。

在海上航行多日,今天又累了一天,李逸山将傅云送回房间,叮嘱傅云,今晚上好好休息一下,明天早晨可以晚起一会儿,他会准时来叫醒她,一起吃过早餐,送她先上杭州的火车。交代完,傅云站在房子当中,只是看着李逸山,点头不语。等李逸山回身准备离开的时候,傅云突然追上来,从身后抱住李逸山,说“我不想让你走”,然后便失声痛哭。

李逸山一时僵在原地,不知道该怎么办。他内心也是撕心裂肺地痛,他的眼泪也在往下流。但他还是尽量地控制住自己的情绪,止住了眼泪,转过身来,用手背为傅云擦去眼泪。傅云更是将头贴近他的怀里,伤心地喊着:“逸山,我不让你走!”这一喊,李逸山再也控制不住自己,也搂紧傅云失声痛哭起来。两个人就这样,搂在一起,哭在一起,终于吻在一起。

这一夜,似乎突如其来,又似乎是水到渠成。

这一夜,两个人彻底将自己交给了对方。这一夜,两个人一次又一次地将身体融化在一起,并成为彼此一生刻骨铭心的记忆。

第二天清晨，两人还是紧紧拥抱在床上。

傅云先醒来，她看着躺在身边的这个男人，心里既满足又心疼。她静静地侧身坐起，一直看着这个再过一会儿就要分别的男人，她不再哭泣流泪，她要一点一点地将这个男人看个够，把每一个细节、每一分爱都深深藏在心里。

李逸山醒来后，看见傅云正在静静地看着自己，他伸出有力的臂膀，再一次将傅云搂进温暖的怀里。

阳光暖暖地从窗户照进来，时候已经不早了。两个人还是相拥着，难舍难离。

傅云："逸山，在日本几年，我还不知道你的生日。"

李逸山："是啊，我也不知道你的生日。我想过问你的生日，但是，又不知道到你生日那天该怎么办，所以没有问。"

傅云："我也是这么想的。"

李逸山："你的生日是？"

傅云："1901年5月11日。"

李逸山："1895年11月5日。"

傅云："啊，这么巧，倒也好记啊。"

李逸山："傅云，你和我一起去北平吧？"

傅云："去北平做什么？"

李逸山："我们住在一起，永不分离。"

傅云："你有自己的家庭，我到了你家，大家就没有平静日子了。"

李逸山："不会。我妻子善良大度，你们可以像姐妹一样相处。"

傅云："现在能够和你在一起，我已经很知足了。我愿意做一个独立的女人。我会永远记住我们的爱。"

1922 年 6 月 30 日，李逸山与傅云分别。

这一天，傅云的日记虽然伤感，但显得平静。

他们答应今后相互通信，但他们都不知道，什么时候还能够见面。

19

李逸山举家迁到北平净土寺胡同之后，便全身心投入青铜器的研究与收藏上。

他先是在北平拜访了金石界泰斗人物罗振玉。李逸山的叔父与罗振玉是至交，当年罗振玉南来北往途经山东济宁，多在李家落脚。出国之前，李逸山在家乡济宁就认识罗振玉，有一回，济宁太守王鹿泉在太白楼上宴客，李逸山即席作诗，写下楹联"宴客亦寻常，贺监何人，应让风流归太守；能诗最奇特，青莲如我，无须星宿托长庚"，给罗振玉留下极深的印象。所以，李逸山刚给罗振玉送上拜访帖，罗振玉便立刻表示欢迎。

在罗振玉府上，李逸山把在日本留学了解到的青铜器研究情况对罗振玉做了简要概述，也谈了自己打算编辑整理《中国青铜器大全》的愿望。 罗振玉一边听着，一边频频点头，他对李逸山说，中国青铜器研究从北宋开始便受到重视，也有一些重要研究成果，元、明两朝研究式微，成果不多，清朝乾嘉之后，研究者猛增，所著图书颇多，不过，诸多著录与研究仍以铭文和文字训诂为重点，日本与西洋学者研究范围似更开阔。 罗振玉在提到中国历代学人时，还停下来，在一张纸上顺手写下他们的代表著作，一会儿工夫，就列出一长串书单，他说，许多稀世珍品古器，历来多为宫内藏品，外人难以见识，辛亥革命以后，部分古器流失宫外，或为私人秘藏，或已流失海外，实在令人痛心。 他勉励李逸山说："虽然生逢乱世，仍可有所作为，我虽老朽，如有需求，当助一臂之力。"说完，罗振玉将自己的几部金石学著作赠与李逸山。

李逸山一有空闲，便到北平琉璃厂古玩市场闲逛，了解青铜器文物市场行情。 很快，他便认识了三位古董收藏商：老佟、老布、老董。

老佟收藏比较杂，一切古玩均做收藏交易。 李逸山在他这里淘到了黄易的字画与祖上收藏过的《西岳华山庙碑》"四明本"，还在老佟存放古旧图书的书架边角里，翻出几本关于青铜器的旧书。

老布的古董店最擅长文物修复，主要是青铜器的修复。 老布说，他店里修复过的文物，几乎不留痕迹。 老布不吹牛。 老布店里除了买卖青铜器，还经营青铜器赝品。 因此，他对赝品市场十分熟悉。 李逸山一有空就向老布虚心请教一些青铜器的真伪鉴别知识，这样一来二往，老布和李逸山熟了，成了相互信任的朋友，老布便告诉李逸山时下青铜器的地下仿造情况，并分别介绍了北平、洛阳、西安、潍坊、苏州各地仿造的特色与不足。他告诉李逸山，再高明的伪造也会露出破绽，辨别真假古代青铜器，可从范线、声音、外表光洁度、颜色、器形、铭文、纹饰、锈蚀等多处进行辨伪，关键还是要多看，见得多就明白了其中的道道。老布还热情地向李逸山推荐了这个行内的另一位朋友老董。

李逸山来拜访老董之前，老董已经摸清了李逸山的底细。他知道李逸山在北洋政府里面很有背景，北洋政府的两任总理靳云鹏、潘复不仅是他的济宁老乡，还沾亲带故，而且北洋政府秘书长丁佛言与他是留日同学，顶要好的朋友，重要的是还知道李逸山的胞兄就在北洋政府做事情，所以，李逸山刚走进他的古董店，他便热情地打招呼说："李先生吧？前两天到过老布那里啦？老布那小子，古器没什么真玩意儿，赝品多，不过，对朋友还是够意思、讲诚信。"

李逸山笑了："听说董老板收藏过许多青铜器，逸山不过是来请教学习。"

老董："李先生见笑了，我这里主要针对大户买家和外国人。这些人都是专家，别看老外中国话说不好，但到这里来淘货的，个个是行家里手，都有一双火眼金睛，你骗不过他们，其中要数日本人最贼，不仅要好东西，还杀价杀得厉害。所以，要是有好东西，先是卖给国内大买家，国内买家卖不动，再卖西洋人，最后才卖日本人。"

和几位古董商交往下来，李逸山感觉学到了很多东西。而这些古董商也很佩服李逸山的学识与人品，交往几回下来，大家成了朋友。

有一天，老布、老董非要请李逸山喝几杯，让他们没想到的是，李逸山不仅有酒量，而且喝酒十分豪爽。酒过几巡，李逸山打听毛公鼎的下落。老布说，自己做了几十年古董生意，过目宝贝无数，但至今还没有见过毛公鼎，毛公鼎内壁上的拓片倒是经手过。

老董沉吟片刻说："李先生真想看？"

老布："老董，你拉倒吧，毛公鼎出土至今，少说五六十年了，很少露过面，听说四川巡抚端方被杀那年，在他家出现过，但后来不是说给否了吗？这又过去了十多年，再没有听到消息。"

老董没有理会老布，眼睛直勾勾地盯着李逸山："假如李先生真想看，等机缘巧合，鄙人一定安排。那是真正的国宝，李先生既为研究专家，应该看一眼原物，把它记录下来，至少给后人一个交代不是？"

李逸山斟满一杯酒，站起身，说："这一杯酒，我喝了，如有缘亲眼看到如此国宝，定当不胜感激。"说完，一饮而尽。

老布也斟满一杯酒，对老董说："董老板，咱可是几十年的交情，看毛公鼎这么大的事，你要是不叫上我，我可是白交你这个朋友了。"

老布端着酒，并不喝，只是站着，等着老董表态。

老董说：“哎呀，这就看你老布的人缘了。我呢，倒是可以替你说情，人家要是不答应，我也没辙了。”

老布：“这杯酒我喝了，能不能看成，你看着办。”说完，一饮而尽。

20

傅云与李逸山分别后，一直保持着联系，但联系方式很“克制”。有时候回一封信，只有简短几句话，说些“我很好，一切平安，请放心，多保重”之类的话；有时候是寄上几本从旧货市场淘来的与青铜器相关的古书；有时候是寄上一包上海的特色点心、奶粉或者学生用具，等等，极少谈及私人感情。李逸山以为，傅云也许已经有了自己的家庭，虽然这样一想，心里挺难受的，但是想到傅云挺好的，内心也是一种安慰。

傅云把感情埋在了心里。她不想在感情上打搅李逸山，不愿意让他为此多分心。但在傅云的日记里，经常有对李逸山的深深思念，特别是在女儿出生以后，她在日记里常常会流露出对女儿成长中没有爸爸陪伴的歉意与自责。

王忆梅与艾米就此在电话里进行过沟通。王忆梅带着忏悔的口气对艾米说：“艾米，真觉得我们李家对不住您的外婆傅云，她一个人带着孩子，又是在那样一个年代，真不容易啊，真不知道她要顶着多大的压力。”

艾米："是啊，我们自己大半生走过来了，才越发觉得傅云真是太了不起了，有了女儿以后，她一直没有告诉李逸山，主要是不愿意影响李逸山的家庭。 都说爱情是世界上最自私的，实际上，还有一种爱，是放下，让对方幸福。 现在的女人，很难做到的。 傅云为了爱情，付出很多。"

王忆梅："真想不出来，她是怎么熬过来的。"

艾米："在我们小的时候，外婆经常说，没有吃不了的苦，只有享不到的福。 遇到困难的时候，我经常想起她说过的话。 这是我们的家训。"

王忆梅："作为女人，对她了解得越多，就越觉得她实在了不起。"

傅云从日本回到杭州，父母已经为她定下一门婚事。 出国前，这是说好的，婚事要由父母来定。

为傅云定下的婚事，是杭州当地一个姓徐的大户人家。 徐家公子一表人才，留学英国，在诸多上门求亲的人家当中，傅云父母一下就看上了徐家公子。 傅云父母以为，两家门当户对，徐家公子也是留洋学生，与傅云很般配。 他们经过反复考虑，答应了这门婚事，同意傅云回国当年秋天举办婚礼。 傅云回来之后的第三天，母亲便拿着徐公子的照片，满心高兴地来和傅云说了详细情况。 有些事情也许就是缘分，傅云看过照片，对这位未曾见面的徐公子印象还好，假如不是去了日本，假如没有遇到李逸山，假如没有发生感情上的一些故事，或许，傅云就会嫁进徐家，成为徐家媳妇，为徐家生儿育女，相夫教子，度过另一种人生。但是，这时候的傅云，感情全在李逸山身上，眼里哪还能装得下别的男人。傅云对母亲未置可否。母亲以为，女孩子家，可能不好意思明确表态，所以她也没有再多想，便开始为傅云做出嫁前的准备。

就在踌躇不定、不知该怎么回复父母的时候，傅云发现自己怀孕了。起初，她是既害怕，又欣喜。害怕的是，这件事一旦让父母知道，一定会把他们吓着，她连想都不用想，也知道父亲一定会大怒，母亲会没完没了地哭闹，当然传出去更是让自己以及傅氏家族名声扫地，然后，又不知道父亲以及整个家族还会做出什么举动来。她不敢往下想了，越想越害怕。但当她镇定下来，想着怀上的是与逸山的孩子的时候，她又有某种庆幸与欢喜。但是无论如何，怀孕这件事情不能让父母知道，她宁可解除婚约，宁可失信于徐家，也不能让父母承受更大的压力。

傅云给父母留下一封信，就一个人来到上海。她先是在一家旗袍服饰店做服装设计，在法租界租房住下，把孩子生下之后，她雇了一位从苏北来的年轻保姆阿珍带孩子，照顾生活起居。她为女儿取名李济婷，小名婷婷。后来，她在一条繁华商业街租下一个店面，专做高档旗袍与真丝睡衣、丝巾等。来定制旗袍的多是一些富有的官商太太，而真丝睡衣、丝巾则受到租界外国夫人、小姐的喜爱。傅云的生意十分红火，还直接带动了傅云父亲的丝绸生意。令傅云父亲想不到的是，就在杭州的同行都在说生意不好做的时候，他自己也不明白，为什么上海来的采购商就喜欢他家的丝绸面料，而且面料的质地越好、价格越高，卖得越好，以至于亲戚都在托他出货。

傅云设计的旗袍、睡衣、丝巾都取名“逸云”，一时间“逸云”商标成了上海滩的一个知名品牌。连附近城市杭州、苏州、南京有钱人家的太太、小姐，到上海买旗袍都点名要“逸云”牌，或者慕名到逸云服饰店，请该店的师傅量身定制旗袍。

傅云回国后的第四年，岛本从日本来到上海，拜访了她。岛本听说傅云有了一个三岁的女儿，并且没有和李逸山走到一起，遂在上海的一家日餐厅直接向傅云表示希望和她结婚，愿意一同抚养婷婷。

傅云莞尔一笑，淡定地说：“我自己可以生活得很好。”然后转移话题，根本不和岛本谈论个人感情的事。

岛本意识到，和傅云谈时装、谈时政、谈青铜器艺术，她都会表现出专注在听的意思，而一旦谈到个人感情，傅云则一律不接话，或者转移话题，让岛本很难找到机会与傅云正式谈论家庭、婚姻问题。

岛本离开上海的时候，傅云送了他两套精美的礼盒，里面各装一套真丝睡衣，男式的一套是给岛本的，女式的一套则是让他带给田中夏子校长的。

让傅云没有想到的是，自此以后，每年都能经常接到来自日本的订单。田中夏子来信说，她的妹妹在日本经营服饰，非常喜欢傅云设计的真丝睡衣，市场很好。后来，田中夏子的妹妹直接和傅云保持业务上的联系，还提出一些很好的改进意见。

岛本也从傅云这里每年订购一些，也许是想帮助傅云，也许是想以此为由与傅云保持某种联系，岛本究竟怎么想的，傅云也不知道。

让傅云想不到的是，因为服装生意，她一下结识了很多朋友，上海上流社会的一些官太太、小姐，也都主动和她接近、交往。

21

1923 年 9 月，河南新郑郑公大墓出土上百件青铜器，一时成为轰动海内外的考古大事件。

大墓刚刚挖掘出几件青铜器，就连当地官府都尚未察觉时，远在北平的李逸山已经听到了消息。 李逸山在十分欣喜的同时，也不得不佩服北平琉璃厂这些古董商眼观六路、耳听八方的商业嗅觉，别看他们在一起喝茶、闲聊、遛鸟、喝酒、贫嘴逗闷子，但是要说有关全国各地文物古器的消息，他们比谁都灵通。

这天上午，李逸山照例到琉璃厂古玩市场溜达，老董悄悄把李逸山叫到一间密室，低声说：“李先生，有大玩意儿出现了。”

还没等李逸山接话，老董便把大致情况做了介绍，他说：“河南新郑李家楼有一个叫李锐的乡绅，在自家菜地掘井，发现一座古墓，古器数量惊人，悄悄挖出来一部分，眼下已经将三件青铜鼎卖给了许昌古董商人张庆麟，张庆麟出价八百五十块大洋，又在北平、上海找到了下家，这是东周的青铜器，到了北平、上海的古董商手里，要是再倒手，至少还能翻一番。李锐雇人连夜挖掘，动静太大，惊动了到此巡防的驻军，那还不是找死啊，驻军的长官立马派兵包围，说是出土古物应当一律归公。在枪口面前，这李锐也还算识时务，满口答应古器归公，从他手上流出去的三件青铜鼎，当地驻军派人到许昌全部追回了。不过，这帮当兵的，也还算讲理，把八百五十块大洋照原价退还，要是赶上犯浑的，追回古器，不还你钱，还给你定一个私藏国宝罪，把你关进大牢，你还能怎么着？”

李逸山：“这古墓落到军阀手里，还不遭殃？”

老董：“谁说不是呢，军阀出面，谁还敢说话，这等于是明抢。不过，听说这军阀是北洋皖系的一个师长靳云鹗，是北洋政府政务总理靳云鹏的胞弟。那可是你山东济宁老乡。”

李逸山一听，大喜过望，说：“要是真的，这倒是一件好事。”出于慎重起见，李逸山问道：“董老板所言，可是当真？”

董老板：“虽然不曾亲自核实，但我的消息渠道可靠，大概错不了。李先生如方便，不妨打探、核实。既然李先生与靳云鹗将军是同乡，见面可要尽力劝诫，切勿私吞国宝。”

李逸山：“以我对荐青（靳云鹗字）的了解，他自小便是仗义疏财的人物，虽然多年未曾谋面，但应该变化不到哪里去。这样，我先写信去问个究竟吧。”

当晚，李逸山提笔给靳云鹗去了一封函。李逸山深知此古墓发掘意义重大，次日，又乘火车直接到天津租界拜访了靳云鹗的胞兄靳云鹏。刚说明来意，靳云鹏便吃惊地表示：“逸山真是消息灵通，我也是上午刚刚收到荐青发来的电报，正为此次重大发现高兴呢，逸山就登门了。逸山留日回国，又是青铜器方面的专家，有何高见？”

李逸山：“吾国之视古物以为第供私人玩好，而且巧取豪夺，罔知忌讳，从未闻公共保存以备研究学问之用。古墓盗毁严重，从未有完整保护，今荐青有缘赶上尚未遭遇破坏之古墓，此正名留青史之际，希冀荐青尽快将古墓开掘进展公布于众，以免遭不测。我的这个意思，也已写信和荐青细说了。”

“鄙人也是这个意思。”靳云鹏听后，十分高兴，指着办公桌上的电报继续说，“荐青是个明白人，军队封堵古墓之后，已经在第一时间用电报向吴巡帅做了报告，我也正打算马上回复，让他尽快告知天下，以防不测。此事办好了，是青史留名；办不好，可是要遭天下人唾骂，遗臭万年的。”

李逸山回到北平没几天，就收到了靳云鹗的回函，靳云鹗感谢李逸山的来函提醒，说由于军务缠身，古墓挖掘已经交由李副官带兵亲自打理。靳云鹗提出，等古墓挖掘接近尾声，希望逸山能亲自来郑面议，因为届时需要专门人才整理编辑成册，还希望逸山在百忙之中能助其一臂之力。

到了 10 月份，挖掘基本结束，靳云鹗来函郑重邀请李逸山前往。

靳云鹗是在新郑古墓附近的军帐内接待的李逸山。

故人相见，十分高兴，李逸山说：“荐青老兄保护古器，所作所为真乃前无古人、造福子孙之举，新郑古墓之发现已成为近期北平各家报纸的重要新闻，也引起世界考古界的轰动。荐青兄保护古器有功，不仅是我济宁老乡的骄傲，更是我中华民族的骄傲。”

靳云鹗听李逸山这样一讲，开怀大笑，说：“钟鼎重器、尊彝宝物，为先民典型所寄，应该归于公家，云鹗虽不才，但这点觉悟还是有的。”

李逸山：“逸山在东洋留学，所见东瀛大小博物馆、图书馆遍布学校、街区，为公共所有，为公共所用；回国以后，也希望有识之士做出楷模，将一切祖宗遗留下的古器文物，为天下人所共享，尤其像古墓出土的这些钟鼎重器，应该供之于公共场馆，让天下人皆有机会参观，或学习，或研究，弘扬我中华文明。”

靳云鹗：“逸山所言，甚合吾意。”

李逸山：“日本人、西洋人历来看不起我国对古器的保护，嘲讽我国一切古器文物均被视为己有，为私人所藏，或盗或抢，破坏、流失更是十分严重，逸山深受刺激，荐青兄或可将此古墓保护做出榜样，为今后典范，长我中华志气。”

靳云鹗：“逸山说的是，我已电告吴佩孚巡帅，并做出保证，本次新郑出土文物，寸铜片瓦，一件不少，李副官亲自督阵，大墓已经挖掘完毕，出土上百件文物，正准备一一照相，登记造册，出版发行，告知天下，以备日后查验，也给后代子孙一个交代。”

李逸山听后，十分感动，又问：“这些国宝重器，今后如何保护？”

靳云鹗：“这正是我劳驾逸山贤弟来郑商量咨询的意思。逸山学识渊博，听家兄说逸山正在研究中国青铜器，您能来真是太好了。至于如何保护，这个时期，北平方面来了一些历史、考古方面的专家，还有美国的专家，均有建议。北平方面，教育部、北京大学也都有意将文物全部运去，这样既可保护，又方便参观、研究之用。北京大学成立了考古系，校长蒋梦麟发来亲笔信，言之凿凿，情真意切。逸山以为如何？”

李逸山：“文物虽然出自河南，但我担心该省是否有能力保护好国宝重器。近些年，青铜器自从成为外国人收藏、研究的重要文物，豫、陕、晋等省古墓盗掘猖獗，官商勾结，中饱私囊，文物流失严重。眼看着国宝重器让外国人轻易得手，逸山十分痛心。虽然地方政府口头上说保护文物，但是由于利益巨大，古董商人与地方官员沆瀣一气，常常以赝品取代真品，偷梁换柱，遮人耳目，这正是逸山所担心之处。”

靳云鹗：“青铜古器仿制真能以假乱真？”

李逸山：“新郑近邻洛阳的地下作坊就有很高的仿制工艺，如今北平、潍坊、西安、苏州均有，苏州周梅谷作坊的仿造水平极高，内行不小心就会被骗，外行根本看不出来。”

靳云鹗低头沉思片刻，自言自语道，各行有各行的门道，原来如此。他抬头问：“逸山认为应该怎么办呢？”

李逸山：“送回北平，固然比放在河南更让人放心，但还有一个更好的去处。”讲到这里，李逸山停顿了一下，看着靳云鹗。

靳云鹗："逸山请直说。"

李逸山："中国历朝历代，宫内国宝文物乃至稀世珍品最为齐全，但一遇到改朝换代，这些国宝大多或趁乱流失，或被抢被盗，至今许多史书上记载过的宫廷文物早已不知去处，只有我济宁曲阜孔府家藏文物从来保护完好，何以故？ 因为无论哪个王朝都要尊孔，对孔府顶礼膜拜，所以，孔府内所藏文物得以保存完好。 况且，逸山听闻，尊兄翼青一直以来有倡办曲阜大学之宏愿，新郑文物放置于曲阜大学，供教学、研究之用，也无可厚非。"

靳云鹗："逸山贤弟建议甚好，令云鹗茅塞顿开，但是这样做亦是万万不可。 一者，世人以为我靳云鹗将国宝运回家乡，乃满足一己之私，虽然运回曲阜确有道理，但难堵天下人口舌；二者，吴巡帅也有顾虑，以为移出河南，中原人恐怕不能答应。 所以，吴巡帅的意思，还是要留在河南省城开封，还是要相信，北平能够保护好文物，中原人也能保护好。 这是中原人的祖产，或许，河南人更有感情保护好自己的祖产。 请逸山来，还有一件事相求，就是借助贤弟的专业知识，助我一臂之力，做好出土古器文物之编辑造册工作。"说完，靳云鹗又领着李逸山走出军帐，来到已经结束挖掘的古墓工地，实地查看。

李逸山看着堆得像小山一样的黄土与几处深坑，对靳云鹗说："这个工程多亏荐青动用军队参与挖掘，倘若是私人挖掘，古器早不知道毁损成什么样了。"

靳云鹗生气地说："等到发现时，已经有一些古器被毁坏了。”

李逸山：“现在挖掘完了，说出来也是后话了，像这样的重大考古发现，在国外，是要一点一点挖掘，并且要将每一件文物的原始位置都做出标识的，这对研究当时的等级、礼仪、规范均有重要的史学价值。”

靳云鹗对李逸山的见地频频点头赞许。

到了中午用餐时间，靳云鹗说，这新郑县城也没什么吃的，有一家河南烩面馆味道倒是十分地道，这样一路说着话，就进了这家烩面馆。

简单用完午餐，靳云鹗说：“逸山不用走了，留下来帮助我把这批文物编辑登记在册再走，有什么条件尽请提出来。”

能够亲身参与登记、整理文物，令李逸山十分高兴，说：“给我配上两个干练的助手就行。”

靳云鹗：“马上就能到位。逸山有何要求，尽管提，我下午军务在身，就不陪你了。”说完，习惯性地敬一个军人礼，然而跃上早已备在边上的战马，奔驰而去。

这时候，一个军人走上来，拿过一个包裹，说：“这是师长留下的五百元大洋，请李先生先用，不够再取。另外两位助手，半小时之后就到。”

22

李逸山对靳云鹗派过来当助手的两位年轻军人十分喜欢，一个名聂豫兴，一个叫岳中原。起初两人见了李逸山，还显得拘谨，因为一直穿着军装，所以李逸山喊他们的名字做什么事的时候，他们都条件反射似的做出立正姿势，将身体一挺，大声说："是，长官。"这样一来，李逸山反而不习惯了。从第二天开始，李逸山便和他们说："我们在一块儿相处，不是在军营，我也不是你们的长官，你们叫我李先生就好，我就叫你们豫兴、中原了。"刚一开始，两位年轻人还不太习惯，过了两天就慢慢习惯了。

两位军人都是河南人，虽然李逸山的生活起居由他们照顾，但是由于大家每天吃住在一起，渐渐熟悉了，也都放松了下来。

一日中午吃饭闲聊，李逸山问聂豫兴是哪里人，聂豫兴说是河南济源人，李逸山一听，呵呵一笑，说："济源是个好地方啊，济源可是济水之源，历史上，济水是继黄河、长江之后的第三大河流，后来黄河多次改道，与济水汇在一起了，我的家乡济宁和山东省府济南都与济水有关。"聂豫兴很高兴自己的家乡也能和李先生的家乡联系在一起。

李逸山又问岳中原的家乡。岳中原忽地站起来，说："报告长官，中原是河南汤阴县人。"

李逸山笑着说："又来了不是，不是说好不立正，不叫长官吗？”

岳中原自己也笑了。

李逸山说：“汤阴县那可是民族英雄岳飞的故里啊。”

岳中原说：“俺家乡人都知道岳母刺字、精忠报国的故事，俺们那里自小习武，男孩都想当岳飞。”

李逸山：“你们两个可是都来自中原英雄豪杰的故里啊。”

聂豫兴见李先生这么说，一脸疑惑，想不起来自己的家乡出过什么大英雄。李逸山看出了聂豫兴脸上的疑惑，说：“济源这个地方，不仅有愚公移山的故事，古时候还出现过一个和刺秦王的荆轲一样的好汉，此人和豫兴还是本家呢，叫聂政，是个士为知己者死的大英雄。”

聂豫兴和岳中原这几天和这位从北平来的李先生相处下来，不仅觉得李先生十分有趣，和蔼可亲，而且还是一个无所不知的博学之人。他们对李先生埋头做事、一丝不苟、不知疲倦的认真劲头也十分敬佩。

起初，他们觉得每日和李先生在一起，把那些锈迹斑斑、带着泥土，有的已经破损或者成为碎片的青铜器，小心翼翼地过秤、用尺量，李先生还要在本子上记下来，这样的学问实在是无趣，后来在整理过程中，李先生给他们耐心讲解之后，他们才发现也是蛮有趣的。

聂豫兴尤其是一个好奇心重的人，他一边做，一边好奇地问，竟然也学了不少青铜器知识，认识了青铜器中的簋、匜、瓿、罍、鬲等古代器皿。他指着一件青铜器瓿对李先生说：“这是一种装粮食的小瓮，在我济源老家现在还有，不过是陶制的。”

岳中原虽然对古器兴致不是很大，也没有聂豫兴好学，但这是个机灵果敢的小伙子，喜欢武术，一套少林长拳打得风生水起。李逸山有每天早起晨练的习惯，岳中原也坚持早起晨练，这样二人还经常切磋一下拳法。李逸山惊叹，民间其实人才济济，只可惜没有给他们发挥才干的机会。

忽几日，聂豫兴变得愁眉不展、心事重重的样子。李逸山觉察到了，几次试探着问，聂豫兴都忍住不说。李逸山猜测一定有什么事，在他的一再追问下，聂豫兴才说出母亲突然去世、家乡来信要他速回的事，他担心这一走人，耽误了李先生的大事。

李逸山听后，又是感动，又是气恼，说：“为母尽孝守孝，是当儿子的本分，赶快回去，今天就走。”说完，李逸山从包裹里取出三十五块大洋塞给聂豫兴，说：“这三十块大洋，是给你老母亲做丧葬费的，这五块是盘缠，办完之后尽快回来就是。”聂豫兴从小到大，手里从来没有拿过这么多的大洋，他扑通一声跪下，哭道：“谢恩人！”然后连磕三个响头，起身，便一路小跑着前往车站，乘车回家。

大约过了一周，聂豫兴风尘仆仆赶了回来。只是按照当地的风俗，孝子一律要在左衣袖上套一截白色袖套，两只布鞋前掌面还要各缝上一块白布，以示有孝在身。聂豫兴回来后，话语虽然少了一些，但是干活更加勤快了。

眼看到了深秋，一天凉似一天。

李逸山负责整理编辑的活儿已经大功告成。靳云鹗从鸡公山特地赶回来，见了李逸山便说，汽车都已经准备好，一同将文物押运到省城开封交接后再回北平吧，开封第一楼的灌汤小笼包是天下名吃，也可顺便尝尝。

第二日，李逸山便跟随押运文物的汽车一道去了开封。

靳云鹗自己先去开封省城，要和当地政府要员见面，做交接事宜。李逸山则和两位助手同行。途中，李逸山问两位愿不愿意留下，在河南古物保存所守护文物，聂豫兴一听，毫不犹豫就答应了，岳中原却有点犹豫。

李逸山说："你们定下来以后，我好和靳云鹗师长说情。"

岳中原实话实说道："我对文物兴致也不是很大，从小做梦都想当兵，可是来了北洋军队，这几年眼看着一会儿奉系和直系打起来了，一会儿又和皖系打起来，打来打去，都是中国人自己打自己，死的都是同胞，心里十分苦闷，这样看来，倒不如选择留下看管青铜古器。"

李逸山听了岳中原的话，内心十分赞同，便说："那就这样定下来了。河南省这边恐怕也要派官员专门管理新郑古墓出土古器，这是全世界都在关注的一件大事。你们留下，一定要协助好他们，做好保护工作。每一件古器都是国宝，寸铜片瓦也不可丢失啊。"

李逸山觉得，让两位助手留下来看守文物，十分放心。

在天下第一楼吃包子的当晚，李逸山将两位助手的表现以及自己的想法和靳云鹗一一说了，靳云鹗很痛快就答应了。靳云鹗又吩咐在场的河南官员用好李逸山推荐的两个年轻人，地方官员也答应了。李逸山这天心情大好，喝了不少酒。回到住处，对聂豫兴和岳中原说：“靳师长已经答应你们留下来，地方官员也同意，明天一早，你们就可以脱下军装了。”说完，他让两人准备好一炷香，明天一早有用。二人从来没有见过李先生进寺庙或烧香，不解其意，但是既然李先生说了，他们便照办。

次日清晨，李逸山带着聂豫兴、岳中原来到古物保存所。看管古物的管理员昨天刚见过面，十分配合，打开藏品库房，有的已经放置在柜架上，有的还没有拆箱。李逸山让两位助理在门口敬上香，点燃，插在一个事先准备好的小香炉里。两个助手照着李先生的样子，一起深深鞠了三个躬。然后，李逸山慢慢走进库房，一件件查对。

看着立在展品柜里的钟鼎重器，李逸山内心有一种难言的愉悦感与满足感，这可都是经过他手登记造册的。同时，他还发现，有些青铜重器放置在地面上，有些摆放在展柜上，由于视角发生的变化，展柜上的钟鼎重器仿佛被注入了新的生命，个个赫然而立，威严肃穆。走到两件修复好的青铜方壶边，李逸山细细端详，他像是自言自语，又像是对两位助手和管理员说：“壶上有莲花，莲花上又站立一只展翅欲飞的鹤，多精美的工艺啊，这不是预示我中华民族总有一天将再度鹤立东方，展翅高飞吗？”

两位助手发现李先生悄悄掉泪了。

走出保存所，李逸山再度三鞠躬，向青铜古器做最后的告别。

回到住处，用完早餐，李逸山就要离开开封回北平了。

他最后做的一件事就是，把两个助手叫到一起，分别拿出两堆二十块大洋说：“这是你们这一段时间的辛苦费。”李逸山看两人都不想拿，就说：“拿上吧，离开了军营，吃穿全靠自己，在发薪水之前，先应个急。”然后，拿出一个包裹，里面是剩下的四百二十五块大洋和一封信函，让他们转交给靳云鹗师长。李逸山自己分文未取。

这天上午，聂豫兴和岳中原一直将李先生送到车站，一路依依不舍。就在要进站的时候，一个农民模样的男青年背着一个大包裹飞奔过来，一边跑，一边喊：“豫兴、豫兴。”

聂豫兴回头一看，不是别人，正是自家的胞兄。来到跟前，只见哥哥脸上全是汗，聂豫兴问：“你怎么来了？”

哥哥说：“听你信中说，李先生这两天就回北平，前天我就从老家出门，一路赶过来了。”他对李先生说：“老家也没什么特产，就一点核桃、红枣，还装了两只济源烧鸡和一些烧饼，请李先生一定带上。李先生对我家的大恩大德，无从报答，请一定收下。”

李逸山估算一下，从济源到开封，少说也有一百多公里路程，内心十分感动，只好将特产收下。当他乘坐的汽车缓缓启动的时候，他注意到，送行的三人，眼里都含着泪水。

23

回到北平几天之后，李逸山收到靳云鹗的来函，内容除了感谢之外，还把李逸山大大责备一通，说逸山太过见外，帮了这么大的忙，怎能分文不取。李逸山回函说，自己在国史馆固定领取薪水，再说保护古器今后还有许多用钱的地方。此事按下不提。

让李逸山揪心的是，回到北平，才得悉老母亲已经卧床数日，多亏妻子精心护理与兄嫂轮番照顾，才让老母亲脱离险情。不过上门的老中医说，老母亲因为中风偏瘫，且年岁已大，按摩、针灸亦难以痊愈，今后恐怕要在床上度过余生了。李逸山听后，十分内疚，连续几天，日日守在老母亲身旁，端饭熬药，小心伺候。

又过了几日，一日傍晚，老董急匆匆赶了过来。

老董一进门，见正和李逸山在一起坐着喝茶、说话的是一位器宇轩昂、官员模样的人，长相与李逸山酷似，估计是李逸山在北洋政府做官的胞兄，老董便让李逸山出来，悄声说："明早就去看大玩意儿。"

李逸山机警地看着老董："毛公鼎？"

老董点点头。

李逸山："把老布也叫上吧。"

老董有一点犹豫。

李逸山："上次不是答应老布了吗？"

老董："好吧。明儿早饭后，我和老布一块儿来叫您。"

老董和老布的关系比较微妙，外人都以为他们是顶要好的朋友，老布人前人后也说老董是自己的铁哥们儿，但老董不这么认为。老董在古董圈里最讲信用，口碑也最好，唯一不足就是有一点清高、孤傲，但在这样的圈子里，清高、孤傲某种程度上也是优点。老布说自己和老董是铁哥们儿，有一点巴结、占别人名声好处的意思。所以老布人前人后一提到老董，就说：老董，那没的说，哥们儿！

可是老董在人前人后基本不说自己和老布是哥们儿。虽然老布对老董确实够意思，讲义气，但是老董不喜欢老布的油、商人气。具体地说，就是左右逢源，什么钱都想挣，尤其是从他手上卖出不少赝品。老董最恨假货，所以，在琉璃厂老董也会和老布走动走动，喝喝茶，聊聊天，但是真正到了大场面，和有身份、体面的人打交道时，老董一般不带老布玩。老布见老董时，常吹嘘和谁谁谁在一起，认识谁谁谁，老董基本不说。老董不说，老布也不问。老布知道老董不爱说，但他不知道老董为什么不爱说。越是这样，老布越觉得在老董面前好像是矮了一头。所以，说到底，老布和老董的朋友关系，其实就是一种心理上不太平等的关系。这一层关系他们自己也都心知肚明，那就是，老董知道自己比老布高一头，老布也知道自己比老董低一头。这是他们心照不宣的默契。只是这种关系外人看不出来。

第二天早饭后，老董领着老布到了李逸山家门口，李逸山叫上一辆黄包车，跟在老董、老布同坐的一辆黄包车后面，一起来到西城一个深宅大院。

在北平住这样的大院，都不是普通人家，但一进去，李逸山便发现里面现出破败的气象。李逸山想，过去这一定是一个大户人家，但如今已经衰败了。李逸山很识趣，老董不说，自己一律不问。老布有点忍不住了，悄声问老董："这是哪个王爷家呀？"老董皱了一下眉头，没接话，经过前面一个院子，继续往里面走。在一个亭子跟前，见一个偏胖的中年男人正在亭子下逗鸟。中年男人听到脚步声，也不抬头，对着鸟笼子里的小鸟说："打你了，没礼貌。"话音刚落，小鸟发出清脆的声音："来啦？您好！"中年男人高兴地笑了起来，仍然不抬头，对着小鸟表扬道："真乖！"说着，喂了一点鸟食。老布见老董还没有说话，以为这位中年男人没有注意到来人，便主动上前讨好地说："您这小鸟是八哥吧？真懂事。"老董赶紧拽住老布，示意他别说话，中年男人侧脸扫了一眼三位来人，又开始逗鸟。这小鸟也不知得了什么信号，突然生气了，大声说："乌鸦嘴，乌鸦嘴。"中年男人则对着小鸟指责道："你真烦人！"小鸟回应道："烦人，烦人。"

李逸山知道不妙，老董已经感觉到不对了，连忙作揖道："五爷今儿忙，不打搅了！"

这位五爷仍然没有抬头。小鸟突然又叫了一声："不送了，不送了。"

老董与五爷多次打交道，最了解这位五爷的脾气，所以，作揖之后，便示意赶快告别。

出了大门，老布便骂道，这位五爷真他妈怪癖。

李逸山则忍不住笑了，说这位五爷有意思。

老董觉得很不好意思，对不住李逸山，然后对着老布说："都怪老布多嘴。"

老布觉得很委屈："我什么也没说啊，怎么多嘴了？"

老董说："这位五爷，是有一点怪癖，但是，凡事认人。看毛公鼎这么大的事，他不信任的人，绝对不提此事，给多少钱也不行。老布你明白了吧？今儿不是我不让你来，是人家觉得你老布在圈里信誉不好，不想见你！也不是不想见你，是不想让你见毛公鼎。"

老布这才明白自己和老董在古玩圈里的身份地位的差别，后悔得直想扇自己的嘴巴，说："早知道，我真不该来；来了，也不该随便说话，坏了李先生今天的好事。"

老董和五爷还算有交情，次日，他在全聚德烤鸭店定了一只刚出炉的烤鸭，带上吃烤鸭的配料、卷饼去和五爷赔不是。五爷见老董带了烤鸭，又闻见从包装纸里散发出的阵阵肉香，说："快打开让我先尝尝。"然后嘴里委屈地骂道："现在这啥世道，过去五爷我想啥时候吃烤鸭就啥时候吃，现在个把月也吃不上一回。"五爷大口嚼着烤鸭，就着刚沏上的茉莉花茶，居然掉下了眼泪。

五爷告诉老董，他把那玩意儿抵押在天津老毛子开的银行里，外国人盯上了，他不卖，要卖也先卖给中国人。价钱合适就出手。五爷说，这年头，兵荒马乱的，那些玩意儿放在手上也是祸，闹不好就要掉脑袋，还不如换了钱，吃在嘴里踏实。

最终，五爷同意陪老董和老董信赖的那位李先生一同到天津租界，但老布就算了。五爷也算是阅人无数，他对老董说：“你带来的那位李先生，不是一般人。”

24

三天之后，五爷先到了天津租界，住在亲戚家，次日，老董陪李逸山一起前往天津。

途中，老董告诉李逸山，五爷家道中落，一大家人就等着靠卖祖上留下的收藏过日子呢。毛公鼎如今典押在俄国人在天津开办的华俄道胜银行，五爷等着换钱用。不过，东西已经让一些消息灵通的外国买家盯上了，前几日，英国记者辛普森打算出美金五万元购买，五爷家人嫌钱太少，不肯割爱。现在知道出售毛公鼎消息的人还不多，只是私下里在打探。别看五爷这个人脾气怪异，可是，骨子里是爱憎分明的，看不上的人，死活不来往。五爷至今不肯割爱还有一个原因，他在等中国人是不是也能出这个钱，他家人也不想让毛公鼎流失国外，尤其不想让日本人听到了风声给弄走。

当日下午，老董、李逸山和五爷都准时到了华俄道胜银行门口，看管金库的两个俄国人直接将他们三人领进地库，打开两道门，将一个木箱子抬出来，放置在一个台面上，然后示意五爷可以打开箱子了。五爷从腰间取出一串钥匙，小心将木箱上的铜锁打开，然后几个人将一个黄色绸缎包裹着的圆鼓鼓的东西从箱子里抬出，打开外面一层包裹，里面还有一个夹了一层厚厚棉花的蓝色包裹，两层包裹之间，有一副白色手套，解开棉包裹，便是毛公鼎了。

五爷戴上白手套，轻轻抚摸着毛公鼎，说："当年毛公鼎藏在家父书橱后面的一间密室，这么多年，我们兄弟几个也只是在老爷子的书房看到过一回，老爷子严令，只许看，不得摸。"说完，自己摸了摸，脱下手套，交给老董，说："你们俩这回也摸摸，摸摸。"

老董生平第一回看见毛公鼎，正看得十分仔细，听五爷这么一说，便接过手套，戴上，小心翼翼地在毛公鼎边沿上轻轻摸了摸，然后便十分知足地说，弄了大半辈子青铜古器，这回总算也看了一回毛公鼎。

轮到李逸山了，他好像完全沉浸在眼前毛公鼎的想象里，一直在仔细观察，生怕漏掉每一个细节。虽然在日本留学时，在岛本雄二工作室见过毛公鼎的图片和铭文拓片，但是和站在实物面前的感受实在没法比。他在想，假如岛本雄二今天在场，一定会异常兴奋。令他感到遗憾的是，傅云没有机会亲眼看看毛公鼎。正在浮想联翩之际，五爷好像读懂了李逸山此时此刻的心情，他说李先生就不用戴手套了，就用手多摸几下吧。

李逸山还是认真地戴上手套，然后在每一处都轻轻地抚摸着，细细感受着这件精美的艺术品。

五爷也许是为李逸山的着迷所感染，轻声说："不急，李先

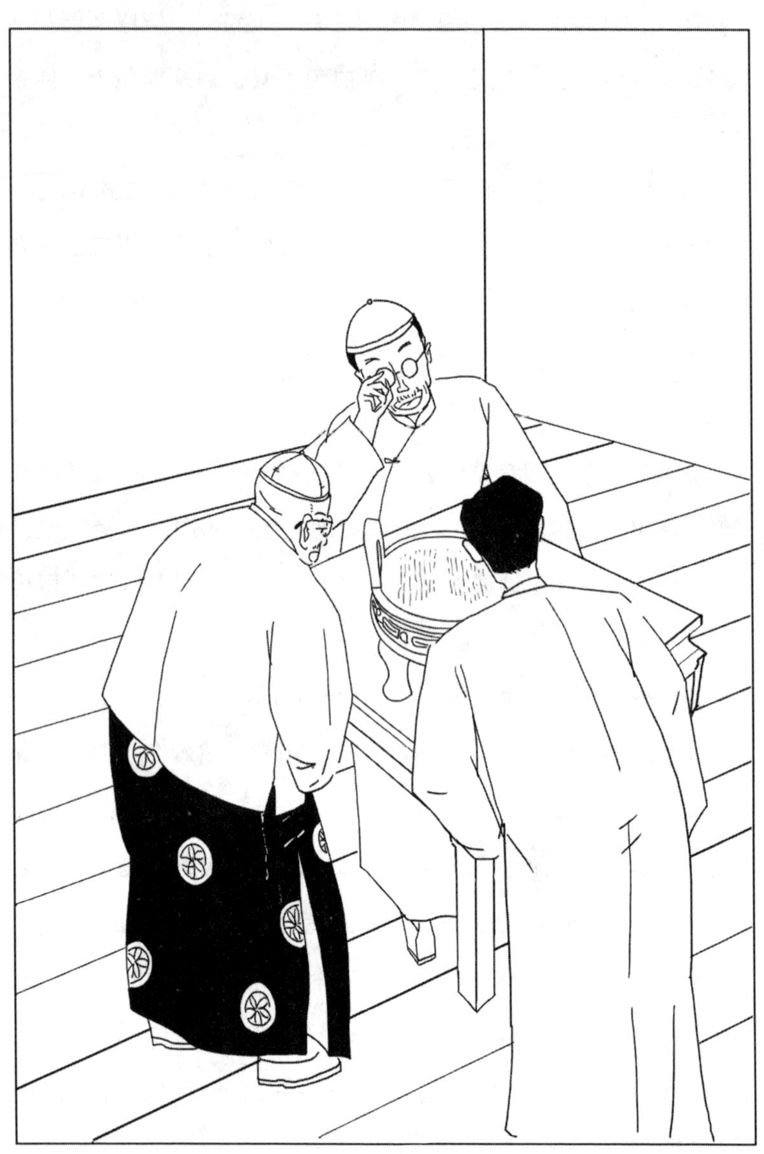

生，再好好摸一摸。”

过了一会儿，毛公鼎再一次被小心包裹装箱，搬进金库。出了金库门口，五爷轻声问李逸山，说：“李先生见多识广，您给估个价。”

李逸山说：“五爷，这是国宝，是无价之宝，能不卖就不卖，要卖就卖给中国人，不能流失海外啊。”

老董连连点头说：“国宝，是不能卖给外国人。”

五爷：“可是，当今这乱世，中国人谁能买得起啊？买得起，谁又能留得住啊？留得住，谁心里能踏实啊？”

李逸山：“我们都想想办法。您再给我们一点时间，先不要出手。手头要是实在紧，我和老董可以先资助您渡过难关。”

五爷：“那敢情好。”

当日，三人并没有直接回到北平。五爷还是住在天津租界亲戚家，说住两天再回北平，亲戚说好要请他尝尝天津的狗不理包子。

李逸山和老董也没有马上回北平，而是找旅馆住了下来。

第二日，老董去拜访了天津的几位古董商，李逸山则立马来到靳云鹏的天津租界洋房。

李逸山一坐下，便说明来意，靳云鹏听说毛公鼎的处境，也是深感惋惜，他说：“毛公鼎倒是值得收藏，只是眼下手上资金全用于投资办厂了，拿不出这么多的流动资金。”他沉吟片刻，说：“眼下，住在租界的几个老朋友，段老爷子（段祺瑞）手上没什么钱，求他没什么用，馨航（潘复字）老弟这些年生意不错，手头应该拿得出来，这几日他刚从东北张作霖那儿办事回来，你不妨去找找他。”

李逸山与潘复一家祖上本来就有姻亲关系，上次来天津，匆匆忙忙没有顾得上登门拜访，从日本留学至今已是多年不曾见面了。家兄几次提醒说，潘复很是念旧，经常提起李逸山。李逸山见靳云鹏对出这么多钱买毛公鼎兴趣不大，就告辞出来，直接去了潘府。

潘复在书房接待了李逸山，多年不见，潘复十分高兴。喝茶叙旧之后，李逸山便将毛公鼎的情况以及刚刚拜访过靳云鹏的过程一五一十和潘复说了。

潘复一听，说：“毛公鼎这样一件国宝，现在至少也要十多万大洋吧？”

李逸山：“英国记者开价五万美元，五爷一家不忍割爱。再多一点，算下来也就是十五万大洋打住了。”

潘复：“拿出这么多大洋，确实力所不及。况且我之兴趣，不在青铜古器，如有字画，不妨推荐。”

李逸山见潘复也无购买的念头，表示理解，坐了一会儿，打算告辞。李逸山起身要走，潘复哪里肯依，说多年不见，一定要留下用过午餐再走。由于和老董已经约好下午 1 点回北平，担心午餐耽误工夫，李逸山便实话相告。潘复了解李逸山是实在人，也不再客套，说下回一定要留出时间，喝一杯酒。

临别，李逸山也顺便告诉潘复，他前不久在琉璃厂淘到了一件宝贝《西岳华山庙碑》“四明本”，潘复一听，来了精神，问：

“多少钱淘到的？ 这可是真正的宝贝。”

李逸山说：“不贵，两千大洋就买下了。”

潘复十分羡慕，说：“这么便宜？ 我愿意再加一千大洋从逸山手上购得。”

李逸山说：“馨航兄如此喜爱，逸山就原价交给您保管了。”

潘复大喜，立马回身，从书房拿出一张两千大洋的汇票，说就这么定了。

李逸山本来也就是话赶话，随便说说的，没想到潘复如此认真又急迫，笑着说：“馨航兄这么着急？ 等下回送过来也不迟，逸山下回亲自给您送过来。”

潘复说：“逸山先收下汇票，我派人到北平去取就好。”

潘复给李逸山两千大洋汇票的同时，另外取出一张五百大洋的汇票，说：“这是馨航的一点心意，算是馨航给逸山母亲大人买礼物的一点意思。”

李逸山推让半天，看潘复几乎要生气了，才算收下。

回到北平，李逸山约上老董，说请五爷到全聚德吃烤鸭。

五爷听说李逸山邀请他吃烤鸭，先是一脸高兴，马上又沉下脸来，问：“还有谁？”

老董说：“就咱们三人。”

五爷这才满脸高兴答应了，说：“五爷我爱吃全聚德的烤鸭，但也不是谁请客，五爷我都给面儿的。”

吃过烤鸭，李逸山又让老董将五百大洋汇票转交给五爷，说让他先应个急。

老董说："李先生，您真够意思。但是，像五爷这样的人，一回也不能给太多银子，否则，过不了多少日子，就给造没了。那就不是过日子的人！"

李逸山说："既然如此，老董你就代为保管吧，好歹给他一家老小应个急，别饿着。"

老董："啥急不急的，这样的富贵人家，自小钟鸣鼎食，吃香的喝辣的习惯了，他们的所谓急，与穷人不同。"

李逸山："那倒是。"

25

李逸山从天津回到北平的当夜，给傅云去了一封长信，信中详述了他看到毛公鼎的真切感受。李逸山告诉傅云，毛公鼎整个造型浑厚而凝重，饰纹也十分简洁有力、古雅朴素，标志着西周晚期，青铜器已经从浓重的神秘色彩中摆脱出来，淡化了宗教意识而增强了生活气息。毛公鼎上刻的铭文共32行，499字，原文比拓片更是生动许多，作为西周晚期金文的典范之作，表现出上古书法的典型风范和一种理性的审美趋向，章法纵横宽松舒朗，错落有致顺乎自然而无做作，呈现出一派天真烂漫的艺术意趣。信的末尾，李逸山也表达了对毛公鼎现在处境的忧虑，特别担心它流失国外。他说，正和朋友一道在寻找国内的买家，顺便提到，如果傅云那边有认识的收藏大家也可提供毛公鼎信息，但要注意保密，只可私下打听，不要让外国人知晓。

从天津回来这几日，老董与李逸山走动频繁，老布有些失落，没事就到老佟这里转转，聊聊天。

老佟对老布说："最近感觉气氛好像不太对，老董那儿不会是遇到大玩意儿了吧？"

老布因为受到老董的冷落，不但毛公鼎没看成，而且关于毛公鼎的任何信息也不向他吐露一个字，觉得老董认识了李逸山，便不把自己当朋友，知心话也没有了，心里正不舒服，听老佟这么一问，便不带好气地说："可不是遇到了大玩意儿，两人去看毛公鼎了。"

老佟一听毛公鼎，着实吓了一跳，说："什么？ 毛公鼎？ 当真？"

老布说："那可不是！ 本来说好让哥们儿一块儿去看的，后来——哥们儿没看成！"

老佟说："这小日本鼻子真他妈的灵！ 我说呢，前几天一个日本人，原来在我这里买过一些古玩书画，突然问我，那个与老董经常来往的研究青铜器的年轻男人，是不是叫李逸山，从日本留学回来的？ 还说，是不是和老董正在商量出手毛公鼎？"

老布一听，立刻变得警惕起来，说："你和这个小日本说什么了？"

老佟："我说那个李逸山是从日本回来的，在我们这里大家都尊敬他，是个好人。 其他的什么也没说。"

老布："你没有和他说毛公鼎？"

老佟冤枉地说："老布，我之前从来没有听说过什么毛公鼎的消息，要不是你刚才说……"

老布忽然发现自己失言了，说："兄弟！ 我说过毛公鼎吗？没有！ 老佟，从今儿个起，咱哥俩谁也没有听说过毛公鼎！"

老佟这才知道这件事还在保密阶段，也知道说出去的严重性，立刻说："老布，咱们是谁？ 哥们儿！ 还是中国人！ 咱什么也没有听见，什么也不知道！"

老布："兄弟！ 得嘞！"

老佟保证完，又悄声对着老布的耳朵说："那日本人，不是一般的日本人，恐怕有一定的来头。 他不仅在打听毛公鼎的下落，还说有消息一定要先告诉他。 他后面恐怕有日本大使馆、日本政府在给他撑腰。 他说，多少钱，都买得起！ 狂着呢。"

老布得到消息，便很快找到老董。 老董和李逸山正在一起说事。 他就把在老佟那里听到的全部说给他们二人听。 说完还保证说，现在，关于毛公鼎，这条街也就这几位朋友知晓，请他们二位放心，老佟也不会走漏消息。

李逸山听了老布的介绍，说："老布来了也好，这几天正为此事发愁呢，你也来出出主意。"

老布这次很识趣，主动说："朋友一场，难得你们这么信任，但是，我还是知道得越少越好。"说完，自己就要退出去。

老董和老布也不客气，说："老布，也不是不信任你。 你知道少一点，也好。 将来要是真有啥事和毛公鼎牵扯到一块儿，你说不知道，就是不知道，没人再说你说假话。"老布听完哈哈一笑走了。

李逸山和老董这几天确实走动得比较勤。令李逸山苦恼和担心的是，毛公鼎这么重要的国宝，连北洋政府的几位重量级人物居然都不可能买，那么谁还有可能去买呢？眼看着毛公鼎极有可能落入外国人手里，他恨不得卖了自己的所有房产。

老董也看出了李逸山的焦虑心情，他对李逸山分析说："李先生还是要有耐心，不用焦虑。如今这样的国宝级文物，本来能够买得起的人就是少之又少，而在这少之又少的人里头，一种是未必识货的，一种是识货但未必真正喜爱的，剩下来识货、喜爱还拿得出这么多大洋的人已经是凤毛麟角了，这里面还有担忧的，比如当大官的担心买了查他贪污受贿，大商人又顾虑安全无保证，被陷害、被偷盗、被夺爱！"

李逸山："这么说来，当今中国，竟无人能买下毛公鼎？"

老董："那倒也不是。这就需要有胆魄、有见识、敢担当的大人物出现了。但是，他们肯定会低调行事。我董德贵虽然不才，总还相信吾国历朝历代不乏英雄豪杰之士。"

李逸山："我们还是抓紧托关系，看来日本人也听到风声，开始行动了。"

大约过了十日，那位日本商人再次到琉璃厂找到老佟，非常生气地对老佟说："老佟，你知道吗？毛公鼎已经被你们这里的古董商给转手卖出去了，你为什么不提前告诉我们？"

老佟："我是做小本生意的，还真没有听说过什么毛公鼎。"

日本商人："老董、老布不都是你的朋友吗？他们没有告诉你？”

老佟：“没有。他们看不上我的小买卖。”

日本商人：“真遗憾，日本丢失了一次机会，这是我们的耻辱。”

老佟：“什么人买走的？”

日本商人：“这个中国人狡猾得很，没有留下姓名。”

老佟把日本人找他生气的事情，告诉了李逸山、老董、老布。

老布说：“下回小日本再找你要毛公鼎，你就告诉他，老布这里有。”

老董：“就你能贫嘴。你以为日本人好骗？”

就在这之前一天，李逸山收到傅云的来信，信里说：“逸山，你提到的事已经找人办妥了，放心。”

毛公鼎究竟是谁买走的，老董、老布、老佟谁也不知道。李逸山虽然知道多一些，但也不是特别清楚。自此以后，李逸山心里很踏实。

五爷也不知道匿名买走毛公鼎的人是谁，但五爷心里最高兴。他主动邀请李逸山、老董吃烤鸭，最后还补充一句：“把那个卖赝品的王八蛋老布也叫上，我得当面教训教训他。”

老董知道，五爷真正骂人的时候，都是不带脏字绕着弯子骂，这么直来直去地骂，是因为高兴了。王八蛋在五爷嘴里，这个时候就是可爱的意思。

26

时间过得真快，转眼之间，李逸山、傅云回国已经五年了。

李逸山这五年，一共搜集整理记录青铜古器达数千件，凡是他能够打听到的，他均做了详细记录。 但是，就在这几年，大量青铜器还是不停地流失国外。 他在最新的一封信里十分痛心地告诉傅云：“也许，让岛本雄二说中了，近几年青铜器不断被发掘，但也不断地流失海外，我国各级地方政府真是没有能力保护；没能力倒也罢了，关键是，不少地方官员、军阀明里暗里参与其中，这是文物流失的真正主因。”李逸山进行了详细列举：1923年2月底，在山西浑源李裕村，有人盗挖了春秋战国之际的古墓群，出土许多青铜器，其中大多数流散到法国等地；1925年至1926年，陕西军阀党玉琨在宝鸡斗鸡台戴家沟盗掘西周早期墓葬群，将所得大量青铜器等倒卖，多数流散到欧美；此外，河南洛阳金村、河南浚县辛村、安徽寿县楚王大墓、绥远归化城北等大量的青铜器均已经流散到欧美等国和日本。 他说：“能像新郑古墓保护如此之完整的十分罕见，堪称奇迹。”

傅云这五年，服饰生意做得风生水起，此外，一有时间也在四处收集有关青铜器的相关资料，价值大的就定期给李逸山寄过去。 这五年里，傅云只有一件事对李逸山欲言又止，那就是他们的女儿。 傅云最大的担心是，一旦和逸山说了，他就会左右为难。每一次想说，她都觉得还是等孩子长大一点再说，就这样一直拖了下来。女儿有时候会问，爸爸呢？傅云就指着在日本樱花树下的合影说，在那儿呢。女儿问，爸爸为什么不出来呢？傅云说，爸爸在做大事，办完大事就回来了。这时候，傅云的内心是痛苦的。

在女儿快四岁的时候，傅云写信告诉了父母自己在上海的发展情况，然后告诉父母，希望他们搬来上海一起住。这时候，傅云已经在上海法租界买了一套自己的洋房，上下两层。父母到上海的那天，是保姆先接上的，傅云因为临时有生意方面的事出去了。傅云父母到了家里，看见有一个漂亮的小姑娘亲切地叫他们姥爷、姥姥，两个老人高兴得早把傅云当年的逃婚忘到九霄云外了，但是对自己的女婿是谁依然抱着好奇，便问小外孙女，你的爸爸呢？小婷婷将两位老人带到一张放大的照片跟前，指着说，爸爸、妈妈。看着照片上神采奕奕的女婿，傅云父母自然十分欢喜。晚上傅云陪父母用完晚餐，哄孩子睡下之后，便把自己与李逸山的关系全部说了，父母听得目瞪口呆。但是傅云口气坚决地对父母说："现在到处兵荒马乱，中国从官员到资本家，绝大多数都在为自己挣钱，捞取好处，只有像李逸山这样的人在为国家做事。我不后悔，我相信，婷婷大了，也会理解我们所做的一切。"

父母毕竟年龄大了，看到傅云现在生意做得这么好，孩子的生活起居有保姆照料，也不多说什么。沉默了一会儿，父亲开口了："天下父母都指望自己的孩子健康、幸福，父母年龄大了，管不了许多了，你只要幸福，父母就没什么说的。”

傅云没想到，这块放在心头多年的石头，就这样放下了。

自此之后，父母搬来上海与傅云生活在一起，傅云十分开心。

1928 年，北洋政府解散后，国民政府在南京成立，李逸山的哥哥李逸川在要不要举家迁往南京的问题上举棋不定，卧床的老母亲知道后，把两兄弟叫到床前，对李逸川说：“自古忠孝难两全，你就去吧，家里还有你弟弟逸山呢。”

兄弟两个从老母亲卧室出来之后，在书房沏上茶，坐下来聊天。 李逸山从日本回来，哥哥前前后后给帮了很多忙，做了很多事，但是内心再亲，兄弟在一起话也是不多的。 这一天，哥俩很认真地谈了一次话。

李逸川：“逸山，我这一走，母亲就交给你了，又赶上母亲身体不好，你们受累了。”

李逸山：“哥哥放心吧，我去日本那些年，母亲一直是你们在照顾，我也该尽点孝心。”

李逸川：“我这一走，也没什么不放心，有时间，我也会时常回北平看望母亲。 有两件事需要交代一下，一是祖上在北平南苑留下的几百亩地，这些年都是雇人打理，粮食加上租子也够全家老小一年的吃喝用度、日常开支，我的那一份就留下照顾母亲用吧，该雇人家里再雇个人，也好多一个帮手。 你一天到晚忙不着家，弟妹太辛苦。”

李逸山：“我知道了。 这些钱也用不完，哥哥到了那边，手上也别太紧了，钱不够用，随时告诉我，我给你们寄过去。”

“还有一件事……”李逸川话到嘴边，犹豫了一下。

李逸山说：“哥哥请讲。”

李逸川：“你对弟妹要再好一点。你去日本那些年，还有你回国以来，这家里许多事都是靠她在料理，照顾母亲也是没日没夜，母亲对她很满意，也很心疼，你对她要体贴一些，毕竟是夫妻。”

“哥哥说的是。不过……”

李逸川：“我听你嫂子说起过几次，说她看见弟妹有时候一人私下抹眼泪，不知有什么委屈。逸山外面不会有女人吧？”

李逸山吃了一惊，既然哥哥把话挑明了，他也就如实将自己与傅云的关系以及傅云在上海的情况说了一遍。然后说：“像傅云这样的女人不可能进门做姨太太，所以，现在也就算是红颜知己而已，只是逸山心里这些年始终不能放下。”

哥哥听逸山这样说，内心里也是十分感动，沉默了一会儿，还是提醒弟弟说：“天底下许多的姻缘恐怕都是命，你也好自为之吧。弟妹既然嫁到了我李家，又是这样孝敬公婆、相夫教子、恪守妇道的好女人，我们李家不能对不起她，否则，不但让人笑话，就是我李家人也说不过去。”

李逸山觉得哥哥说的都是肺腑之言，就说：“哥哥放心吧。”

27

李逸川到了南京，正好有一个到上海出差的机会，办完事之后正赶上周末，便带上妻子一同前往，一方面是陪妻子逛逛大上海，另一方面也想到外滩找到傅云开的服饰店，顺便给妻子定制两套时尚的旗袍。当然，最主要的还是想悄悄看一次傅云，看看这个让逸山一直放不下的女人到底是个什么人。

到了上海，果然像李逸山描述的那样，傅云的旗袍店早已是名闻遐迩，在繁华的外滩地界，你只要提到逸云牌或者傅云的名字，或者让人介绍一家最好的旗袍店，当地人都会热心地告诉你怎么走，在哪个位置。

到了逸云服饰店门口，为了避嫌，李逸川在门口往里张望几眼就走开了，他担心自己和李逸山长得太像引起傅云的怀疑，就让妻子一个人进去，自己则来到外滩黄浦江边看风景。

过了不大一会儿，妻子匆匆地跑了出来。

李逸川奇怪地问："怎么这么快就出来了？定制不是需要量尺寸吗？"

妻子没接话，一脸兴奋地说："难怪逸山放不下呢，真是天仙一般的女人。"

李逸川笑了："还从来没有听过你这么夸奖一个女人呢。"

李逸川妻子："我还真没有见过这么漂亮的女人，不仅好看，还真洋气，人家大上海的水土就是不一般。 人不仅长得好，皮肤也好，穿得更洋气。”

李逸川：“先说说你怎么这么快就出来了，旗袍定好了吗？几天能取？”

李逸川妻子白了他一眼，说：“几天取？ 正常要半年，加急要三个月。”

李逸川：“那就先定好，下次来取嘛。”

妻子这才把自己进去以后遇到的情况向李逸川做了描述。 她说：“里面好些人坐在长椅上排队，都是富人家的太太、小姐。我看一个三四岁的小姑娘跑来跑去，十分活泼漂亮，就问，这是谁家孩子？ 人家周边的人一看我这么问，就说我肯定不是上海人。 人家说，还能是谁的？ 这么漂亮的小姑娘只能是老板娘傅云生的。”

李逸川：“傅云结婚了？”

李逸川妻子：“瞧你问的！ 这么天仙一般的美人，还能没有男人追？”

李逸川：“你没和傅云说话？”

李逸川妻子：“我进去一问裁缝师傅要等多少天，人家告诉我说要半年。 我就问能不能提前，人家说加急也要三个月，我说你们让等的时间也太长了，就问，你们老板呢？ 我也就是随便问问。 这时候服务员真的就静悄悄地走过去替我叫了，我就跟了过去。 在一间小咖啡屋，里面倒是特别敞亮，人家上海人也会收拾，屋子里又是鲜花，又是西洋画，一看，一个漂亮女人正和一个男人在喝咖啡说话呢，我就猜出来是傅云。傅云也真是客气，听说我要找她，放下咖啡，脸上带着微笑，就走过来了。笑得也好看，我也只好没话找话，说听说预定旗袍最快也要三个月，还能不能提前。这个傅云也真是敏感，立马听出了我的口音，问我是不是山东济宁人。这可真把我给吓住了。在北平待了这么多年，我的口音咋还有山东口音呢？她怎么一下就能听出来呢？”

李逸川：“那你怎么说？”

李逸川妻子：“我还能怎么说，就如实说了。”

李逸川：“你都怎么说的？”

李逸川妻子：“看把你紧张的，我就说老家是山东济宁，先生在南京政府里做事，到这里出差，想定两套旗袍。人家傅云真是客气，说你要是有急用，她可以特批时间再提前。我赶紧找个借口，说和先生再商量一下，就出来了。”

李逸川：“多亏我没有进去。看来傅云真是结婚了，那个男人是不是她的先生？”

李逸川妻子：“我看像。”

李逸川：“我看还是写信告诉逸山，也让他安静下来，好好和他媳妇过日子。”

李逸川妻子：“告诉逸山不要再有非分之想了，人家女儿都几岁了。”

李逸川和妻子回到南京后，果然就给弟弟李逸山写了一封信，把见傅云的经过详细描述了一遍，信的结尾还劝弟弟说，人这一辈子，该放下的还是要放下。

李逸川写给李逸山的这封信，落款时间是民国十七年 9 月 26 日。细心的王忆梅注意到傅云当天的日记里有这样的记录：“正在和杭州来的表哥喝咖啡，谈生意，服务员领进来一位要见我的女人，一开口说话，就听出来，个别发音里带着山东济宁的口音，一打听果然是，多亲切的口音啊，要是逸山该多好。已经好多年没有听到过逸山的声音了，累了一天，回到家里，多想听到逸山的声音啊。逸山，你现在在干什么？你想我了吗？”

李逸山没有记日记的习惯，这一天，李逸山在干什么，想什么，王忆梅无从查证。由于最近经常和艾米联系，两个女人在电话里谈到这里的时候，艾米对王忆梅说：“忆梅，你想想，李逸山听自己的哥哥亲自写信告诉他傅云结婚又生孩子的消息，他的心里肯定是既难受也欣慰呗，还能怎么样？”

28

1937 年 6 月，傅云又一次见到岛本雄二。也是因为这次见面，才让傅云下决心要到北平，去见一次李逸山。

岛本雄二对傅云事业上的成功非常敬佩，对上海的繁荣景象赞叹不已。他和傅云一边喝着咖啡，一边像是老朋友一般漫不经心地聊天。他说：“上海好是好，可是好像沉浸在东方巴黎的梦幻里呢。”

傅云：“这样不好吗？”

岛本雄二:“和平年代就应该是这个样子，老百姓埋头挣钱，过好自己的日子，可是，现在的气氛好像不对。傅云女士难道没有闻到空气中战争的气息?”

傅云:“你们日本人占领了我国东北，还想占领整个中国?胃口真不小啊。”

岛本雄二:“哪里是日本，整个世界都不太平。欧洲那边，德国、法国、英国、意大利，还有红色苏联，都不安宁。我看德国迟早还会挑起战争。东方国家也不安宁。”

傅云:“东方国家中，我看也就你们日本野心最大。”

岛本雄二一脸严肃地说:“傅云，我真的是在提醒你，要有思想准备，战争随时可能爆发。日本国内战争气氛浓郁，国民已经被鼓动起来了。在我看来，这是最可怕的。”

傅云:“那我们很快就成为敌人了?”

岛本雄二:“傅云，你不要这么说。我作为知识分子，还是有自己的思考与良知的。我这次到中国来，除了青铜器考察，也是想顺便提醒你，早做准备，以防不测。”

傅云:“中国青铜器如今还是流失得厉害，你不会是又从中国弄到不少青铜器吧?”

岛本雄二笑了，说:“傅云，不好意思，我还真的淘到了几件青铜器，但什么渠道、哪里出土的需要保密。”接着他非常神秘地说:“听说毛公鼎在天津露面了，很快就被人买走了，据说现在到了上海，傅云小姐有没有听说其下落?”

傅云:“我劝你们不要太贪心，把中国的国宝都弄到你们国家，这是和一个国家在结仇，仇恨是要一代又一代往下传的。你就不怕有一天，中国强大了，和你们清算？”

岛本雄二：“用战争的方法去争夺，历来为我所反对，但是对于人类文明的保护，当一个国家没有这个能力的时候，我还是要坚持这个观点，让有能力的国家去保护，反正文物也是要公开展出的。”

傅云：“你这是强词夺理。中国怎么不能保护？河南新郑最新出土的上百件文物，完好无损，保护得好着呢！中国政府怎么不能保护好？”

岛本雄二：“傅云，我对中国文物的整体管理情况肯定要比你清楚。你问我怎么能够搞到那么多的重要文物，我可以告诉你，如果没有你们政府官员的私下配合，我们根本搞不到，至少很难运出中国。我还可以告诉你，这样的官员很多，只要给钱给好处，他们非常配合。”

对于岛本说的情况，傅云其实也知道，李逸山就曾经在信里对文物的大量流失表示非常生气，可是这些事实一从日本人嘴里说出来，傅云就有一种受到侮辱的感觉，但她也知道这就是岛本的性格。因为和岛本雄二这些年的朋友关系，傅云也是不客气地对岛本说：“毛公鼎是中国的国宝，如果有一天我听说毛公鼎到了日本，而且和你岛本有关系，我们从此不再往来。”

听了傅云的这一席话，岛本很后悔不该和傅云谈起毛公鼎，不过，他又一次认识到傅云外柔内刚的个性。为了缓和关系，岛本几乎是赔罪地说：“希望你理解我作为青铜器研究者喜欢毛公鼎的心情。”

傅云听岛本这么一讲，气也消了大半，也半开玩笑地说：“我还喜欢你们日本的皇宫和里面的所有宝贝呢，我也都搬回中国，你高兴吗？”

岛本老实地说：“不高兴。”

29

见过岛本雄二，傅云心里一直有一种担忧。她已经感觉到战争的氛围，她坚持每天看报，了解世界各国的新闻，她也在担心战争迟早要打起来，只是经过岛本这么一说，更加重了她的担忧。她觉得必须去见一次李逸山。不知道为什么，自从她开始担忧战争随时可能爆发以来，她晚上经常做噩梦，梦里被吓醒，她总有一种担心，怕战争一旦开始，今生今世有可能再也见不到李逸山了。想到这些，她就更加思念李逸山，更想去见李逸山。

李逸山与傅云的最后一次见面，是 1937 年 6 月 22 日至 25 日，也是他们回国以后唯一的一次见面。傅云提前打电报告诉李逸山自己乘坐火车到达北平的车次、时间。李逸山在火车站接到了傅云。

李逸山发现傅云还是那么漂亮，虽然比原来稍微胖了一点，因为人家结婚成家养尊处优了嘛，李逸山这样想。傅云发现李逸山比原先苍老了，鬓角有了白发，而且人也显得疲倦。

午餐，李逸山有意安排在一家鲁菜馆，让傅云尝尝山东菜，尤其是烤鸭。一开始，两个人在一起还有一点尴尬，有一点不自在，纵有千言万语，也不知从何说起，慢慢情绪稳定下来，边吃边聊，似乎还是有说不完的话。

傅云关心地问："逸山，你看上去有点疲劳，身体没什么问题吧？"

李逸山："还好，偶尔会出现头晕、胸闷，睡眠比过去差一些，整体上还不错。"

傅云："最好找大夫看看，中医、西医都看看。注意休息，不要太劳累。家里情况怎么样？"

李逸山："还好。老母亲腿脚不便，但精神头一直还好，最近几日可能也是老人家揪心的事比较多，有内火，通宵咳嗽，睡眠不太好，总是头晕。"

傅云："人老了，也是总有为子女操不完的心。家里最近有什么事吗？"

李逸山："也没什么具体事。一是南京哥哥那边，哥哥在政府里干得不顺心，对南京政府很绝望，就辞职不干了，临时在一所小学校教书，夫妻两个不开心，经济上也有了压力，老太太知道了，唉声叹气，为他们着急。还有我儿子这边，孙子是老太太的心头肉，可是自从去年考入北京大学以后，也不好好念书，总是参加学生运动，呼吁、请愿政府抗日，被关进去一次，出来还是四处演说、串联，老太太为孙子也是整天提心吊胆。我倒没往心里去，年轻人可不都是这样，再说也是为国家好，并不是胡来，我只是提醒他，注意安全，保护好自己。”

傅云笑了：“看来，李勖也像你年轻的时候呢。”

李逸山：“孩子大了，我们老了。”

就在李逸山与傅云聊家里事的时候，傅云几次想提提自己的女儿婷婷，不，应该是她与逸山的宝贝女儿婷婷，但是，几次话到嘴边，又咽回去了。她决定从上海来北平之前，随身包里就已经装上了婷婷的一本小影集，那是婷婷十多年以来的成长足迹，可是，她担心现在告诉他又太突然，现在李逸山家里又遇到这么多烦心事，还不如以后再写信告诉他，让他有一个心理准备。想到这里，傅云转移了话题。

傅云：“前几天，岛本雄二到上海了，他在打听毛公鼎的事，他好像知道得挺多。毛公鼎的事，我委托了很可靠的买家，你放心，大概不会出什么问题。我担心战争会打起来，现在的形势越来越紧，真打起来，怎么办呢？你打算怎么办？战争再困难，也要告诉我你的消息。我最近总是做噩梦……”说到这里，傅云眼睛里噙满泪水。

李逸山：“你们也要多保重。不要怕，该来的总要来。北平要是真守不住，我也不会走，我哪里也不去，老母亲还需要照顾。我看他们能怎么样？儿子李勖前几天回家还和我们说，他的同学们也都在议论，战争随时可能打起来，说一旦打起来，学校就要南迁，儿子希望我们一起南迁，但我母亲明确表示，绝不离开。我也说了，不离开。”

傅云:“我这次专程过来,就是要告诉你,做好准备,也是想见见你!”说到这里,傅云有点不好意思地低下了头。李逸山心里也是十分感动,这么多年过去了,傅云还是这样有情有义,他知道自己与傅云心里面都还装着对方,但是他自己这边有家,傅云那边也有了家,他知道这是命,他也一直努力做到像哥哥信里说的那样,把这份感情放下。他希望傅云能在北平高高兴兴玩两天。

李逸山:“傅云,这次既然来了,就在北平玩两天吧,北平可看的地方还真是不少。”

傅云:“好啊,我还是第一次到北平,也真想好好玩两天。不知道你是不是方便?”

李逸山:“没什么不方便。”

这天晚上吃过饭,李逸山建议傅云早点休息,明天他再过来。傅云给李逸山带了两份礼品,一份是逸云牌男女真丝睡衣,一份是包装精美的日本饼干。傅云说,上海新开张了一家日本点心店,这是他们在日本都爱吃的一款饼干。她感慨说:“这也算是怀旧吧?”

李逸山被傅云的话逗笑了,接过礼品拿回家。

第一天、第二天,傅云与李逸山在一起玩得非常开心。每天一大早,李逸山准时来到鼓楼附近的旅馆,接上傅云,晚上吃完饭,李逸山按时回家休息。傅云既不邀请李逸山到她的房间,李逸山也从来不主动踏进她住的旅馆大厅。二人晚饭后好像害怕黑暗似的,很客气、礼貌地各自分开了。

傅云本来第三天要走的，李逸山说："既然来了，下一次见面还不知道是什么时候，就一起去登长城吧。"傅云很高兴，又推迟了一天。可是，偏不凑巧，李逸山与傅云刚要了黄包车，正准备从旅馆出发，家里的用人急火火跑过来，上气不接下气地说："不好了，老太太刚才晕过去了，让您赶快回去。"傅云听如此一说，也很焦急，对逸山说："赶快回去吧。"李逸山急得在原地来回踱步，直搓手。他对傅云说："你在这里等着，千万别离开，一定等着我，我马上就回来。"

傅云说："你赶快回去，别管我。"

李逸山走后，傅云十分着急，她到北平人生地不熟，要是在上海，还可以赶快找到最好的医生，帮一把李逸山，可是在北平，她一点忙也帮不上。她想与其这样，还不如自己直接去火车站。但是，李逸山要是再找回来怎么办呢？傅云回到房间，提笔匆匆给李逸山写了一封信，便整理好行李，准备出发。临行前，她把信封好交给门房，说："如有一位叫李逸山的先生来找我，请把这封信转交给他，就说我已经退房，上火车站了。"

30

李逸山匆匆赶回家，医生已经先到了。李逸山走到母亲床前，发现母亲眼睛已经睁开。母亲看到儿子走到床边，脸往里一侧，像是生气了，也不说话，把眼睛闭上了。李逸山轻轻喊了两声母亲，母亲没有答应。他以为母亲睡着了。中医大夫姓冯，是家里的常客，这些年一直给母亲看病，家里人有了头疼脑热也都去找他。冯大夫示意李逸山出来说话。走出母亲的卧室，来到客厅里，李逸山问："母亲身体有无大碍？"

冯大夫："倒也没有什么大碍，只是不能生气。老太太最近是不是一直在生什么气？"

李逸山想了想说："虽然有一些烦心事，但也想不出让老太太生气的事。"

冯大夫："我已经开了几服药，先泻泻火，万不可再有什么让老太太生气的事，生一回气，身体便受一回损，老人家年龄大了，经不起折腾，你们要多担待、多小心才是。"

送走冯大夫，李逸山和妻子说外面还有急事，这两天处理完就好了。

太太也不接话，噘着嘴，像是生气的样子，进厨房给母亲熬药去了。

李逸山出门急匆匆往旅馆赶。到了旅馆，并不见傅云的影子，李逸山十分焦急，楼上楼下跑了两个来回，然后找到门房，说明来意。门房说："一早有一位太太，已经退房走了，说是去了火车站。您是不是叫李逸山？这里给您留了一封信。"

李逸山匆忙拆开信，草草扫了两眼，也没有细看，将信揣进口袋，要了一辆黄包车，就往火车站赶。李逸山算了一下时间，傅云应该是今天中午时分开往上海的火车，离开车时间还有一会儿。途中，李逸山又让拉黄包车的师傅在一家稻香村的糕点店停下来，他早就计划好，等傅云走的时候，给她带上北京稻香村的糕点，没想到计划突然打乱了。冲进糕点店，他对服务员说，把今天最新的糕点装满两盒，先取走糕点，把钱留下，过一会儿再来结算。服务员从来没有见过这样买糕点的，很配合地装满两盒点心。李逸山提上糕点盒，坐上黄包车，让师傅快跑，说可以付双倍的车费。

进入火车站，站台上已站满送行的人，火车很快就要启动了。李逸山进了站台就跑，他并不知道傅云在哪一个车厢，可是又觉得傅云好像就在哪里等着他。

傅云也有预感，上了火车之后，她一直将头探出车窗左右张望，尽管理智告诉她，李逸山并不知道她会走，等知道她走的消息也没有时间赶过来了。看见其他送别的旅客，她内心里甚至有一种伤感和失落，但她还是下意识地左右张望。

忽然，她看见李逸山左右两只手各提着一个红色的礼盒，急匆匆地在往一节一节车厢里张望，她立马双手挥舞，几乎带着哭声，大声喊着:“逸山，逸山，我在这里呢。”

李逸山看见傅云摆动的双手，加速跑过去。

火车缓缓启动。

李逸山紧紧追赶。

火车在提速。

李逸山继续追赶。

跑到傅云所在的窗口，先是把礼品塞了进去，还没有说上一句话，火车已经越来越快地开走了。

傅云一生当中最后一次看见的李逸山是，站在那儿，气喘吁吁，挥手傻笑。

李逸山最后一次看见的傅云是，探出脑袋，挥动双手，满脸泪水。

民国二十六年6月25日正午时分，这是李逸山、傅云今生今世最后的一别。

31

连续几日，李逸山守着母亲，端茶倒水，母亲却总是表现出生气的样子，对李逸山的嘘寒问暖，既不答话，也不理睬。李逸山心里直犯嘀咕。他想，母亲一定是在生自己的气，可是，他又想不出母亲生自己什么气，为什么生气。

过了几日，他问妻子："母亲怎么了，在生谁的气？"

妻子这才没好气地说："谁做下的，谁知道。你还问母亲生谁的气，还能生谁的气？"

妻子这一说，倒把逸山惹恼了。

李逸山大声说："我做错什么了？我做什么事让母亲生气了？"

妻子："你做的，你还不知道？"

李逸山更恼了："你说清楚，我到底做什么了？"

这时候，卧室里传出母亲连续的咳嗽声，两个人连忙跑进去，来到母亲床前。母亲从床上坐了起来，用手梳理了一下头发，喝了两口水，指着逸山媳妇说：“你先出去吧，我有话要和逸山说。”

李逸山知道事情可能很严重，刚要开口问母亲，母亲看着儿媳妇走出房门后，回头看着逸山，十分严厉地说：“李逸山，你可是越来越出息，胆子也越来越大了。”

李逸山见母亲这样说话，知道母亲一定是话里有话，立马跪在地上，说：“母亲大人，儿子不孝，惹母亲生气了。只是儿子一直忙里忙外，竟不知到底犯了什么错，惹母亲大人生气了。”

母亲说：“你父亲去世早，我没有教育好你。我李氏家族男儿，自有家谱记载以来，六百年间，一代又一代，或做官，或经商，都是清清白白，从不拿人一分一厘不义之财。”

李逸山：“儿子不孝，但也时刻记着家训家规，从不会给李氏家族脸上抹黑。”

母亲顿了一会儿，目光严厉地盯着李逸山，问：“你从没有收过别人的不义之财？”

李逸山：“是。”

母亲：“那我问你，你前两日拿回来的点心盒的下面，为什么有一个信封里装了两张各一万元的汇票？这是日本点心盒，这可是日本人送给你的？日本人要你给他们办什么事，给你付这么高的价钱？给日本人干事，这不仅丢尽了祖宗的脸，这一家老小将来还有什么脸活在世上？”

李逸山听母亲这么一说，一脸疑惑，说：“什么汇票？孩儿根本不知。”

李逸山母亲知道，自己的两个儿子，从小到大，虽然也有顽皮惹祸的时候，但是在大是大非问题上，历来诚实，从不撒谎。听李逸山这么一说，她想了想，觉得也许是错怪了儿子，心里的火气顿时消了一半。她进一步问：“这到底是怎么回事？”

李逸山听母亲提点心盒里装汇票的事，心里头已经明白了很多，知道这肯定是傅云在帮助自己，因为傅云很早就说过，在保护青铜器的事情上，她回国之后可以尽一臂之力，再加上她的生意现在做得这么好，应该是有一定的经济实力，但如果当面给逸山汇票，他肯定不会接受，因此她就采用了这样一种办法，等李逸山发现后，就能看到她在信里的解释。没想到，傅云的一番苦心，竟闹出这样一场风波。

但李逸山不能告诉母亲自己和傅云的关系，说出这一层关系，恐怕又会带来新的误解和麻烦，所以他就和母亲说：“这是在日本留学时认识的一位志同道合的朋友，她知道我一直在做青铜器保护研究工作，这些年生意上发达了，愿意拿出钱来帮助我继续研究。”

李逸山没有告诉母亲这位志同道合的朋友是男是女，母亲听后，这件事就算过去了。她从枕头底下拿出信封交还给李逸山，便不再提此事。然而，知儿莫若母，母亲继续说：“现在赶上兵荒马乱的世道，你们兄弟二人，我也还放心，就是这勖儿，一天到晚在外面胡闹，我心里十分不放心，你也该多抽空管教管教你儿子，常言道：子不教父之过。还有——”母亲探头往门外看了看，接着说：“你也该对你媳妇好一些。感情上的事，我管不了许多，但是，你这辈子必须对你媳妇好，你外面要是有什么相好的女人，你别偷偷摸摸，和你媳妇说好了，娶进家来，这个我管不了，你媳妇答应就好。”

李逸山听着母亲的训话，他不得不佩服母亲，虽然整日躺在床上，但是她心里像明镜一般，什么都清楚。

李逸山还想说点什么安慰一下母亲，母亲一摆手，说：“不用说了，你去吧，我累了。”

李逸山出了母亲的卧室，来到书房，连忙从口袋里掏出傅云的信一字一句看下去，傅云在信的后面，说到了点心盒里藏钱的事，确实是担心他拒收才这么做的。

李逸山将两张各一万元汇票原封不动装回信封，夹在一本厚书里，放回书架。当晚他给傅云回了一封信，信中说东西都收到了，没提两万元该怎么用，因为李逸山已经想好了，这个钱无论如何不能用，找到适当机会再还给傅云。他在信里只是反复叮嘱傅云，早做转移准备，注意安全，不要太辛苦。

32

李逸山给傅云写完信，接着又给在河南开封看管文物的聂豫兴、岳中原去了一封信，告诉他们战争随时可能发生，请尽快转告河南博物馆古物保存所的负责人，让他们做好准备，再次千叮咛、万嘱咐，一定不能让新郑出土的古物丢失寸铜片瓦，否则就是中原人民的千古罪人。

寄出信，李逸山开始打理自己这些年整理出来的青铜器文稿。他初步统计一下，目前已经登记在册的各种青铜器共 3588 件，仅手稿就有 4 尺多高，各类有关青铜器的中外文图书以及未出版的民间手稿共 511 册，自己收藏的各类文物 121 件。这是他自 1922 年回国到 1937 年间全部的心血，这些重要手稿、资料、文物有许多都是独一份，一旦丢失，损失不可估量，但是怎么保存却是一个难题。他原计划是再过一年半载，先将《中国青铜器大全》一书出版，至于已经流失国外暂时找不到资料的，有待以后做续编，但是这个计划恐怕要泡汤了。眼下最折磨李逸山的是，一旦战争真的打起来，这些珍贵的手稿、文献、资料、文物如何保护好。而当务之急是，停下案头工作，先将这些资料归拢、打包，在家里收藏起来。

李逸山将自己的担忧和老董说了。老董说，日本兵已经驻扎到了卢沟桥那头。早几个月，进出关外做生意风声已经很紧了，听说日本不断在往关内增兵，这都不是好兆头。

李逸山："要是方便，你找机会也告诉老布、老佟，让他们都早做准备，以防不测。"

老董："李先生见多识广，又在日本留过学，对形势判断自然是不会错的。干脆，我把他们哥俩都叫过来，大家一起喝喝茶聊聊天，以后这样的日子可能也不多了。"

老董出去，李逸山坐在老董古董铺子里的喝茶室。说是喝茶室，其实也是接待重要客人和说点悄悄话的地方。 过了一会儿，门外传来老布和老佟嘻嘻哈哈的说笑声。 进了门，老董给他们做了一个安静的手势，说笑声一下子停了下来。 三人进了喝茶室，老布、老佟纷纷鞠躬向李逸山表示问好，老董示意大家坐下喝茶说话。

老董开门见山将李逸山刚才的担忧和两位说了。

老布听完，做出无所谓的样子说："我倒要看看小日本是不是吃了豹子胆了，占了东北，还想占领北平？ 北平是什么地儿？ 是古都！ 是皇上待的地儿！ 北平是他想占就能占的吗？ 我国军人是干什么的？ 小日本手上有枪，我国军人手上拿的难道是烧火棍不成？ 就让他来，来了也不怕！"

老佟："老布你可不能这么说，咱要是能打过人家，东北不是也丢不了？ 现在可不是康熙、乾隆爷那时候了，人家洋人不敢欺负你；现在，人家不是想来就来，想抢就抢，想烧就烧？ 那些当官的、当兵的，也就是对老百姓横，在洋人面前，都他妈跟孙子似的，怂着呢。"

老董："李先生也是为哥几个好，专程跑过来，给哥几个打个招呼，你们还是要提前做点准备。 战争打不起来，固然好，万一打起来了，万一北平顶不住失守了呢？ 到时候怎么办？ 何况，现在也不是万一，而是真可能打进来。 老布你也甭关起门来说大话，真到那一天，日本人真把刺刀架到了你的脖子上，看你还嘴硬！"

老布笑了起来："老董，你也说点好的，别那么损，干吗拿我做比方，还刺刀架在脖子上，要架也别架在我脖子上啊，怪瘆人的。”

听老布这么说，老佟也笑了：“我看日本人真打进来，谁也没有好日子。”

老董：“所以呢，让哥几个赶快做准备。不瞒哥几个，这两年生意不好做，我手上的货大大小小差不多都出手了，战争打起来，我立马关门在家歇了，靠这些年积攒下来的家底，也能维持几年。战争总有打完的那一天，到时候再说。”

老布：“我手上的真家伙也都出手了，还有几件赝品，也没想卖，就是在柜台上摆个样子。日本人要抢，就让丫的抢走算了，也不值几个钱。”

老董：“老布，我倒是有个主意，你不妨早一点把那几件赝品先找个地方埋了，万一有什么事，到时候还能应个急。”

老布：“这倒是一个好主意，我这两天就办。”

老佟低头想了半天，说：“我一直做的都是小买卖，小古董存货还真不少，要说值钱也不值钱，要说不值钱，拢成一堆也还值钱。我一家老小吃喝全靠这个铺子，要是没了铺子，吃啥喝啥啊？”

李逸山坐在一旁，一边慢慢喝茶，一边很冷静地听着。李逸山分析道：“战争一旦打起来，日本人烧杀淫掠无所不能，这恐怕比大家想象的还要残酷。真要是打起来，生意肯定是做不成了。日本对我国文物，无论大小，十分贪婪，他们很多人还都是行家，不会轻易放过大家，还是要早做准备。”

老布：“不行，都回老家先躲躲。”

老董：“我家到北平都三代人了，哪里还有老家，河北老家祖坟倒是还在，可是回去住哪儿？ 谁还认我？ 没有老家喽。”

老佟：“我老家山西还有老房子和宅基地，这出来到北平也几十年了，就等着回老家盖个房子养老呢。 唉，再等等，这战争总不会马上就打起来吧？ 等我铺子里的这些货出手了就不干了。”

老布：“你们要是没地儿去，都到我邯郸老家躲一阵子。 农村日子虽然苦一点，但也安全一些不是。”

李逸山：“北平一旦失守，华北、中原一马平川，哪里还守得住。”

大家聊了一会儿，眼看到了中午饭点，老董说：“大伙儿好久没有聚一聚了，今儿个我做东，大家喝一杯。 战争真打起来，恐怕想喝也没有机会喽。”

老布一听老董请客，马上来了劲，说：“是，好久没聚了，今儿个我做东，感谢李先生关键的时候给我们提个醒。”

老佟一听喝酒吃饭，立马找个理由就走人了。 老董、老布这时候也从不挽留。 他们了解老佟的性格。

李逸山和老董、老布进了常来的“老北京”小酒馆，简单点了几样菜，便要了一瓶二锅头，喝开了。 李逸山很喜欢和老董、老布一起在这种很简朴的小酒馆喝酒，一是大家都很实在，没那么多的客套话，二是这家餐馆的饭菜都是家常菜，可口实惠。

大家喝得高兴，李逸山问：“为什么每一次喝酒，老佟都不参加？”

老布哈哈一笑，说：“李先生，您还不清楚？ 老佟是山西老西儿，抠着呢，一分钱恨不得掰两半来花。 过去，刚来北平，那是穷，现在都成习惯了。 别人请他他不参加，是因为担心下一回轮着他来请，所以干脆不参加。”

老董：“这老佟，人是不错，就是光知道挣钱、省钱、回老家盖房，真没有见过这么抠的。 从没有见过他喝茶、抽烟，喝酒也是累了，自个儿在一家卖烧酒的柜台前，买上二两，站着，一扬脖喝了，回家。 也不就菜，酒还是最便宜的红薯烧。 中午在外头吃饭，买俩烧饼，就咸菜、白水。 劝过他，说老佟你在吃上也不能太跟自己过不去，你猜丫怎么说？ 他说他爷爷、他爹打小就告诉他兄弟姐妹几个，吃饭如填坑，填坑不用好土。 这是什么道理！ 我真服了他了。”

李逸山也给逗笑了，好奇地问：“这些年，老佟挣到钱没有？”

老布：“我估摸，老佟几万大洋不一定拿得出来，要说万儿八千，大概不成问题。”

老董：“要说这些钱，在他老家，不要说盖几座房子，恐怕一个村子的房子也盖起来了，就是抠惯了。 让他大方一回，也难。”

老布调侃道：“有一回见老佟吃烧饼，买俩，一素一肉，素烧饼里面夹了一个带肉的，我就问老佟，今儿个怎么吃上肉烧饼了？ 你猜多新鲜？ 老佟说过生日，犒劳一下自己。”

李逸山、老董都笑了。

老董:“就没见过这么抠的。”

33

1937 年 7 月 7 日，北平西郊卢沟桥，枪炮声响了一夜。

李逸山一直在书房坐着，听着西郊方向传来的隆隆炮声。他没有想到，战争来得这么快。母亲不时在咳嗽，妻子端茶倒水，在母亲卧房进进出出。李逸山有时候也起身走进母亲卧室，三人听着轰鸣的枪炮声，谁也不提打仗这件事，但心里都明白，中国和日本终于打起来了。

黎明前，李逸山忽然听到急促的敲门声，他还没有走出客厅，用人早把门打开，儿子李勖风尘仆仆赶回来了。李勖见了父亲，就喊道:“日本人在卢沟桥和我国军队打起来了。”

李逸山点点头，示意进书房说话。这时候，李逸山母亲喊了起来:“是勖儿回来了吗?”

李逸山便带着李勖一同来到母亲的卧房，妻子也是激动地拉着儿子李勖的手，李勖叫了一声奶奶，转头说:“妈，我渴，一天没喝水了。”妻子这才放开儿子的手，赶快出去倒了一大茶缸凉白开。李勖大口喝下，抹了抹嘴说:“卢沟桥那边打起来了，双方死伤惨烈，前方回来的消息说，我军可能顶不住了，北平城很快就要被日本人占领。学校准备南迁。我回来打个招呼，马上还要赶回学校，晚了就来不及了。”

奶奶一边听，一边流泪了。母亲看奶奶流泪了，自己也一起流泪。

李勖说：“奶奶、娘，你们不用怕，大不了，我也不念书了，上战场和他们拼了。”

听孙子这么说，奶奶反而抹去了眼泪，坐起来，镇静地说：“奶奶不怕，奶奶这几十年，啥事没经历过，只是勖儿你要好好给我活着回来，不管发生什么，都要给我活着，将来，奶奶还等着你给我上坟呢。”

母亲听说儿子一天没有喝水，知道他肯定一天也没有进食，她进厨房给儿子做了一大海碗面条，里面还卧了两个鸡蛋。李勖确实饿了，端起碗，便连汤带面大口吃下。见外面天空渐渐有了亮色，便对奶奶、父亲、母亲说：“你们保重，我要走了。”转身一阵风似的，就不见了人影。

日本人进城了，北平大街小巷都是日本兵。又过几日，家里负责看管种地的老何急火火从南苑赶过来，进门就对李逸山说：“李先生，不好了，南苑的二百亩地让日本人给占用了，说是要修机场，粮仓里还没有处置的小麦也让日本人抢占了。”老何说这话的时候，李逸山的母亲、妻子都听见了，妻子问：“他们凭什么占我家的地，抢我家的粮食？我们以后吃什么？”

李逸山一言不发，挥挥手，让老何出去，说：“知道了。”

老何出去之后，李逸山问妻子：“家里的粮食还有多少？”

妻子哭着说：“往年的陈粮还有一些，多亏今年你没让先期收割下的小麦卖出去，要不粮食不够一年吃的。”

李逸山：“战争恐怕三五年之内也不会结束。”

妻子：“我们留下的粮食最多不过三年，那以后怎么办？”

李逸山：“细粮先保证母亲吃，其他粗粮搭配着吃，天无绝人之路，不用怕！”

自日本人进了北平城，李逸山便叮嘱仆人大门紧闭，不到万不得已，不开门。李逸山自己在家，则把所有与青铜器相关的研究资料、手稿一律收藏起来，每日在书房写字、读书，伺候老母亲。妻子这么多年以来，很少见李逸山整日待在家里。日本人来了，关起门来过日子，虽然内心里也少不了担惊受怕，但是丈夫在家里，有时候还帮助她一起打理家务，下厨做饭，她心里也油然生出一种幸福感。

忽一日，大门外传来急促的砸门声，仆人正在犹豫，李逸山走出来，说把门打开吧。

门开了，进来三个日本人和一个中国翻译。

李逸山站在院子中间，挡住去路，问他们有什么事。

翻译说：“听说李先生是北平有名的青铜器专家，又是留日学生，希望您能在文物鉴赏和青铜器收集方面给皇军提供帮助。”

三个日本人当中的一个军官模样的人说话了：“听说李先生留学日本，应该会说日语吧？”

李逸山：“回国很多年，全忘了。”

日本军官：“那好，我今天过来就一件事，奉我大日本皇军驻华北司令部的命令，希望李君能够配合日本在北平乃至中国的文物保护工作。我们日本尊重贵国文化，一切文物都会得到很好的保护，希望你不会让皇军失望。 失陪，以后我们会经常过来打搅的。”说完，一挥手，扭头走了。

来者不善，善者不来，李逸山很清楚，从这一天起，自己将摊上大麻烦，但他已经打定主意，从此不再说一句日语。 就在日本人站在院子里和李逸山说话的时候，李逸山的母亲躺在床上，一直拉长耳朵在听。 日本人走后，母亲把李逸山叫到床前，闭着眼对儿子说：“我都听见了。 我李氏家族历来不惹事，但是也从来不怕事。 从今往后，你做事，不用顾虑我和你媳妇会受什么委屈，而让自己在日本人那里委曲求全。 娘享得起福，更吃得了苦。”

李逸山只是低头听着，什么也没说。

34

一天中午，老董急匆匆来到李逸山家里，对李逸山说：“老布让日本人打了，老佟让日本兵抓进去两天了，至今没有下落。”

李逸山听后大吃一惊，连忙问：“为什么？ 出什么事了？”

老董低头直叹气，说现在北平城到处都是日本兵，这些日本兵，想打人就打人，想抓人就抓人，哪里有什么道理。 老董接着说，琉璃厂一夜之间就变得冷清了不少，可是日本人来了，还要求大伙继续开店，保持北平的和平景象。 老布的铺面改行卖的是锅碗瓢勺，可是，两件假的青铜器还摆在柜台上，让一个淘旧货的日本商人发现了，非要取下来看看，说是要买。老布说这个青铜器是个假的，赝品，日本商人就是一根筋，认为老布不想给他，在骗他，非说是假的你为什么要卖？那真的在哪里？这一争执不要紧，正好惊动了路过的三个日本兵，上来不问青红皂白先是一顿暴揍，打得老布鼻青脸肿。这个老布一辈子就吃亏在嘴上，打成那样，他还说柜子上的青铜器就是假的。卖过不少赝品的老布，这回说的真是实话，可是日本人就是不信，说既然是赝品，那必须把真的拿出来。几个日本兵把刺刀架在老布脖子上，一边威逼一边打，斜对过开杂货铺的老张实在看不下去了，对那几个日本人说，青铜器是真是假，他有朋友是专家，可以鉴别，等鉴别完了，再说也不迟，这几个日本人才住手，但警告老张说，限一天之内必须把专家找来，否则，就要砍老布的脑袋，抄他的家。

老董说："这不，老张找到了我，把看到的情况给我说了，我才赶紧赶过来找你。约好了，明天中午前在老布的店铺见面。"

李逸山听完非常愤怒，说："放心吧，我明天准时过去。老佟现在到底怎么样？"

老董："我也是刚听说，今儿一大早，他媳妇哭哭啼啼上我家来了，到底是谁抓的，为什么抓，他媳妇一概不知，只说是哪个千刀万剐的日本人干的。待我弄清楚情况，随时过来通报。"

李逸山："你要注意安全，现在真是到了宁做太平犬、不做乱世人的时候了。"

老董："李先生也保重吧。听说日本人对文化名人还是比较客气，昨天有几个日本军官进了齐白石老人的家里，他们本来想弄些画出来的，没想到碰了一鼻子灰出来，心里窝火，但也没敢怎么样。”

李逸山：“这两天他们也到了吴佩孚将军家里，想拉吴将军出来给他们做事，吴将军说自己现在年岁大了，只是一心吃斋念佛，谢绝了。吴佩孚将军家就在我家隔壁，是我山东老乡。”

老董竖起大拇指说：“咱中国人，在外国人面前，这一点气节还是要有的。”

李逸山：“最恨的就是那些汉奸。”

老董告辞以后，直接找到开杂货铺的老张说：“你转告日本人，明天正午以前，李逸山先生可以过来鉴别文物真假。”

第二天上午一早刚用完早餐，没等李逸山中午过去，三个日本人带着一个翻译倒是先到了李逸山的家里，一进大门便大声嚷嚷：“这是李逸山的家吗？”李逸山走出客厅，挡在院子当中，一看正是前几天来过的几个日本兵和翻译。李逸山刚要开口，日本军官模样的人先蛮横地开口了：“既然李逸山先生答应出面鉴定文物，由于本小队长中午还有任务，那么，现在就请和我们走一趟吧。”

这时候李逸山的母亲拄着拐棍由儿媳妇搀扶着从堂屋慢慢挪步走了出来，径直走到日本人面前。李逸山看见母亲走出来，连忙跑进屋里，搬出太师椅，让母亲坐下，用人田大妈也跑进屋子搬出一个板凳放在太师椅边上，又取出老太太喝水用的茶壶、茶杯放在板凳上。老太太从容坐下，捋了捋满头银发，一张慈祥的面孔此时庄严凝重，她抬起头直视前方来人，底气十足、声音洪亮地问：“请问前面几位擅闯民宅的不速之客是什么人，有何贵干呢？”

日本军官听完翻译的话，一脸不耐烦地说：“请这位老太太回屋去，不要影响我们的公务。”

翻译：“老太太，这里来的是日本太君。太君说了，请你尽快走开，回屋里去，这里要谈公务。”

老母亲正色道：“我管他什么黄军、白军呢，私闯我民宅，强占我良田，还这么不懂礼貌与规矩，你问他，他有母亲吗！”

日本军官听见老太太如此厉声呵斥，马上问翻译：“她说什么？！”

翻译：“她问你有母亲吗？”

日本军官摸了摸小胡子，得意地对翻译说：“你告诉她，我有母亲，而且非常健康。”

老母亲：“难道你母亲没有教育你，怎么学会尊重别人，尊重天下所有的母亲吗？”

日本军官气恼地看着翻译：“她说什么？”

翻译：“这个——”

日本军官对着翻译呵斥道：“说，你的任务就是如实翻译，不要漏掉一句话。”

翻译：“她说，你母亲难道没有教育你如何尊重天下所有母亲吗？”

日本军官大怒：“别忘了，我们是占领军！我只尊重胜利者的母亲！”

老母亲：“什么占领军，我只听说过侵略者、强盗，你们滚出去！”

日本军官怒目圆睁，一边说你敢侮辱我，一边伸手就要从腰间拔剑。

李逸山真为自己的母亲骄傲，他站在边上，早就在观察这个日本军官的一举一动，他想，今天你他妈的小日本，谁敢动我母亲一根手指头，我就用这个茶壶砸碎谁的脑袋。就在日本军官拔剑的一瞬间，李逸山已经眼疾手快将茶壶高举在空中，同时，另外两个日本兵也端起刺刀逼了上来。

李逸山看着三个气急败坏的日本兵，用十分流利的日语冷笑道：“你们这群懦夫、饭桶、胆小鬼，对一位老母亲动刺刀算什么玩意儿？你们的武士道精神呢？有种放下武器我们单练，你们三个一起来！”

日本军官听他这么一说，将剑往剑鞘里一捅，正准备解下皮带，脱去外衣，要和李逸山干一仗，这时候，突然从门外走进一队荷枪实弹的日本人，走在前面的是一个戴着眼镜的军官和一个穿着便服的男人。李逸山看见穿便服的人似曾相识，这个人已主动叫了出来：“李君，我是岛本雄二。”

李逸山一看，果然是岛本雄二。

没等岛本雄二介绍，戴眼镜的日本军官先是上前对着李逸山的母亲深鞠一躬，说：“对不起，让您老人家受惊吓了。”然后，扭头对着三个日本兵和翻译，大声呵斥道：“你们还不快给我滚出去！”

戴眼镜的军官口气温和地说：“我们奉命要拜访所有留在北平的文化名人，李君，请您放心，从今以后，不会再有日本军人随便登门打搅了。您这里有什么困难，尽管说。”

这个戴眼镜的军官看见李逸山脸上怒气未消，老太太脸上也是庄严肃穆，便主动告辞说：“今天就是拜访一下，不打搅，告辞了。”

这时候，岛本雄二主动提出来，要留下来和老朋友叙叙旧。

35

岛本雄二的突然出现，要是放在和平年代，李逸山一定会以最大的热情接待这个在业务上帮助过自己的老朋友，但是，在中日开战这样的特殊时期，李逸山对待岛本雄二的心情是复杂的。李逸山也没有和岛本雄二打招呼，而是气呼呼地直接进了书房，岛本雄二也跟着进了书房。

看着李逸山怒气未消的脸，岛本雄二为了打破尴尬局面，开玩笑说：“李君还是当年那样刚猛啊。”

李逸山给岛本雄二沏上一杯茶，说：“真想打一架。”

岛本雄二：“这几个日本兵和当年的那些醉鬼没什么差别，李君不用和他们一般见识。”

岛本雄二起身在李逸山的书房走了几步，看着李逸山桌子上的书帖和纸墨笔砚，说：“李君现在不再研究青铜器了吗？ 每天只写字？”

李逸山：“早不关心那些古董玩意儿了，现在只是在家躲进小楼成一统，闭门写字混日子。”

岛本雄二：“我国政府关心中国的文物是真诚的，我接到命令随军队来到中国，主要任务就是保护好文物。”

李逸山：“什么保护，你们现在开始不用再偷偷摸摸，可以堂而皇之明着抢了。”

岛本雄二：“我听说故宫里面的文物中国政府已经装箱整车整车运走了。 运走也好，我最怕那么多的文物毁于战火。 我这次到中国，也有一点自己的私心，就是希望能有机会亲眼见一见毛公鼎。 不知道李君知不知道毛公鼎的下落。 听说在天津租界出现过，后来到了上海，但不知在什么人的手里。 我听日本朋友说，李君好像在天津还见过毛公鼎。”

李逸山猛然抬头，看着岛本雄二，说：“你们日本人喜欢捕风捉影又疑神疑鬼，你既然是听日本朋友说的，那么从今天开始，你也告诉你的日本朋友，就说听中国朋友李逸山说，他从来就没有见过毛公鼎。”

岛本雄二看着李逸山，诡异地笑了起来，指指自己的胸膛说：“李君放心，我岛本还是有一个知识分子的良知的，虽然我身为日本人，但我不同于日本的军人，我是清醒的知识分子。 我和平时期喜欢青铜器，战争年代同样喜欢青铜器，我有自己的职业操守。”

李逸山用眼睛一直盯着岛本雄二，他在判断岛本这句话的诚实程度。岛本雄二被李逸山盯得心里有点发毛，便将目光移开，换了一个话题说："李君，我不知道在北平的时间会有多久，只要我在，你有什么困难，可以尽快告诉我，我尽力而为。"

李逸山："岛本君既然这么说，我眼前还真遇到了难事。琉璃厂我有两位古董商朋友，一位姓布，你们日本人看上了他的古董，他说是假的，你们日本人不依不饶，非要他拿出真的，已经把他打了一顿了，现在还没有放人，说是今天中午就要给出结果。"

刚说到这里，岛本雄二就笑了，他说："来之前，我正好经过那里，进去看了，就是假的，已经告诉他们，不用再来麻烦你去鉴定了。我们从他那里出来，就赶到你这里来了。"

李逸山："还有一件事，我的另一位朋友，姓佟，人们叫他老佟，这几天让你们日本人给抓了，不知道关在哪里。为什么抓他，关在什么地方，希望你帮助了解一下。"

"这好办，我尽快给你回话。"岛本雄二喝了几口茶，然后说，"李君，光说你的朋友了，说说你自己的事情。"

李逸山："我自己一切还好。你也看见了，这是我的家，老母亲有病，妻子很贤惠。本来日子还算好，但是你们日本人一来，把我家南苑的二百亩地占了，还占了周边其他人的土地，说是要建南苑机场，我一家老小从此就没有了生活来源。"

岛本雄二："建设南苑机场，这件事太大了，我帮不上忙。你和傅云联系还多吗？"

李逸山："一直有书信往来，见面不多。"

岛本雄二："傅云真是了不起的女人，放在全世界也是最优秀的。聪明、善良、漂亮、能干，所有女人的优点都集中在她身上了。"

李逸山："这一点真不是溢美之词，的确如此。"

岛本雄二："你见过傅云的女儿吗？现在也有十多岁了，真是小天使一样的小美人啊。"

李逸山："听说了，倒是没有见过。"

岛本雄二："你也不问一问傅云结婚了没有？"

李逸山："岛本君真会开玩笑，不结婚，哪来的女儿？"

岛本雄二："李君看来真不清楚，据我得到的可靠情报，傅云女士至今没有结婚，仍然孤身一人带着女儿。"

李逸山一脸诧异，但依然很镇静地说："是吗？怎么可能？是你自己猜的还是确实如此？"李逸山在这么说的时候，他脑子里正翻江倒海回忆着从日本回到上海那天晚上刻骨铭心的一夜。

岛本雄二："李君，也许我不应该问你的个人隐私。但我确实了解到，傅云至今仍然没有结婚。"

李逸山低下头，像是自言自语，又像是在求证什么，嘴里一遍又一遍地说着："是吗？是吗？"

此时此刻的李逸山，心里头真是酸甜苦辣咸，什么滋味都有。岛本雄二发现李逸山已经没有了聊天的兴致，便识趣地说自己还有别的事，告辞走了。

送走岛本雄二，李逸山一个人在书房里，深陷于痛苦之中，内心里主要是愧疚，对傅云的愧疚，对从未见过面的女儿的愧疚。他坐下来想马上给傅云写封信，可是，现在北平与外面的通信已经完全中断。日本军队正在大举南下，上海怎么样？日本人会不会很快进攻上海？李逸山现在是一无所知。这更加重了他内心的痛苦。

36

老佟被抓走的第四日傍晚，又让人给放回来了。放回来的条件是，第五日，必须拿出六千块大洋，否则，让他脑袋搬家，不仅老佟的脑袋不保，他的家人也休想留住脑袋。

老佟为什么被抓，被什么人抓的，他自己也不明白。老佟回忆，因为担心铺子里的东西丢失，晚上他就在里面睡下了，半夜让人把眼睛用黑布蒙上，两手给反绑了。拉走以后，也不知道关在什么地方，对方提出条件，取出五千块大洋就放人。老佟在里面苦苦哀求，说自己实在拿不出来这么多大洋，最多能拿三千块。对方一听火了，说都这时候了，还讨价还价，那好，再加一千块，变六千块，还威胁老佟说，只要再讨价还价，还要加钱。

老佟被放回来的第一件事，就是找老董。老董看老佟只是一个劲儿地唉声叹气，就说："老佟，你也别叹气了，这北平城都让日本人给占了，别说你这一点钱了。这六千大洋你到底拿得出拿不出？要是拿不出，我们哥几个赶快给想办法。要是还拿得出，就当是破财免灾，这些年白干了。”

听老董这么一说，老佟抱头伤心地大哭起来，一边哭一边说：“这钱可是我大半辈子省吃俭用，一分一厘省下来的啊，我老家房子还没盖呀。我老佟得罪谁了呀？老天也该睁开眼睛看看呀！”

老董遇事是那种特别冷静的人，他看老佟像个老娘儿们一样呼天抢地痛哭，心里虽然同情，但知道这根本不解决问题。因此，他站起来对老佟说：“老佟，你要脑袋，还是要六千块大洋？大洋没了，还能挣；脑袋没了，可是啥也没了。”

老佟忽然止住哭声，好像让掉脑袋这件事给吓住了，回屋在床底下翻腾一会儿，从刨好的一个深坑里取出一大包大洋，正好就是六千大洋。眼看着白花花的大洋从今往后归了别人，老佟又搂着钱袋子伤心地哭了一回。

老董：“钱财不过身外之物，该舍就舍吧。”

老佟抱着钱袋子又磨蹭了一会儿，这才按约定时间、地点，独自把钱给人送过去。

过了几日，岛本给李逸山回话说，他到日本宪兵队打听过，不太像日本士兵干的。李逸山把这个情况和老董说了，老董说他也觉得蹊跷，要是日本人，明抢就是了，何必要秘密绑架。老董说，看来可能是地痞、汉奸趁乱打劫，但是这个情况又不能告诉老佟，老佟要是知道了，更要后悔、伤心。

老董：“看来，这真是老佟的命，节省了一辈子，最后还是一场空。”

李逸山："战争来了，多少人家家破人亡，日本人要是不来，老佟辛苦一辈子，本来还是能过上好日子的。这个账还是要算在日本人身上。"

老董："日本人这才来了几天，老布挨了打，老佟丢了财，苦日子还在后头，不知道哪一天就轮着我们了。"

李逸山："老布那边怎么样了？"

老董："老布在家养伤呢，这回真伤得不轻。多亏在他家院子里提前埋了两件赝品，日本人打了他，还一直不依不饶，非要他再拿出两个真的。这回老布只好说假话了，他对日本人说，院子里还埋了两个，他也不知道是真是假，是从河南安阳盗墓人手上搞来的。这一下日本人高兴了，说，这肯定是真的。"

李逸山："是假的，真不了，日本人不傻，总有一天会搞清楚的。"

老董："也真邪门了，老布卖了不少赝品，说了一辈子假话，这回说了真话，日本人反而不信，老布不说真话了，日本人倒信了。老布就是卖假货的命。"

李逸山提议说："一起去看看老佟吧。老布那边，等伤养好了，再去看看。"

老董说："这兵荒马乱的，出门都是格外小心。当心别让日本人和汉奸盯上。"

李逸山说："都这样了，也没什么可怕的了。"

经过几天的折腾，老佟整个人瘦得脱了相，一看见李逸山、老董登门来看自己，内心十分感动，还没有开口，眼泪已是哗哗地流下来。李逸山、老董劝了几句，说了些安慰的话，但是发现，只要提到钱的事，越说安慰的话，老佟越伤心，为了不让老佟太伤心，他们就告辞要走，老佟突然一抹眼泪说："李先生、老董都别走，这回老佟请二位一起到小仙居撮一顿。"

小仙居是琉璃厂一家不起眼的小餐馆，能做几样家常凉菜、热菜，主食以烧饼为主，分荤素两种。老佟吃了这家大半辈子的素烧饼，从来也没舍得在这里坐下来点菜吃。

老董一下子听愣了，老佟从来都是舍不得下饭馆的人，这次落了难反而主动要请客，哪里有心情。他看了一眼李逸山，又回过头对老佟说："老佟，咱们将来有的是机会，今儿个我和李先生都有事，就算了。"

老佟看见二位坚持要走，就说："也好吧。"便把二人送出门外，一直目送他们二人在胡同尽头拐弯不见了。老佟站在门口，犹豫一下，并没有回家，而是自己一个人进了这家小仙居酒馆。他这天进了餐馆，不仅找了一张靠里的安静位置坐下，而且还拿起菜谱翻了又翻。餐馆里的堂倌觉得奇怪，正在琢磨今天真是太阳从西边出来了，老佟怎么也点菜了，突然，见老佟一拍桌子大声说："伙计，切半斤猪头肉，俩火烧，带肉的，再来半斤高粱烧。"

老子豁出去了，老佟恨恨地想，今天要好好犒劳一下自己。这样想着，老佟又委屈地掉下眼泪。

37

岛本雄二成了李逸山家里的常客，偶尔也能遇到老董在李逸山这里喝茶、下棋、说话。李逸山过去很少下棋，他觉得下棋实在是耽误工夫，但是自从日本人来了之后，他就在自己的书房摆了一副象棋、一副围棋，一来为了打发时光，二来可以遮人耳目，如果老董、老布过来说话办事，正巧遇到日本人，也好用下棋打个掩护，三来可以和岛本雄二这样来访的日本人周旋，避免无话找话的尴尬。岛本雄二很清楚李逸山这样做，就是不想和他讲太多话，而自己到这里确实不仅仅是叙旧，他的顶头上司给他交代了任务，要从李逸山这样的名人这里获取尽量多的文物情报，同时择机让他们出来与日本人合作，为日本人服务。李逸山也清楚岛本雄二的目的，只是二人谁也不说破。

眼看两个月过去了，岛本雄二在北平文物收藏方面依然无多大进展，他的上司——那位戴眼镜到过李逸山家里的日本军官伊藤直哉，把岛本雄二叫到司令部训话，他非常严厉地对岛本雄二说："岛本，请你听好了，在日本，你是教授，受人尊敬的青铜器专家，但是到了中国，你就是不穿军服的军人。不要忘记，这不是和平年代，这是战争时期，因此，你到中国北平，不是来进行私人旅游的，你肩负着大日本帝国文物情报收集的神圣使命，你不能被李逸山这样的中国文化人所迷惑，要放弃个人所谓的友情，在国家利益面前，所谓的个人友情、友谊都一钱不值，而在特殊时期，和外国人讲友情，等于是与我们的敌人讲友情，这是卖国、通敌行为，请你必须履行军人职责，捍卫天皇权威，否则，我随时可以将你送进军事法庭。你的明白？”

别看伊藤直哉面相和善，但是一旦板起面孔训斥部下，就是口气严厉，杀气腾腾。

岛本雄二低头听着训斥，然后抬起头解释说：“我和李逸山这样的中国知识分子打交道多年，我更了解他们的性格、脾气。”

伊藤直哉板起面孔说：“那好，你就解释一下对中国知识分子的观察。”

岛本雄二：“中国知识分子，表面谦和，为人彬彬有礼，但是，并不意味着他们软弱可欺。相反，你越强硬，他们会比你更强硬。要想获得他们的信任，必须首先尊重他们，否则，一旦他们得不到尊重或者认为受到了侮辱，他们信奉‘宁为玉碎不为瓦全’‘士可杀不可辱’的做人原则。伊藤先生如若不信，不妨试试。”

伊藤直哉：“你和李逸山不是多年的朋友吗？他为什么对你也不信任？为什么到现在什么情报也没有提供？”

岛本雄二摇头笑了笑。伊藤直哉大声呵斥道：“你为什么笑，你是对自己的行为不敢承担责任吗？是对我布置的任务不屑一顾吗？”

岛本雄二：“在和平时期，我相信李逸山一定是一位对我这样的日本朋友肝胆相照的人，可现在是战争时期，我们又占领了他的国家。我们这时候代表的不是个人，背后都是自己的国家。何况，这个李逸山是一个多么桀骜不驯的人。我们占领了北平，很快可能占领中国大部分领土，但是，我们占领他们的内心了吗？”

伊藤直哉看着岛本雄二，觉得他虽然敢于顶撞自己，但说的话是一般士兵说不出来的，因此倒也认同。他放缓语气说：“既然这样，那好吧，我们今天也不妨去看看李逸山。”

伊藤直哉和岛本雄二来到李逸山家里的时候，李逸山正在书房练字。

伊藤直哉做出很内行的样子，对李逸山的隶书大加赞赏，说：“李君真有雅兴啊，不愧为书法大家。”

李逸山收起笔墨，请二位坐下，沏上茶说：“我现在是在家照顾老母亲，两耳不闻窗外事，写字不过是用来打发时光。”

伊藤直哉：“李君长期从事青铜器研究，几十年如一日，不知《青铜器大全》一书完成了没有？”

李逸山心里一激灵，心想和日本人打交道真是要格外小心，他们的情报真是随时随地，无处不在。他看了一眼岛本雄二。岛本雄二觉得可能是李逸山怀疑自己把情况和伊藤说了，不好意思地躲开李逸山的目光。

李逸山说：“中国的青铜器研究和日本相比全是业余水平，因为都是外行，所以本人稍一涉足，便成为所谓的北平的专家，这真是抬举本人了。北平青铜器资料十分奇缺，正如岛本先生十多年前说过的，要说研究青铜器，还要学习日本。本人十分后悔在日本没有跟岛本先生学好，回到中国后没有了学习研究的条件与环境，所谓研究，早都荒废了。”

伊藤直哉：“完全荒废了？ 那多可惜！”

李逸山：“不可惜。 本人倒是在围棋上下了不少功夫，不过比起日本围棋，中国围棋水平又是小儿科。 伊藤先生要是有兴趣，不妨请教一盘棋，逸山不胜荣幸。”

伊藤直哉还真是喜欢围棋，一听说李逸山要请教围棋，心里便有一种要教训李逸山的意思。 他哈哈一笑，痛快地说：“好，来一盘快棋。”

岛本雄二对围棋是外行，一听上司真要下棋，心里高兴，便拉了一把椅子坐在边上看二人在黑白世界里战了起来。

下到中盘，两个人还没有分出胜负的意思，伊藤直哉从序盘开始，就想冲着屠杀大龙的目标而去，李逸山使用的完全是中国太极的打法，左腾右挪，轻灵飘逸，眼看进入官子阶段，这时候，一个日本兵进来在伊藤直哉耳边轻语几句，伊藤直哉站起来对李逸山说，今天的棋先下到这里，后半盘下回接着下。 然后他让士兵先走，说自己喝完茶就走。

伊藤直哉今天很高兴，对李逸山说：“李君行棋神出鬼没，轻灵飘逸，眼看我就要绝杀大龙，还是让李君使计跑掉了。”

李逸山：“伊藤先生力量巨大，兵临城下，逼人太甚，不跑不行啊。”

伊藤直哉听完大笑，仰脖喝完一杯茶说：“李君够朋友，今后多来往。”放下杯子，整了整军服，就走了。

在回日军司令部的路上，伊藤直哉对岛本雄二说：“你的这位中国朋友，聪明绝顶，自信果敢，是一个桀骜不驯的人。棋品如人品。”

岛本雄二顺便向伊藤直哉讲了李逸山曾经在日本打架的故事，伊藤直哉说：“岛本君，你听着，在青铜器研究上，我不清楚你是不是李逸山的对手，但是在和人打交道等方面，你绝对不是李逸山的对手。我今天命令你，立刻起身去上海，我刚才已经得到情报，我们已经成功打下上海。那里也有许多珍贵文物需要尽快搞到手，运回日本。希望你这次不要让我失望。”

岛本雄二收拾好行装，走之前，又过来与李逸山告别。他告诉李逸山：“日军已经占领上海，这样看来，日军在华北、华东、华中已经形成夹击之势。”

他还想往下说下去，但李逸山迫不及待地打断问：“有没有傅云她们的消息？她们现在处境怎样呢？”李逸山现在担忧的除了傅云之外，还有一个与他生命息息相关的人，因此他说“她们”的时候，他已经把她们母女看作一个生命的整体，某种程度上，这比关心自己的生命安危还要重要。

岛本雄二：“我相信傅云她们没事，她们一直住在法国租界，日本不可能轰炸法国租界，但是，上海以后的日子可能会很难，比北平好不了多少。”

李逸山：“岛本先生，如果你到了上海，发现她们还在上海的话，请你一定予以关照。”说完向岛本雄二深深一鞠躬。

岛本从来没有见过李逸山向自己低过头，这次李逸山的托付显得十分郑重，岛本雄二也深受感动，说：“我努力吧。”

送走岛本雄二，李逸山打开一张中国地图，看了许久。然后，展开宣纸，一改长期书写隶书的习惯，以狂放的行草，一口气写下岳飞的《满江红》。这一天，没有人知道李逸山内心撕裂一般的痛苦。

38

日军驻上海司令部得到密报称，为躲避战火，毛公鼎的主人已经逃至香港，但毛公鼎仍然藏在上海。日军指挥官得到情报后，大喜，立即下令，掘地三尺也要找到毛公鼎。

傅云躲在上海法租界，听说日本人四处寻找毛公鼎，心里十分焦急。她知道毛公鼎的主人是谁，她也知道毛公鼎的主人为了保护毛公鼎的安全，已经派他的侄儿从昆明赶回上海，暗中保护毛公鼎。但是傅云知道，照这样下去，日本人迟早要找到毛公鼎。傅云的担忧正在应验。毛公鼎的主人叶恭绰的侄儿被日本宪兵队抓了进去，正严刑逼供。叶恭绰先生在香港如坐针毡，令他担心的不仅是毛公鼎危在旦夕，而且侄儿也正命悬一线。就在这时候，岛本雄二在上海出现了。

岛本雄二主动拜访了傅云。岛本雄二到上海干什么，傅云不用猜也知道，所以二人谁也不说破，就像没事似的客客气气喝茶聊了起来。

岛本告诉傅云，他在北平待了一段时间，刚从北平过来，他在北平见到了李逸山。

听到李逸山的名字，傅云立刻变得非常焦急的样子，说："逸山怎么样？ 一切还好吗？"

岛本说："一切都还好。"

听到这里，傅云的心情一下子放松下来，说："几个月了，通信中断，我一直不知道那边的情况。 真是急死人了。"然后接着问："北平那边的物资供应怎么样？ 老百姓能吃上饭吗？"

岛本："等安定下来，就会好一些吧。 我看李逸山很少出门，青铜器研究好像也放弃了，每天在家练字、下棋，和几位朋友聊聊天，好像挺自在的。 我到上海来，他托付我要照顾好你们。 他好像不太清楚你们女儿的事。 如果你有急事需要和李逸山联系的话，我可以代转。 不过，你写的内容都要通过军方检查的，如果你不介意的话。"

傅云听到李逸山也在这样挂念自己，心里十分温暖，听到岛本这么一说，她反而说道："有什么介意的，我也就是给他报一个平安而已。"

岛本："我刚到上海，也不是一个自由人，有人也在暗处盯着我呢，到你这里来也不能久坐，我还要赶快走。 你有什么事需要转告李逸山，请尽快写好给我带上，我通过军方转过去。"

傅云说请稍等，便坐下来，拿起笔匆匆写下几行字："逸山，几个月没有联系，十分焦急。 好在见了岛本，知道你一切安好，这才放心。 你原来托我在上海买毛线的事，现在外面兵荒马乱，许多商店都关门歇业了，用人阿珍出去了一趟，说上海的毛线脱销，她的家乡苏州一带或许能买到，但是仿真的。天气很快就要变冷，你要注意保暖。我们这里一切都好。傅云。”

傅云写好信，递给岛本看了一眼，说：“也没啥事，就算问候一下吧。”

岛本认真地说：“看别人的信虽然很不礼貌，但是，要是不知道你信的内容，就不能转交，责任很大啊。”

傅云把信折叠好，装进信封里，说：“就不封口了，反正你的日本同事还要审查，随便他们审查吧。只要把信尽快转交逸山就十分感谢了。”

岛本拿上信，匆匆走了。

一周之后，北平的伊藤直哉笑眯眯地看了看岛本转过来的信，高兴地自言自语道，岛本雄二现在变得不那么书生气了，知道通过感情沟通取得对方的信任来收集情报，这是大大的进步。

伊藤直哉打算亲自把信给李逸山送上门。岛本的做法也启发了他，他觉得这是李逸山非常看重的个人信件，而他亲自送上门，不仅能够感动李逸山，让他对自己不再有那么大的敌意，而且也便于今后沟通与交流。

伊藤直哉判断得没错，他注意到李逸山在读傅云来信的那种专注和激动，连眼睛都放着光，李逸山也确实对伊藤直哉表示了真诚的谢意。只是伊藤直哉虽然很自信，但有一点他无论如何没有想到，李逸山在傅云的信里读出来的言外之意，这恐怕只有最亲近的人才能读懂。

就在伊藤直哉背着手，得意扬扬地从李逸山家大门口告别离开后，李逸山也背着手，几乎是在心里哼着小曲走回了自己的书房。

李逸山从来没有托傅云买过什么上海的毛线，他一看就明白了，傅云在告诉他，上海的毛公鼎危险了，需要赶快到苏州弄一个周梅谷作坊的复制毛公鼎，瞒过日本人，以此救出毛公鼎和叶恭绰先生的侄儿。

十万火急，李逸山在考虑怎样才能通过缜密的思路与安排，骗过狡猾的日本人。

李逸山找到了老董。老董见李逸山亲自登门拜访，多年的经验与信任告诉他，准有大事要干了。自从日本人占领北平之后，老董虽然表面上已经不再和古董打交道，但是，作为曾经的古董商人，日本人经常派眼线暗地里盯着他，这一切他很清楚，因此，他十分警惕地对李逸山说："李先生先回去，我一会儿叫上老布一块儿过去下棋。"

下棋，已经成为他们在一起说话的重要借口。李逸山回去不久，老董、老布先后赶了过来。三人在一起的时候，李逸山总是笑着，先把象棋摆放好，再拿几个棋子放在一边，以防日本人突然进来，让大家尴尬。由于李逸山是日本人的重点"保护"对象，这样一来，这里也成了避风港。日本人虽然也是几次试图打探他们聚在一起到底干什么，但是每次都发现他们在下棋，也就以为李逸山真的在和这几位哥们儿用下棋打发时间。

老布自从挨了日本人的一顿毒打之后，心里真是恨透了日本人，只要有机会，他就一定要复仇，他已经做好了豁出去的准备。一段时间以来，他发现李逸山、老董真够哥们儿，不仅在关键的时候帮助他，而且越来越信任他，这让他内心时常感到热乎乎的。

老董、老布一坐下，李逸山就把毛公鼎的情况和他们开门见山说清楚了，之后，李逸山说出自己的计划：首先要到苏州，尽快弄到仿制品；其次要想办法和叶恭绰身边的人联系上，做好交接；最后要巧妙地让日本人找到这个仿制品。其中每一个环节都不能出现差错，每一个环节都要有可靠人。李逸山说完，看看老董，又看看老布。

老布："交给我来办吧。苏州那边，我有几个可靠的朋友，制出毛公鼎赝品，以假乱真，不是难题。关键还是上海那边如何接应，这一点我看也可以托苏州的朋友们试一试。他们离上海近，水路、陆路都熟悉。"说完，他站起来问："什么时候办？"

李逸山："马上！十万火急！"

老布："我原来听说，那边已经仿制过毛公鼎，要是有，再好不过，我先问问。"

老董："老布，你要注意安全。"

老布："我又不亲自去，几个跑码头的穷哥们儿，个个都有两下子，好长时间没活儿干，都快憋死了，跑这一回，我把钱给足了，重赏之下必有勇夫，放心吧。"

老布说完就要走，李逸山说："等着，我给你取点大洋。"

老董拦住李逸山说："李先生上次资助五爷的那五百块大洋，我一直存着呢，从里面先拿一百块吧。"

老布："老董你骂我呢？ 这些年，我老布家底还是有一些的，再说，对付日本人，我老布砸锅卖铁都愿意干。 那钱，留着以后喝酒吧。"

老布刚走一会儿，来了两个人，一个是日本兵，一个是狗腿子，说是走丢了一只狗，正在四处寻找呢，问李逸山家里有没有收养。 李逸山连头也没有抬，只是举起棋，啪的一声，对老董说："将军！"

老董做出悔棋的样子说："刚才让狗的事把思路打断了，这一步不算，得重来。"

日本兵看两个人果然棋下得热闹，说再到别处看看，就走了。

李逸山抬起头，对老董说："看出来了吧？ 寻找什么狗？ 是来盯着咱们干什么呢。"

老董："这些狗日的东西。"

39

经过一段时间的艰难寻找，一日，日本密探意外获得线索，终于在上海黄浦江码头的一间库房里，找到了毛公鼎。

好消息来得太突然，就在日军驻上海司令部一片欢呼之际，一个日本军官提出，不能高兴得太早，第一，谁见过真正的毛公鼎？ 第二，怎么证明库房里的毛公鼎就是真正的毛公鼎？

另一个更高级别的日本军官得意地笑了起来，说："鉴定真伪，这个不难，我们可以马上请相关方面的专家进行鉴定，岛本君就是这方面的顶级专家，他已经在上海了，很快就可以得出结论。 总之，这是一件值得庆贺的事，等鉴定结果出来，我们立刻禀报天皇陛下，并尽快把毛公鼎运回日本。 从今以后，这就是我们日本的国宝了。"

第二天一早，岛本被带到日军司令部一个秘密的房间，紧接着，傅云也跟着几个日本人来到这个房间。

岛本看见傅云，轻轻点了点头算是打了招呼。 傅云看见岛本，一脸严肃，也微微点头，算是打了招呼。

在这个房间正中的一个桌面上，放着一件圆鼓鼓的东西，上面蒙着一块白布。 忽然，从外面急匆匆走进几个军官模样的人，屋子里的军人立刻挺直身子行军礼，之后一个上了年纪的军官示意开始，屋内的灯光突然全部打开，十分刺眼。 一个军人走上前，轻轻掀开白布，毛公鼎呈现在大家面前，这时候，围在四周的几个日本军人发出啧啧的赞叹声，一个军官还戴着白色手套，小心地走上前去，轻轻拂去毛公鼎一只耳朵上的尘土，然后做出很内行的样子欣赏道："真美啊！"

其他几个军官也凑上前去，仔细观赏毛公鼎的每一处细节。一个军官兴奋地说："你们快一点让开，先让两位专家看看，你们以后再看。"几个军人客气地退后半步，给岛本、傅云让出位置。

岛本看得非常仔细。他细心辨认着毛公鼎的每一个细节，还要日本军官拿过来一个手电筒，借着手电筒的强光，对毛公鼎内壁上的499个字的铭文也逐一检查起来。看了一遍，又看一遍，他抬头迅速地观察了一下傅云的脸色，似乎想从傅云的脸上读出点什么，但傅云脸上什么表情也没有，反而盯着他的眼神让他感受到了某种压力。

自从傅云得知日本人找到了毛公鼎，她就打心里不太相信。她相信李逸山已经读懂了她信里面的内容，她也相信李逸山那边的朋友已经开始行动，因此，她认为，日本人找到的所谓毛公鼎，正是李逸山他们暗中送过来的替代品。但她内心里还是有一种担忧，万一日本人找到了真的毛公鼎呢？所以，出于好奇，当日本人找上门，把她当作专家请来一起鉴定的时候，她并没有拒绝，而是很痛快地答应了。来的路上已经想好，如果是真的，她将怎么回答日本人，如果是假的，她又将怎样回答日本人。现在，她心里已经有了答案。她决定先不开口，看岛本怎么说，然后再决定自己怎么说。

岛本检查完毛公鼎以后，日本军官急切地说："请两位专家给出结论。"

岛本："毛公鼎的原件本人并没有看过，从本人接触到的大量图片以及铭文的拓片来看，我相信这和本人见过的没有差别，或者说，看不出差别。但是，由于没有看过真的，本人也不能断定这就是毛公鼎原件。"

日本军官："岛本君，你这样说话真是滑头，你是在为自己推卸责任。你是日本的著名专家，你应该给出一个肯定的回答。你这样回答，等于什么也没说，我们需要尽快禀报天皇陛下。”

岛本：“鉴别青铜器真伪，是个严肃的学术问题，仅凭外观很难得出科学的结论。除非——”

日本军官：“除非什么？”

岛本：“除非从毛公鼎上取下一块材料进行化验，但是这样的结果是可能毁掉一件艺术珍品。”

军官大怒：“像你们这样的专家，真是饭桶！如果需要毁掉一件青铜器，通过化验来鉴别真伪，还需要专家干什么？你这样说话，对得起天皇陛下吗？”

军官骂完岛本，接着又客气地对傅云说：“傅云女士，你的意见呢？”

傅云：“我对青铜器的了解，基本属于业余水平，整个中国在青铜器研究方面都是业余水平。岛本君是我们非常崇拜和尊敬的顶级专家，我有缘在岛本君的工作室看到过毛公鼎的图片、铭文拓片，即便如此，也已经过去很多年了。如果我没有记错的话，我认为这就是毛公鼎。如果有人怀疑这是赝品，那么证据是什么？当今谁又能具有如此高的仿制水平呢？”

另一个日本军人接着傅云的话抢白道：“听我们的当地线人报告，中国民间仿制青铜器的能工巧匠还是大有人在，听说苏州就有这样的民间艺人，只是他们的活动非常保密，一般人很难知道。”

傅云：“能够仿制毛公鼎这样顶级的青铜器，本人闻所未闻。

如果真有这样的能工巧匠，本人还真想拜其为师。”

日本军官：“今天的鉴别就到此结束吧。”

送走傅云，日本军官让岛本留下，对他又是一顿臭骂。然后，他对着身边的所有日本军人说：“你们要注意盯着这个中国女人的一举一动，她的态度倒让我怀疑这个毛公鼎可能不是真的。为什么？你们想，作为中国的青铜器专家，当她发现自己国家的国宝要被别人拿走的时候，她可能无动于衷，而且用肯定的口气说这就是真的毛公鼎吗？”

岛本问：“那她应该怎么说？”

日本军官看了一眼岛本，不屑一顾地说：“她应该努力地说服我们，说这是假的！”

站在旁边的一个日本军人说：“那怎么才能确定毛公鼎的真伪？这么一个好消息什么时候才可以公布？”

日本军官举起右手在空中用力一挥，说：“找到真正见过毛公鼎的人，看他们怎么说。目前，还是要严密封锁消息。岛本君，希望你尽快告诉你的这个中国朋友，让她严守秘密，否则，后果自负。另外，我要正告你，你不要被这个中国女人的美貌所迷惑，你看这个女人的眼神很不对。希望你不要忘记肩上所担负的神圣使命！去吧！”

40

日本军方经调查获悉，曾经保管过毛公鼎的天津华俄道胜银行的俄国人已经回国，目前可以确切知道见过毛公鼎的人只有最后出售该鼎的一个叫五爷的人，此人如今住在北平，经常在菜市场靠捡白菜叶过日子，十分落魄。

日本军官听此消息，高兴地说："那好，去北平把他抓过来，告诉他，如果配合我们就奖励他一百块大洋、一百斤面粉，要是不配合，就让他掉脑袋。"

为了不吓着五爷，几个日本兵换上便服，在当地维持会汉奸的带领下，于一天傍晚时分，悄悄来到五爷的家。

五爷刚盛了一碗水煮白菜，背对门口，坐在小板凳上，就着黑不溜秋的混合面窝头在低头吃饭，一边吃，还一边在骂，说："我操你小日本八辈子祖宗，五爷我啥时候吃过这黑不溜秋连畜生都不吃的玩意儿？ 不吃，我饿；吃了，让我拉不出屎。"五爷已经骂了许多日子。 这么骂，已经成了一种习惯和仪式，他并不骂给谁听，他就想这样骂，这么骂着痛快。 今天这么骂的时候，他并没有注意到身后的来人，好在日本兵也听不懂。 维持会的汉奸先开口喊了一声："五爷，吃饭呢？ 我们来看您！"

五爷一听，回头看见后面站着几个人，吓了一跳，但他做出不在乎的样子说："谢谢您！ 五爷我现在哪还有原先的风光，谢谢你们还想着叫我一声五爷。”

汉奸说：“您在我们心中永远是五爷！”

五爷：“你丫嘴倒是挺甜的，不过，五爷我喜欢你丫嘴甜。说吧，啥事？”

汉奸：“这几位是日本太君，想请您跟他们走一趟。”

五爷一听“太君”二字，吓出一身冷汗，说：“我可没有得罪你们小……小日本，太……太君。”五爷想保持镇静，可是嘴里面的牙齿不听使唤，一边说话，一边直打战。五爷想，这下坏了，刚才骂小日本的话，肯定让小日本知道了。不然，干吗要跟他们走一趟。自打日本人来了以后，日本人只要说跟他们走一趟，准没好事，不是挨打，就是把人杀了。想到这儿，五爷紧张地说：“我不走，我哪儿也不去，我可没有得罪你们，你们甭想给我定罪。”

汉奸一听五爷害怕了，笑着说：“五爷，太君说了，是好事，办完了，还赏您一百块大洋、一百斤面粉呢。”

五爷想，世上哪有天上掉馅饼这等好事，何况还是日本人的好事，他更是害怕了，说：“我家有钱，也有面粉，花不完，吃不完的，我哪儿也不去。你们走吧。”

日本人听翻译说他不走，哪儿也不去，也懒得废话，一声令下，把五爷给捆了起来，连拖带拽，塞进了停靠在门口的一辆汽车里。

五爷哪里受过这等委屈与惊吓，心想，与其等死，还不如痛痛快快去死，于是，躺在汽车里，索性大骂起来：“小日本，我就骂你们这帮王八羔子了，怎么着吧！ 五爷我骂了好多天了，怎么着吧！ 五爷我还没骂够呢，怎么着吧！”

五爷在车里不断地大骂，日本人也听不懂，几个日本兵看着五爷狼狈的样子，在那里傻乐呵。 过了一会儿，一个日本兵好奇地问翻译：“他在喊什么呢？”

翻译一想，自己已是两顿没吃饭了，就顺口说：“他说，他饿得受不了了，赶快弄点吃的吧。”

日本兵一听五爷饿成这样，觉得很好玩，就说：“让他再大声喊几下，就给他弄吃的。”

还没等翻译给五爷说，五爷又连续大喊几声：“小日本，我操你八辈子祖宗，还有你，臭不要脸的汉奸翻译。”

日本兵听着五爷的喊声，哈哈大笑。

翻译凑近五爷的耳朵低声说：“你要再敢把我也骂了，我就对日本人说，你想喝尿！”

五爷沉默了。

日本人问：“这个老头怎么不喊了？”

翻译说：“他喊累了，让他吃饭吧。”

日本兵：“给他松绑，送给他一只烧鸡，馒头随便吃。 别让他饿坏了，耽误了司令部交给我们的任务。”

日本兵把烧鸡、馒头送到五爷的跟前。 五爷深吸一口气，一口唾沫啐在食物上，发出一声狂笑。

五爷一路绝食，给吃的不吃，给喝的不喝，这让负责押送五爷的日本兵着了慌。 他们担心五爷要是死在路上，他们的责任可就大了。他们便让翻译一路好言相劝。五爷发现，自己越是不吃不喝，他们越是害怕；他们越害怕，五爷越是来了劲。五爷明白，他们肯定是有求于自己什么事，所以不敢拿自己怎么样。这样想明白了，一路上，他不断想出折磨日本兵和翻译的办法，一会儿说想喝水，一会儿说想撒尿；一会儿说想吃烧鸡，但只吃鸡腿和胸脯肉，把最好的吃了，还要看着翻译把鸡屁股吃下去；一会儿又说想吃馒头，但要翻译把馒头皮吃了。日本人发现这个老头不断折腾翻译，觉得他怪是怪，但挺有趣，所以，有时候也一起配合着五爷折腾翻译。这一路上，翻译倒成了他们共同折磨的对象。把翻译折腾够了，五爷笑嘻嘻地对翻译说，这就是当汉奸给日本人办事的下场。他还挑衅地说："你丫有种就把我的话翻译给这些王八蛋小日本啊。"

经过几天的折腾、颠簸，日本兵押着五爷终于来到了上海。到了司令部一间密室，五爷一眼看见桌子上安放着明晃晃的毛公鼎。他一下子明白了，他们拉他出来，就是让看毛公鼎啊。五爷立刻扑上去，抱住毛公鼎大哭起来，一边哭，一边捶胸顿足地说："老祖宗啊，我不孝啊，我把祖上留下来的宝贝让日本人给弄走了。"

五爷哭了一会儿，想这恐怕是这辈子最后一次见毛公鼎了，他得再好好抚摸一回毛公鼎。摸完外壁，又把手伸进内壁，开始仔细地抚摸，他摸到里面一处，刚感觉有点不对劲，日本军官大声命令道，不要让这老头乱摸了，把他拉出去吧。

五爷心里正在纳闷，又听日本军官这么大声命令，他便做出紧张害怕的样子，主动退了出去。

过了一会儿，汉奸翻译追出门外说：“也算你运气好，太君说话还是算数的，先给你一百块大洋，你自个儿回北平吧，到了北平，太君自然还会派人给你送去一百斤白面。你要还有良心，到了北平，别忘了给我分一半，也算我没有白跑这一趟。你还得感谢我，要不是我替你瞒着，你骂日本人的话，让日本人听见了，早把你杀一百回了。”

五爷本来是抱着挨打或者被杀的思想准备来的，现在不仅没有吃亏，而且白赚了一百块大洋和一百斤面粉。他想，这天上有时候还是会掉馅饼的。而让五爷内心更加得意的是：他发现了假毛公鼎的巨大秘密。只是这个秘密，他谁也不说，因为他知道，一旦说了，脑袋可能就要搬家了。

日本军官自从看到五爷抱着毛公鼎哭的那个伤心的样子，他就坚信：真正的毛公鼎找到了。

日本军官心情愉快，叫来下级军官，发出命令：马上禀报天皇陛下，毛公鼎找到了，很快就要运回日本了。

由于日本军官正处在兴头上，另一个日本军官向他请示，目前仍然关在宪兵队的叶恭绰的侄儿怎么处置，日本军官大手一挥，说：放了吧！

就在日本人庆贺得到毛公鼎的时候，叶恭绰的侄儿被日本宪兵放出来了，他迅速将真正的毛公鼎从上海秘密运往香港，让毛公鼎在日本人眼皮子底下逃过一劫。

41

“卢沟桥事变”爆发的前一周，在开封守护文物的聂豫兴、岳中原收到了李逸山先生从北平寄来的书信。他们收到信，感觉事情重大，很快把信上交给河南古物保存所的长官。古物保存所的长官也觉得李逸山先生信中所言非同小可，没敢私留信件，马上又上交给河南省政府更大的长官。省政府官员看过信，对送信人说，中日能不能马上打起来，谁也不好说，但是请你们转告北平的李逸山先生，第一，表示感谢，第二，我们会尽快做出预案。至于新郑出土的古器，请他放心，我中原人保护不了家乡文物，那是我中原人的奇耻大辱。

一周之后，日本占领北平。

紧接着，华北告急，又接着，中原告急。

河南省政府决定马上装箱准备转移河南博物馆馆藏文物时，聂豫兴悄悄对岳中原伸了伸大拇指，说：“李先生真是诸葛孔明再世，料事如神啊。”

岳中原说：“总有一天我要参军和他们干一仗。”

聂豫兴：“我们可是答应过李先生，新郑出土的古器一件也不能少的。”

岳中原：“到那时候，你替我保管好新郑古器。你比我心细，我憋不住就想和小日本打仗。受日本人欺负，我咽不下这口气。 我不信赶不走这些狗日王八蛋。 和咱中国人打仗，我不想打，要是打小日本，我见一个，杀一个；见两个，杀一双！”

为了确保文物安全，危急时刻，河南省政府决定选取新郑彝器在内的主要馆藏文物，分装为68箱，由聂豫兴、岳中原组成的十多人保安队，押送古物由开封西行，经郑州南下，一路颠簸，三日之后，运抵武汉，暂存法租界内的一所库房，由保安队日夜看守。

第二年夏天，日军不断空袭武汉，一时间，武汉硝烟四起。一天夜里，正逢聂豫兴与岳中原值夜班，武汉突降暴雨，二人拼力堵水，无奈地面积水越来越高，虽然最后十多名保安队员一起上阵，然而还是眼睁睁看着大水灌入库房一米多深。 三天之后，洪水退去，经外交部门出面协商，这批文物将转移至美国花旗银行的金库里。 起初，法国人并不知道箱子里装的是什么，搬箱子的时候，得知在雨水里泡了几天的竟然是轰动世界考古界的新郑出土的青铜器，十分心疼和惋惜，对押运的负责人说：“你们中国现在根本不具备保管文物的条件，既没有像样的设施，又随时可能被日本人抢走，干脆运到我们法国卢浮宫算了。 文物属于全人类，相信我们法国可以完好无损地保护好这些珍宝。”

法国人话音刚落，还没等负责人说话，聂豫兴便激动得涨红了脸大声说：“这是我中原文物，谁也别想拉走。”

岳中原与聂豫兴相处久了，像亲兄弟一般，二人在保安队里也是如同一人，只要有一人和别人发生了矛盾，另一个不问青红皂白就出面相助。 这时候，岳中原听聂豫兴这么一说，也两眼冒火，对着法国人说：“这些文物在我省会开封保存了十多年，完好无损，如今遭到洪水浸泡，还不是在你们法国人的库房里。”

法国人觉得自己挺委屈，耸耸肩说：“我只是提出建议而已，文物怎样处置，你们随便。”

负责接收的美国花旗银行的一位美国小伙子，本来就不喜欢法国人的自以为是，他走到法国人面前说：“与其运到法国，不如运到美国更安全。法国历史上也是战乱不断。”

法国人一听美国小伙子这么说，不服气地反问道：“美国就能确保中国文物的安全吗？也许！可是，美国人能做到公正无私吗？我听说北京人头盖骨可是交给你们美国人在保护，但是，至今在哪里呢？”

美国小伙也不生气，不屑地说：“美国是不是安全，至少没有哪个国家敢于公然侵略。你们法国安全吗？谁知道德国人哪一天就会占领巴黎？”说完，美国人还在大家面前做出一个投降的滑稽样子，把大家都逗笑了。

法国人没有笑，他看着工作人员从潮湿的库房抬着箱子，一箱一箱往汽车上装运，只摊开手，做出一个手势说：“祝你们走运！”

河南古物保存所负责人很客气地走上来，握住法国人的手说：“希望你能理解特殊时期中原人民对待自己家乡文物的那份感情，无论如何，我还是要代表中原人民谢谢你，在我们国家遇到困难的时候，我们对于任何帮助过我们的人，都会永远铭记在心。谢谢你！”

法国人刚才还很郁闷，现在经这位负责人代表官方这么表态，心生感动，也激动地握住该负责人的手说：“能为你们效劳，这是我的荣幸，我们法兰西永远和热爱和平与伸张正义的人民站在一起。”

箱子全部装上汽车，聂豫兴一件一件清点后，又回头跑进库房再认真检查一遍。就在汽车启动之前，他又弯腰在地上捡起一块生锈的金属碎片，放在手心里反复看了又看，然后小心地装进衣兜，快跑几步，爬上最后一辆汽车货厢，随车出发。

法国人看着这一切，向缓缓驶离的汽车上的聂豫兴，伸出一个大拇指，一直目送汽车在视线中慢慢消失。

42

文物存放在美国花旗银行的金库里，也变得越来越不安全，因为随着华东、中原的相继失守，日军正在中国内陆腹地步步进逼合围，南京国民政府在将首都迁往重庆的同时，博物馆里收藏的大量珍贵文物一并运往重庆。1938 年 10 月 7 日，河南省政府再次决定，将这批文物也转移至重庆。文物从武汉转移到宜昌后，在长江边上遇到了麻烦，这时期，长江上的所有轮船均被军管，一天到晚忙于运输军用物资，根本顾不上运送文物。前有天险，后有追兵，情况万分紧急。

连续几日，大家纷纷外出找船，不管提出什么条件，开出多高价钱，都是碰了一鼻子灰回来。

时间一天天过去，大家心急如焚。

一日晌午，就在大家都在垂头丧气发牢骚的时候，聂豫兴悄悄对岳中原说："与其坐在这里等着日本兵追上来，不如继续出去想办法。"

岳中原觉得聂豫兴说得有道理，两个人便来到长江边上，见远处码头轮船正在抢运军用物资，岳中原说："不如咱两个分头去想办法。"岳中原主动提出他去码头找军方联系看看，聂豫兴可到别处碰碰运气。 两个人朝两个方向分头行动。

岳中原来到码头，刚要往一艘停靠在江边的轮船上走，一个扛枪的士兵急匆匆跑了过来，一边跑，一边喊站住。 因为前几日保安队的同事已经说过遭遇到的类似情况，岳中原早有心理准备，便做出理直气壮的样子说："我有重要情况要向你们长官报告。"

谁知这位站岗的哨兵前几天已经遇到过类似情况，非常不客气地说："什么报告重要情况，就是那几车河南破文物的事吧！"

岳中原一听，马上改口说："俺要报告更重要的情况。"

哨兵："什么情况先告诉我，我可以转告。"

岳中原一听这个小哨兵不给通融，便大声训斥哨兵道："情况紧急，上面交代，需要保密，我不能告诉你！"

哨兵一听，火了，说："我管你什么保密不保密，你不告诉我，就是不能进。"

岳中原："我可告诉你，我手上拿着司令官的手谕，你让不让进？”

哨兵：“蒋委员长的手谕也不行！”

岳中原火冒三丈，和哨兵争吵的声音越来越大，一个军官模样的人听见这边在吵架，朝这边走过来，大声斥责道：“什么人在这里争吵？”

这时，忽然一群敌机俯冲过来，朝着码头轮船，又是轰炸，又是扫射，码头上的军人顿时都冲进隐蔽处躲藏。岳中原这时正在气头上，他也不躲避，而是从地上捡起一根木棍，冲上一个高高的陡坡，也不管周边此起彼伏的爆炸声和机枪扫射声，拿着棍子，指着一拨又一拨俯冲过来的日军轰炸机群，歇斯底里地骂道：“小日本，有种朝这里炸啊，你们等着，老子总有一天，把你们狗日的脑袋敲碎了！”

周边躲飞机的军人，不时探出头来，大喊，快躲起来，但是，岳中原像是没有听见一样，边骂边哈哈大笑。

敌机飞走了，一位军官走过来，问周边人，这个年轻人是谁？

哨兵跑过来说：“长官，这个疯子说有重要情报要找你！”

军官：“为什么早不报告？”

哨兵：“没有你的命令，不能让外人进去。”

军官：“把他叫过来吧。”

哨兵：“是！”

哨兵把岳中原带到军官帐篷里的时候，岳中原脸上、身上全是泥土，只有两个眼睛仿佛还充满了怒气。

军官一挥手，让哨兵出去，问："好汉，难道你不怕死？"

岳中原："那要看什么时候。在小日本面前，本人从不怕死。"

军官走过来，在岳中原肩膀上重重一拍，双手搭在岳中原的肩膀上，又使劲推了一下，高兴地说："好样的，中国就需要你这样的战士。说吧，有什么重要情报要报告。"

岳中原将河南68箱文物的重要性和来龙去脉向军官一并报告了，说："现在就需要一艘船，将文物运往重庆。"

军官听后，看了看岳中原，说："战争时期，生死攸关，文物再重要，也没有军用物资重要，现在长江上一切可调用的轮船全部归军管，谁也不敢擅自调用。除非由蒋委员长亲自下命令。"军官说完，看岳中原一脸失望，他心里十分喜欢这位有血性的中原小伙子，悄悄对岳中原说："宜昌五十公里外，有一个小渔村，渔村有一位老渔民，绰号烟袋锅子，和我是老熟人，你去找他试试，兴许可以帮上忙。"

岳中原喜出望外，但又犹豫了一下，说："找到他，怎么提你呢？你能不能给写个纸条？"

军官哈哈一笑，说："不用写了，写了他也不认识。你就提宜昌运送军用物资的赵团长就行了。"

岳中原听完，啪地一立正，行了个标准的军礼，转身跑了。

岳中原回到住处，聂豫兴还没有回来。直到夜幕降临，聂豫兴才拖着疲惫的身体，无精打采地回来了。岳中原赶紧把自己了解到的情况和聂豫兴说了，聂豫兴听后，高兴地蹦了起来，着急地说：“走，今晚就去找老渔民。”

二人简单用了晚餐，和带队的负责人一说，负责人也非常兴奋，说：“十万火急，你们这就去吧，无论如何也要找到老渔民，想办法搞到一艘运货船。”

43

宜昌连日阴雨绵绵。

这天晚上，聂豫兴与岳中原在泥泞湿滑的路上，深一脚、浅一脚赶了一夜路，在次日清晨，找到了老渔民。老渔民听明白了两位年轻人的请求，也不说话，只是让二人先将湿衣服脱下，在火塘边烤火。过了一会儿，他老伴给二人各端上一大碗酸辣汤鱼肉面，让二人趁热吃下。老渔民坐在一旁慢悠悠地抽旱烟，依然不说话。二人吃完面，身上热了起来，火塘边的衣服也快干了，老渔民这才开了口，说：“现在大一点的船都让政府征用了，小一点的船往重庆送货，经长江三峡，水急滩险，危险得很，这些日子，日本的飞机时常过来轰炸，附近渔民没人敢运货，你们要运送的可都是国家的宝贝，万一出点事，咋办？”

聂豫兴：“老爹，我们已经在当地找了多日，一艘船也没有，听了赵团长的介绍，我们才连夜赶过来。实在想不出办法了，大家正急得团团转。”

老渔民看了一眼聂豫兴，还是没有说话，只是一个劲儿地抽烟。

聂豫兴着急地说：“老爹，您只要帮我们多找几位艄公，把货运到重庆，我们可以多付报酬。 您看这样行不行？”

老爹深深吸了一口烟，好像表现出生气的样子，但依然没有说话。

岳中原想，也许聂豫兴不该跟老爹提钱的事，也许这句话让老爹生气了。 岳中原说：“老爹，您的顾虑我明白。 您担心万一没有把货送到重庆，责任太大。 可是，如果现在不过长江，留在宜昌，一旦日本人打过来，宝贝让日本人抢去了，那还不如丢在长江里，等将来再打捞上来呢。 况且，虽然说这样子有风险，但也还是有可能运到重庆的，把国宝保护下来这可是功德无量的事，您说是不是？”

也许岳中原说服了老渔民，也许老渔民刚才一直在考虑怎样运送，总之，还没有等岳中原把话说完，老渔民最后深吸一口烟，将烟袋锅在板凳腿上一磕，站起来说：“你们两个先回去，后日傍晚，将货拉来，我在江边小码头等你们。”

果然，第三日傍晚，当 68 箱文物拉到江边的时候，老渔民和七八位青壮年艄公已经在码头边等候，经过伪装的货船已经停泊在江边了。

岳中原一看货船上捆绑着的稻草与树枝，高兴地握着渔民老爹的手说：“谢谢你们，考虑得真周到。”

旁边一位年轻艄公听岳中原夸奖老渔民，自豪地说：“老爹打小就在长江上跑，经历过的事多了去了，请老爹出山，你们算是找对人了。”

这批文物一路历经千辛万苦，终于抵达了重庆。为了酬谢渔民老爹一行，领队同意聂豫兴、岳中原的建议，拿出重金送给老爹。没想到一路上话很少的老爹，看到送来的这么多钱，一下子恼了，只见他脖子上青筋暴突，脸涨得通红，说：“要是为了挣这个钱，我们谁也不会来！”老爹从钱袋里取出一些工钱，把剩余的钱往聂豫兴怀里一推，扭头就走。

一位年轻艄公笑着对聂豫兴、岳中原说：“我说你们找对人了，信了吧？老爹就是这样的人，他出面叫我们走一趟，我们谁也不会说不，我们都听他的。”说完，年轻人也要走，岳中原问了一句：“老爹叫什么名字？”

年轻艄公说：“宜昌一带，长江上你们打听烟袋锅子就都知道了。他的朋友很多，连赵团长都是他的朋友。他话不多，可是，心里有数得很。他对我们说，你们是为国家做事的好人，所以才来帮你们，要不是这样，你们给多少钱我们都不去。你们晓得不？”

告别艄公，聂豫兴对岳中原动情地说：“这一路上，真是得到了许多人的帮助，将来我们不能忘记这些人。”

岳中原感慨地说：“是啊，咱新郑文物从出土到现在，经历了多少事，遇到了多少人，我们要是保护不好，出了差错，有了闪失，不仅对不起家乡父老，也对不起像李逸山先生、渔民老爹这些好人啊。”

聂豫兴：“我们真应该把这些事都记下来，否则将来人们到博物馆参观的时候，只知道这些是国宝，谁还记得保护过国宝的这些人啊。”

岳中原：“是啊，要这么说，我们也是保护国宝的人，我们也都是国家的宝贝啊。”

聂豫兴一听岳中原这么说，笑了起来，说：“是啊，遇到这么多的人，有这么多保护国宝的人，真应该把他们都记下来。”

岳中原：“豫兴，我看还是你来记，你在这上面很上心，这些年下来，你都快成专家了。 我不行，我迟早得回到部队打小日本去，不和他们打一仗，我心里不甘心。”

聂豫兴：“你不能走啊，你走了，我就孤单了。”

文物到了重庆，一切变得顺利起来。 就在文物从宜昌运上船之后，河南省政府方面就派人奔赴重庆，多方寻找这批文物的存放点。 几经周折，终于在 1938 年年末，经与从南京迁过来的中央大学协商，该校同意租借磁器口的校舍为储存这批文物之所，中央大学校长罗家伦向河南古物保存所保证：“豫省存渝古物，将与本校财产同等看待。”

自此，聂豫兴、岳中原就和河南省政府派来的其他人员一道，一日二十四小时轮流监护这批文物，片刻不离。

44

新郑出土文物到达重庆的消息，虽然河南古物保存所对外秘而不宣，但是消息灵通的官员、研究者获悉后，还是通过各种渠道陆续提出要来参观，亲眼看看这些曾经引起世界考古界轰动的重要文物。古物所内部做出不成文的规定，同意为官员与学者提供方便，然后在保存文物的库房内一角摆上几张桌子，挑出十多件青铜器代表作，供内部参观。因为聂豫兴对这批出土文物最为熟悉，所以古物所决定，凡是来了重要客人，都由聂豫兴担纲讲解。这样经过认真准备，几次讲解下来，聂豫兴对这些古器文物越发熟悉了。

一日，教育部的一位高官带着夫人、秘书前来参观，古物所方面十分重视，不仅准备了白手套、茶点，而且所长反复叮嘱聂豫兴要精心准备。这位官员果然是这方面的行家，对每一件青铜器都看得十分仔细，还不时提出一些问题。有的问题聂豫兴能够回答，有的则回答不上来。回答不上来的时候，聂豫兴就诚实地说："我是外行，李先生才是这方面的专家，他要是在这里，准能回答所有问题。"教育部高官问："这位李先生是什么人？"聂豫兴做了简单介绍，教育部高官想了想说："这位李逸山，留日回来的，我倒是听说过。据说此人耿介狷狂，孤傲清高。"聂豫兴得知这位高官也知道李先生，高兴地说："李先生爱惜文物、不贪钱财、慷慨助人，对我们好着呢。"高官听聂豫兴这么说，也不接话，看完一遍文物，又回头停留在一件莲鹤方壶的青铜器跟前，前后左右端详，嘴里啧啧称叹。他的夫人在一边也对这件文物上的精美纹饰赞不绝口，正要伸手去触摸这件青铜器上的莲花与立鹤，聂豫兴急忙喊住，说："夫人，您没有戴手套，这个不能触摸。”夫人好像被电了一下，立刻把手收了回去。只见教育部高官脸上十分严肃，装作什么也没有发生，而他身边的秘书则狠狠地盯了一眼聂豫兴。陪同在一旁的古物所所长则小声赔笑道：“没关系的，偶尔触摸一下，也是可以的，可以的。夫人不必介意。”

送走教育部高官，古物所所长把聂豫兴叫过来批评了一通，说：“教育部官员是分管文物的，我们得罪得起吗？”

过了几日，这位官员的秘书托人捎话说，长官对新郑文物兴致不减，但由于忙于公务，无暇过来，希望近日尽快将莲鹤方壶送到长官办公室，借几日之后归还。

古物所得此消息，一时十分慌乱，不知如何是好。所长召集几位管事的一起商讨对策。

一位说：“这哪里是借，明明就是要。”

另一位说：“不管是借还是要，这可是我们的顶头上司，得罪不起，不要说不给，就是给晚了恐怕都不行。如今不是在我河南家乡，而是在人家屋檐下。”

第三位接着说：“我看就是拖着不送，看他怎么着，能吃了我们？他是教育部高官，应该懂得这个道理，国宝文物，怎能离开库房？要看，过来可以；要拿走，就是不行。”

第一位发言的补充说：“我们不妨先请示一下省政府或者请中央大学罗家伦校长出面回绝他，省政府肯定不同意文物借出，罗家伦校长更是德高望重，他教育部官员也不敢对罗校长怎么样。”

所长见大家七嘴八舌，意见不统一，就说：“我看这样吧，第一，无论什么理由，文物决不能外借；第二，也不能把责任上推或者请罗校长出面，虽然这样暂时保住了文物，但更惹恼了我们的顶头上司，这样以后同样不会有好果子吃。因此，最好的办法就是先拖，能拖几天是几天，在这个时间里，我们再想办法吧。”

又过了几日，教育部高官发现莲鹤方壶还没有送来，对秘书发火了，说：“怎么连这一点小事都办不成？”

秘书受了气，连续几日让人给古物所带话，话说得越来越重，越来越难听，可是古物所方面仍然没有动静。秘书大怒，这天中午，亲自来到古物所，见了所长，劈头盖脸地责怪道：“长官要借的文物为什么还没有送过去？”

古物所所长：“这些天各政府部门的要员、高官纷纷前来参观，来之前都点名要看这个莲鹤方壶，等忙完这些日子，就送过去。”

秘书：“今天有什么人来访？”

所长：“几位教授要过来。”

秘书：“还有什么政府要员吗？”

所长：“今天暂时没有。”

秘书：“那我今天就把文物先借走，借两日就还。”

秘书说完就要往库房里闯，所长赶紧拦住说：“几位教授马上就到，都是提前约好的。”

秘书：“教授不就是一群穷教书匠吗？让他们看几件文物就不错了，文物本来就不对外开放。你对那几位教书的说，莲鹤方壶乃国宝文物，今后不再对外开放，就说是教育部规定的。”

所长笑着说：“那些知识分子哪里惹得起，他们要是较起劲来，偏要看教育部的文件怎么办？”

秘书拉下脸说：“长官的话还算不算数？”

古物所所长正与秘书争持不下，站在一旁的聂豫兴早已看不下去了，他冲到秘书前面，用手指着秘书的鼻子说道：“你这个人怎么这样不讲道理？ 我中原青铜古器乃国之重器，谁也休想从库房中拿走寸铜片瓦，别说是教育部官员，就是皇帝老子也休想拿走。”

秘书一看这位说话的，就是上次那位阻挡长官夫人触摸文物的不懂事的讲解员，那天本来已经憋着火，只是不好发作，今日见这位不会说话的愣小子竟然还敢指着自己的鼻子大声说话，更是火冒三丈，呵斥道：“这里有你说话的资格吗？ 我和你所长说话呢，和你说话了吗？ 你插什么嘴？ 哪儿凉快到哪儿待着去！”

聂豫兴正要反驳，所长大声制止道：“小聂，你给我住嘴。我和秘书长官说话呢，你插什么话？ 回库房去！”

就在古物所所长不知该怎么打发这位难缠的秘书时，正好原先约好的几位教授按时到了，所长像是看到了救星，吩咐岳中原先照顾一下秘书，自己和几位教授打个招呼就过来。

岳中原把秘书叫到一旁，悄悄对他说：“秘书长官，你不用和我们这位小兄弟一般见识，他不懂事，也不知道您这么高的身份地位。 我给您出个主意，不知妥不妥？”

秘书正在发愁怎么回去跟长官交代，听岳中原这么一说，急切地说：“请讲，请讲。”

岳中原对秘书耳语道："秘书长官先回去，你这么大的官员秘书，哪能让你亲自抱着文物回去，你抱着文物走在路上也不好看。这样吧，三日之后，我亲自给你的长官送过去，保证让你和你的长官不再为此等小事着急。"

秘书一听，喜出望外，双手紧紧握住岳中原的手说："好兄弟，还是你明白事理，懂得轻重，够朋友。我等着你的好消息。"说完，给所长摆摆手，表示要走，所长赶紧跑出来，和他握手、抱拳、赔不是，一直将秘书送到学校大门外，直到秘书走远，还使劲做出热情的样子和秘书挥手告别。

45

受了委屈的聂豫兴站在库房门口，本来等着好兄弟岳中原冲上去给自己出口气，可是他看见岳中原不仅没有和秘书争辩，还和他站在一起，又是耳语，又是握手，有说有笑，好像多年未见的老朋友。聂豫兴心里有点生气了。自从和岳中原到了重庆，虽然岳中原也经常和自己在一起大骂从南京迁到重庆的政府大小官员们躲在后方，不去抗日，贪污腐败，不思进取，但今天一遇到贪官，岳中原便主动往上贴，他觉得岳中原有点口是心非，对岳中原真是生气了。因此，接连两天，他对岳中原不理不睬。他甚至把最坏的结果都想好了。他想，岳中原要是敢拿库房里的文物做交易，私自将文物送出去，不管文物还能不能取回来，他聂豫兴从此就和岳中原一刀两断。他不仅这样想，而且做好了准备，一旦这几日岳中原敢动文物，他就一定要拦住，即便打一架也在所不惜。到时候，什么朋友，什么兄弟，什么铁哥们儿，岳中原，你可别怪我聂豫兴翻脸不认人。聂豫兴这样恨恨地想着，几乎是一直在暗地里盯着岳中原的一举一动。

岳中原这两日发现聂豫兴对自己不理不睬，心里只是偷笑。他想，好兄弟，有些事我不能和你说，说了我就下不了决心了。等几天你就明白了。这样想着，岳中原也在为自己的今后做安排。

第三日一早，匆匆用过早饭，岳中原拿上包裹准备出发，刚走出中央大学校门口，在门口已经等候多时的聂豫兴冲了上来，堵住岳中原的去路，问："岳中原，你包裹里装的什么？"

岳中原一看聂豫兴如此严肃，也一本正经地回答说："重要东西。"

聂豫兴："什么重要东西？"

岳中原一笑："莲鹤方壶。"

这一下倒把聂豫兴弄糊涂了。他这几天一直在暗暗检查、清点库房里的文物，吃完早饭之后，他刚刚从库房出来，不仅莲鹤方壶就在原位，其他文物也一个不少。他忽然明白，岳中原是在和自己开玩笑，而且肯定不可能动过文物，因此，他觉得自己误解了多年的兄弟，放缓语气说："岳中原，我们还是不是好兄弟？"

岳中原本来想开玩笑说不是的，可是，他觉得聂豫兴想问题比较死心眼、一根筋，又还在这两天的生气情绪里面，因此很认真地说："当然是好兄弟，这还用说？"

聂豫兴："我发现你这几天不太对劲，你有什么事瞒着我。我们不是早说过，有福同享，有难同当吗？"

岳中原："我今天出去确实有事要做，但一个人就办了，两个人去反而不妥。如果需要两个人，我肯定要和兄弟招呼一声。"

聂豫兴："你要去找那个狗日的贪官污吏吗？"

岳中原心里一惊，这真是多年的好兄弟，他虽然表面上在生气，可是，自己的一举一动都在他的眼里。岳中原不便多做解释，做出非常轻松的样子说："你很快就会知道一切，放心吧。"

岳中原独自一人来到教育部。秘书看见岳中原来了，手里还拿着一个沉甸甸的包裹，非常高兴，就带着他高高兴兴地推开长官的办公室。

长官正在办公室慢条斯理地泡茶喝，见秘书带人进来，说是河南古物保存所的，心情大好，放下茶具，热情地迎上来，让在一排红木椅子边坐下。秘书见长官高兴，自己也非常高兴，主动问岳中原："喝点什么？咖啡还是茶？"岳中原扫了一眼官员的办公室，他从来没有见过这么大的办公室，也从来没有见过办公室里这么多的文物、工艺品、茶具、书籍等摆设。他听秘书问他喝什么，就说喝茶吧。秘书接着问："什么茶？红茶，绿茶，普洱？"岳中原说了一句"随便"。秘书今天因为长官的心情好而心情好，便对长官开玩笑说："长官，您这里有随便茶吗？"逗得大家都笑了。秘书接着说："既然随便，我就自作主张了。"一边说着，一边给岳中原沏了一杯绿茶。岳中原手里端着茶，看着长官，好像有话要说，又好像不便说，长官感觉出来了，便挥挥手，对秘书说："你出去办事吧，我要单独和河南古物保存所的——你叫什么来着？""我叫岳中原。""噢，对，岳中原，一起聊聊。"秘书识趣地退出，顺手轻轻关上长官办公室的门。

长官回到自己的办公椅上坐下，拿起小茶壶，慢慢倒出一小杯茶，喝一口，轻轻眯一下眼，做出很享受的样子，如此几次后，长官开口说话了："小岳，东西带来了吗？我们一起欣赏一下吧？"

岳中原抬头笑笑："长官，今天没带来。"

长官："那你包裹里面是什么？"

岳中原："私人用物。"

长官："什么意思？"

岳中原："我今天从古物所辞职不干了。"

长官："跟我有什么关系？"

岳中原："跟你有关系！"

长官："你想干什么？"

岳中原："辞职之前，我想告诉你，你不可拿自己的前程开玩笑。"

长官："怎么讲？你威胁我？"

岳中原笑了："我一个草民百姓，哪里敢威胁你，是你和你的秘书胆大包天在威胁我们，所以我不得不提醒你，你们要小心丢了官。本来，我们古物所已经准备好了你要的那件文物送过来，但让我私下里又送回库房了。我这是为了你们好。新郑出土文物是国宝级文物，自出土之日起，便为天下所知。你知道，以李逸山为首的一群有良心的中国文化人当时就担心中国贪官污吏太多，一定会想出法子私吞文物，因此想出将文物公之于众的高招。如今，这些文物逐一登记在册，册子亦公开出版，全世界都知道了，你们如今想把文物据为己有，难道不知道河南古物保存所对每一件文物均实行了严格登记？你不要以为你借走了，就可以据为己有了，我今天要告诉你，文物一旦离开库房，将来有任何闪失，或者让别有用心的人利用你的这次借用机会趁机偷梁换柱，你就是跳进黄河也洗不清，这个罪名你担得起吗？担得起，我马上回去取了给你送来。"

长官一听岳中原这么说，内心十分惊恐，连喝三杯热茶，眯了十几回眼，总算镇定下来，笑着说："全国其他省的文物，我们经常这样借了还、还了借的，没想到你们河南省文物是这样管理的。这样管理好，这样管理好，现在是战乱年代，要是和平年代，我一定要到河南省考察调研，向全国推广贵省之经验。你马上转告古物所，就说鄙人不借就是了，不借了。"

岳中原："既然这样，我也不回去了，我已经辞职了，今天就算向你告别了。"

长官："请问中原老弟，准备到何处高就？是否需要鄙人出面帮忙？"

岳中原："倒是有几个去处，还没有完全想好。前几日，驻重庆的美联社记者需要一位熟悉中国文物保护的助手，希望带上我一起工作。 他还向我打听你借文物的事呢。”

长官紧张地说：“这个事他也知道？ 你怎么和他说的？”

岳中原：“我说目前还不清楚此事，等了解了确切情况再与他们沟通。”

长官：“对嘛，新闻要求真实嘛。 从今以后，新郑文物没有教育部同意，谁也不得外借。 不，有教育部同意，也不得外借。从教育部官员带头做起。 我也带头。”

岳中原：“我要告诉美国记者，就说中国政府教育部官员带头保护文物。”

长官高兴地握住岳中原的手说：“对嘛，对嘛。”

岳中原离开官员办公室，秘书热情地一直将岳中原送到楼下大门口，直到岳中原走出很远，秘书还使劲地做出热情的样子，与岳中原挥手告别。

岳中原走了，但也不完全是不辞而别。 他给古物所留了一张字条，说自己不想干了，还说了几句感谢的话。 他给聂豫兴留了一封信，谈了他的真实想法：一是国难当头，对重庆这边的政府和官员十分绝望；二是前方抗战，自己躲在后方，活得太憋屈；三是希望聂豫兴也替自己尽一份力，保护好家乡文物；最后说各自保重，后会有期。

古物所所长觉得奇怪，自从岳中原辞职后，教育部官员忽然对河南省在重庆的古物所关心备至，经常嘘寒问暖，让古物所上下反而有点不太适应。 只有聂豫兴最清楚其中的缘由，但他什么也不说。 保安队的其他成员，有时候也会向聂豫兴打听岳中原到了哪里，干什么去了，聂豫兴心里也很清楚，但他还是什么也不说，装作什么也不知道。

即便知道，他能说吗？

岳中原去了延安。

46

北平进入有史以来最困难的时期，上海也是，人们纷纷生活在朝不保夕的紧张状态当中。日本人发现找到的毛公鼎是赝品之后，司令部官员将岛本雄二叫进办公室狠狠抽了两个嘴巴，骂了一通“废物、饭桶”之类的话，然后命令将其驱赶回日本。

岛本走后，李逸山与傅云就彻底失去了联系。毛公鼎的主人叶恭绰先生担心傅云的安危，几次托人带话，让傅云一家老小尽快从上海转道香港，或暂时在香港躲避一段时日，或从香港再转道云南，去大后方重庆。叶先生考虑得很周到，他甚至给重庆大学、中央大学的校长写了推荐信，建议傅云到大学任教，教授东西方艺术史、艺术鉴赏均可。傅云一直在犹豫，一是她考虑父母年纪大了，旅途动荡，危机四伏，途中万一出现意外不好应付，二是在上海法租界暂时还算安全，三是打算再等一等，等女儿来年考大学，直接考到重庆去。就这样，把搬迁的事暂时搁置下来。她十分焦虑的是李逸山在北平的安危。她在日记里几次记录，梦中看见李逸山血肉模糊的样子，多次在梦中惊醒、哭醒。

李逸山也时常梦见傅云和女儿在战火纷飞中奔走哭泣，他也是多次被这样的梦境惊醒，醒来发现心跳加速，胸闷盗汗，后半夜再无睡意。他不断提醒自己，岁月不饶人，自己在衰老，各种疾病似乎也在悄悄找上来。

让李逸山揪心的事是一件接一件，一是上海傅云母女、南京哥哥一家、去了昆明的儿子李勖，一律失联，没有了消息；二是生活困难，家里的用人先后告辞回家；三是母亲病重，身体一日不如一日，几次出现晕倒、昏迷的情况，接着妻子由于过度操劳，也常常出现头晕的症状。

一日，妻子刚刚服侍完母亲吃饭，李逸山发现她走路踉踉跄跄，赶紧冲上去扶住，妻子几乎要晕过去了，但她坚持说："没事的，休息一会儿就好。"李逸山搀扶着妻子在床上躺下，这才发现妻子已经几天没怎么吃东西了，他走进厨房看了一遍，才发现家里的面粉所剩无几。他想起最近妻子做饭常常分三份，母亲吃的是白面，他那一份是白面和混合面掺和在一起的窝头，她自己吃的却是混合面，难怪她总是自己躲在厨房吃，其实有时候可能连混合面也留下给丈夫吃。李逸山悄悄落泪了，心里十分自责，他觉得对不住妻子，这些年自己忙着外面的事，家里的事全部交给妻子打理，她从无怨言，即便是粮食没有了，也从不提困难，只是从自己的嘴里省，她知道李逸山拿回家的那两万元大洋，但是她从来不问，她知道，那肯定有更大的用处。她眼看着自己的丈夫头发一天天花白，时常胸闷，还在外面忙碌，她知道丈夫也是很不容易。

妻子躺下不久，母亲在床上开始说胡话，一会儿说王母娘娘来叫她了，一会儿又说就想吃一碗面疙瘩汤，要有鸡蛋花、西红柿片儿。虽然这是母亲在说呓语，李逸山还是决定要满足母亲的愿望，也许这是母亲最后的愿望。

李逸山悄悄走近妻子床前，他本来想给妻子冲一杯红糖水，但发现家里的红糖罐里早就空空如也，便倒了一杯白开水，对妻子轻轻说："你躺一会儿，休息一下，今天我来做饭，我出去一下就回来。"

他找到老董，说："我想找一些鸡蛋、西红柿、红糖，能不能想点办法？"

老董一听，知道不好，不是李逸山的母亲就是妻子病重了，这些东西要放在和平年代，不算什么，可是，如今在北平，都是稀罕物，鸡蛋、红糖还好说，大冬天的去哪里找西红柿？老董对李逸山说："这些东西恐怕一时找不齐，您先回去，等我们哥几个想想办法。"

李逸山掏出10块大洋，老董一看急了，说："李先生，这哪里是钱的事啊？您先回去，要真需要钱，以后再说也不迟。"

李逸山回去以后，一会儿在老母亲床前坐坐，一会儿到妻子床前说会儿话。

将近傍晚时分，老董、老布、老佟先后赶过来了。老董带来几个鸡蛋，老布拿了一纸包红糖，老佟最后赶到，怀里揣了一罐西红柿酱。李逸山看到几个老朋友，内心十分感动，但他把这些要感谢的话全藏在心里了，他知道，这些朋友都会在关键的时候出面帮一把，要说感谢的话，反而和他们见外了，并且会让他们生气的。他们本来想去看看李逸山的老母亲和妻子，但是又担心进去反而影响病人休息，他们也不用客套，便告辞了。

这天傍晚，李逸山先是给妻子冲了一杯很浓的红糖水，这也成了妻子一辈子最幸福的回忆之一。紧接着，李逸山亲自下厨，给母亲做了一碗老北京纯正的西红柿鸡蛋疙瘩汤，这天晚饭，母亲果然一口气喝下一大碗。

半夜母亲醒来一次，像是清醒又像是昏迷之中的胡话，对守在床边的李逸山说："我梦见你哥哥逸川了，看来他们都挺好的，他们全家都等着我去南京和他们团圆呢。"次日凌晨，李逸山母亲与世长辞，享年七十九岁。

母亲安葬在北平德胜门外祁家豁子墓地。

头七这天，李逸山和妻子发现，母亲的墓地上有人已经早早摆放了一束鲜花。看坟人说，是一个日本人送的，日本人对看坟人说，这是一位值得尊敬的母亲。

在一次闲聊中，李逸山和妻子讲述母亲去世前最后一次说的话，妻子听后，脸色煞白，她悄悄对李逸山说："逸川哥哥他们全家在南京不会有事吧？"

李逸山说："恐怕是老太太临终之前一直在想哥哥一家，所以就说了那些话。"

妻子说："亲人托梦，有些事还很难说呢。你还是想办法打听一下哥哥他们一家的情况吧。"

经多方打探，李逸山得到的初步消息是：李逸川一家四口，在南京大屠杀中全部遇难。

47

傅云在上海法租界越来越不安全。

自从毛公鼎从日本人眼皮底下神秘消失之后，日本宪兵队就盯上了傅云。一日，傅云收到一封邮件，里面的内容语义暧昧，说因为情况紧急，希望傅云尽快于当日下午3点30分到某弄某号见面，商量重要文物的保护问题。傅云一看，知道其中有诈，没有上当。又过一周，一位拉黄包车的中年男人，急火火地敲开傅云家的门，然后神秘兮兮地对保姆阿珍说，有急事，一定要把信件亲手交给家里的女主人。傅云出来，读完信，见后面落款“叶恭绰”，她一眼看出了破绽，虽然签名很像叶先生的字迹，但叶恭绰先生在毛公鼎出事之前就已经私下跟她交代过，凡自己给最信任朋友的私人通信，“恭”字右下最后两点必有特殊写法，这更坚定了傅云的判断。傅云看过信，抬头平静地对来人说：你肯定送错地方了，我不认识这个人。

傅云眼前的危机暂时躲过去了，但她清楚，日军占领下的上海孤岛已经不是久留之地。她和家人商量，准备转移到大后方。一天夜晚，在友人帮助下，傅云一家从上海乘船到香港，又从香港乘船到越南，从越南进入云南，最终来到重庆。保姆阿珍不愿意离苏州的父母亲太远，提出愿意留下来替傅云看家，在苏州、上海两边走动。傅云便把上海法租界家里的钥匙交给阿珍保管。阿珍是个机灵人，傅云搬走的前几日，阿珍在家里将留声机里的苏州评弹声音放得很大，大门外都能听见。傅云搬走几天之后，密探借故敲门进来查看的时候，阿珍告诉他们，主人一家回杭州老家了，不知道什么时候回来。

傅云一家到了重庆，先在磁器口一带租房安顿下来。她在重庆先后拜访了从上海、南京迁过来的老朋友，从朋友口中得知，李逸山的哥哥李逸川全家已经在南京大屠杀中遇难。一日，她在报纸上偶然看到，在北平去世的吴佩孚将军的葬礼上，前往参加吊唁的北平各界社会名流中，出现了李逸山的名字。知道李逸山还活着，这对她至少也是一种安慰。但她知道，李逸山肯定不清楚自己全家已经搬到重庆，而且也许不清楚他哥哥一家已经全部遇难。当然，傅云也不会知道，李逸山母亲去世的消息。

傅云拿着叶恭绰先生的推荐函在重庆大学任职，教授艺术史。一日，她带着女儿到中央大学拜访罗家伦校长，罗校长早在几位朋友处听说过这位非同一般的女人，见到她本人，又通过交谈，他对傅云更进一步留下好印象。罗校长听说傅云在重庆大学教授艺术史，并且也听说过她对青铜器颇有研究，而且在保护毛公鼎方面做了很多的工作，他高兴地向傅云推荐道：“你来得正好，河南新郑出土的古器就保存在我校，虽然目前不对外公开展览，但河南方面还是同意内部接待，为研究者提供方便。”说完，罗校长亲笔写了引荐信，交到傅云手里，说欢迎经常惠顾鄙校参观指导，如果方便，也可以给中央大学学生做点艺术讲座。傅云看见找罗校长的人来了好几拨，便主动告辞了。

傅云带着女儿直奔河南新郑文物库房。途中，傅云告诉女儿河南新郑文物出土的价值与影响，女儿问：“妈妈为什么知道这么多？”

傅云幸福地笑笑，告诉女儿：“这里面有你爸爸很大的功劳。”

自从岳中原走后，聂豫兴变得沉默寡言，十分孤独，但对文物的保护与学习更加专注。这天，聂豫兴正好与另一位保安人员值班，他看见所长亲自带领一对非常漂亮的母女过来参观，他有点不大高兴，心想这不知又是哪位官太太和小姐托关系过来的。当他看到所长还出示了罗家伦校长的亲笔信后，才从内心里增加了一些敬意，因为他非常清楚，这些年，罗校长很少亲自写信推荐谁来参观，官员尤其少，罗校长推荐的人，一般是学问好、教养好的像李逸山那样的大知识分子、大学问家。聂豫兴私下里喜欢他们的重要一点是，在他们的言谈话语间能学到很多知识。聂豫兴好奇的是，这一对漂亮的母女会是什么人呢？难道她们也懂青铜器？

聂豫兴当讲解员期间见多了前来参观的各色人等。他带领傅云母女就像完成任务一样，只是简单介绍一下这批青铜器的发掘过程和大致情况，傅云也是礼貌性地听着，偶尔对着聂豫兴点点头，算是回应。匆匆看完展台上的十多件青铜器，傅云带着女儿开始一件一件过目，每一件都看得很细。女儿本来对青铜器十分陌生，也没什么兴趣，但是途中听说这些古器是经过爸爸之手整理过的后，内心里便多了一份神秘与亲近，然后，跟着母亲也细细地看。

傅云一边看一边给女儿轻声解释："这个形状像瓢的青铜器，名字叫匜，与姨妈的姨同音，是古代盥洗时舀水用的器具；这个圆形样子像鼎的，名字叫鬲，与美丽的丽同音，是古代的一种炊具，足部中空；这个形状像壶的，对了，就是古代一种盛酒器具，它的名字叫罍，与雷电的雷同音。"

聂豫兴被傅云的轻轻解说吸引了，主动凑上前去听傅云给女儿讲解。

走到那件著名的莲鹤方壶跟前，傅云仔细端详着，然后说："这上面的莲花与立鹤，刚出土的时候，是分体的，后来罗振玉先生、李逸山先生找来民间艺人，对这件文物进行了修复，这个工艺很好，几乎看不出修补过的痕迹。"

这时候，聂豫兴忍不住了，非常兴奋地对傅云说："您怎么都知道？ 这么长时间以来，来了这么多的客人，从来没有人知道这些。"

傅云女儿李济婷骄傲地对聂豫兴说："当然了，我爸爸、我妈妈都是青铜器专家。"

聂豫兴："这位是你妈妈，那你爸爸是谁？"

李济婷正要回答，傅云笑着打断女儿的说话，说："小孩子家，好好学习，不要说那么多话。"

聂豫兴很识趣，便不再追问。

傅云接着说："这十多件文物，出土的时候，许多破损严重，大多数都是经过精心修复的，比如这件大鼎的右耳与两条腿，还有与莲鹤方壶相似的一件，应当是姊妹件，只是另外一件方壶上有展翅欲飞的立鹤而没有莲，那也是一件国宝级艺术珍品。”

聂豫兴非常兴奋地说：“老师，您和北平的李逸山先生是我遇见过的真正的专家。”

傅云：“你认识李逸山先生？”

聂豫兴：“怎么不认识？ 在河南新郑整理出土文物的时候，俺给他当助手，相处了几个月，太熟悉了。”然后，聂豫兴把和李先生怎么认识，李先生怎样帮助他，李先生的为人、品格等等，如数家珍，说了一遍。

聂豫兴看见傅云母女听得专注，好像若有所悟，忽然问：“难道你们也认识李先生？”

傅云点点头。 聂豫兴觉得内心里和眼前这对母女的关系一下子拉近了许多，傅云母女又何尝不是如此，只是傅云不能对眼前的这位朴实的小伙说出来而已。 这时的傅云内心十分伤感，为了掩饰这种伤感，她准备告辞。

聂豫兴说：“以后您想来，我愿意随时接待。”

傅云内心感动，连连说“会的、会的”，便告辞了。

回家的路上，女儿看见母亲在掉泪。

母亲的眼泪感染了女儿，女儿一路上也在抹泪。

女儿将身子依偎在母亲身边，在苦难的岁月里，母女两人的心贴得更近了。

48

母亲去世、儿子失联，又许久没有傅云的消息，李逸山的感情时常陷入一种悲痛与失落之中，愈加感觉身体大不如前，头晕、胸闷时常发作。老董偶尔会过来坐一会儿，聊会儿天，下盘棋，但日本人盯得紧，也是不敢久留。老董过来，无非是安慰一下朋友，青铜器等文物几乎没有什么新的消息。北平文物市场早就成了死水一潭，大家都在等待。

老董这天一早来到李逸山家里，李逸山一眼便看出老董脸上、眼睛里都带着久违的精气神，李逸山心里清楚，可能有什么大事出现了。李逸山看了老董一眼，似乎期盼老董马上说点什么，老董摆摆手，用手指了指大门外，又指了指象棋。李逸山明白了，很快在桌子上摆上棋子，为老董沏上一杯茶，放在老董跟前，两人准备下棋。这时候进来三个穿制服的人，一个日本兵，一个翻译，一个维持会的片警。李逸山已经习惯了日本人的突然闯入，做出若无其事的样子，连头也不抬，和老董下棋。

日本兵：“李逸山先生，我们奉上级的命令，要对参加过吴佩孚将军葬礼的人进行询问，请你配合。”

李逸山虽然在下棋，但对日本人的问话却听得字字入耳，他抬起头，两眼直视日本人的目光，严肃地说：“请问吧。”

日本兵：“最近北平盛传贵国吴佩孚将军之死为我日军所为，

李先生怎么看？”

李逸山：“你们要登报吗？ 借我的口说点什么吗？”

日本兵：“你随便怎么理解，但必须回答我们的问题。”

李逸山：“吴佩孚将军因为牙疾这样一点小病死于日本医院，如果北平的老百姓有什么猜忌、怀疑，这不是很正常吗？”

日本兵：“那请问李逸山先生怎么看？”

李逸山：“我没有看法。 我的看法就是你们日本医院应当给出一个令人信服的解释，因为吴将军死在你们日本医院，是你们的日本护士、医生给注射的麻药、做的治疗，你们应该出来解释、澄清。”

日本兵：“你也怀疑是我们日本人谋害杀死了吴佩孚将军？”

李逸山：“我说了吗？ 既然问我，我还是那句话，真的假不了，假的真不了。”

日本兵：“你参加了吴佩孚的葬礼？”

李逸山：“你们报纸不都刊登了吗？ 这还用问？”

日本兵：“你为什么要参加？”

李逸山：“你回去告诉你们的上司伊藤直哉，就说李逸山好久没有见到他了，想和他下棋了，他要有这样的愚蠢问题我可以直接和他说。”

日本兵：“你是说，伊藤直哉长官很愚蠢？”

李逸山：“你回去告诉伊藤先生，你就说，一个人的邻居、老乡、长者，一个曾经帮助过他的人去世了，要不要去参加他的葬礼？”

日本兵："你知不知道你是文化名人，以及它可能产生的政治影响？"

李逸山："我不懂什么政治。我只知道我是一个山东人，中国人，一个懂得感恩、尊重长者的人。"

日本兵："我今天过来就是要告诉你，你要注意自己的身份、影响，我大日本皇军在北平保证你的安全，但是你必须配合我们，否则，我们就不客气了。"说完，三人气哼哼地走了。

日本人刚一转身，老董便向李逸山竖起大拇指，两人相视而笑。

李逸山："日本人从来都是欺软怕硬，不用怕他们。"接着，他话题一转，说："老董，你今天进来准有事，说吧，什么大事？"

老董回头望了望门外，小声说："李先生，又有大玩意儿出现了，闻所未闻。"

李逸山一听，眼睛都亮了："快说吧，什么大玩意儿？"

49

老董对李逸山说，河南安阳武官村出土一件重达一千六七百斤的大鼎，真是闻所未闻。

李逸山以为自己听错了，急忙问："多重？"

老董："一千六七百斤。"

李逸山惊奇地望着老董，半天没说话，脑子里想象着这个重达一千六七百斤的大鼎究竟什么样。他仍然半信半疑地问：“老董，不会弄错吧？逸山整理研究见过的青铜器大鼎无数，如此庞然大物，不要说闻所未闻，就是想也不敢想。消息到底是否确切？假如确切，这无疑是最大的青铜器，也堪称当之无愧的镇国之宝了。你从何处获得的消息？是否需要再核实？”

老董：“这回是老布消息比我还灵通，昨晚深夜急火火找到我家和我说的，因为事情来得太急，那边急等他搞一件类似赝品，大玩意儿已经被日本人盯上了，正是十万火急。今天本来要和我一道过来的，我担心人多引起日本人注意，没让他来。”

李逸山听说信息来自老布，还是有一点怀疑，他问：“有没有此青铜器的大小尺寸？”

老董从口袋里掏出一张纸条：“古炉，高 133 厘米，口长 110 厘米，宽 78 厘米，足高 46 厘米，壁厚 6 厘米。”老董补充说，当地人描述大得可做马槽，又叫它马槽鼎。李逸山根据这个尺寸和描述，在心里头默算一下大致重量，觉得老董所言不虚。

李逸山：“既然是从安阳出土的，那么可以断定为三千年前殷商时期的青铜器，那时候就制造出如此巨大的青铜器，一旦公布于世，必将轰动世界。”

李逸山接着问：“老布还说这件青铜器有别的什么特征没有？”

老董翻到纸条的背面，指给李逸山看，李逸山边看边念道：“腹部呈长方形，下承四中空柱足。器耳上饰一列浮雕式鱼纹，首尾相接，耳外侧饰浮雕式双虎食人首纹，腹壁四面正中及四隅各有突起的短棱脊，腹部周缘饰饕餮纹，均以云雷纹为底。足上端饰浮雕式饕餮纹，下衬三周凹弦纹。”

李逸山激动地说：“如此看来，此鼎造型厚重典雅，气势恢宏，纹饰美观，体现了商代极其高超的铸造工艺。”说完他继续问：“鼎内有没有铭文？”

老董说：“铭文倒是没有听说，腹内壁铸有三个字，老布拿了拓片给我看，我和老布都不能辨认。”说着，老董照着三个字的样子写在一张白纸上。李逸山看了惊呼，这是商代国王为纪念其母而铸造的大鼎，三个字或可读作“司母戊”，也可读作“后母戊”；在古籀文字里，“司”与“后”乃同一个字，可意思也有区别，若读“司母戊”，大概意思是“祭祀母亲戊”，若读“后母戊”，其意思是将此鼎献给“敬爱的母亲戊”，“后”与皇天后土中的“后”同义，相当于“伟大、了不起、受人尊敬”。

老董：“看来，这真是一件镇国之宝了，可惜了。难怪老肖这小子肯出如此大价钱。”

李逸山：“难道此鼎已经售出？”

老董：“此鼎刚被安阳武官村村民吴培文挖掘到手，就被日本人知道了。也难怪，挖此鼎动用了全村一二十个村民，虽然是在晚上挖掘，但是这么多人哪有不走漏风声的，先是远在山东东营机场的日本人黑田荣知道了，他进村围着大鼎看了又看，便走了。村民知道情况不妙，马上找到咱北平的大古董商肖寅卿。老肖您是见过的，他眼光最毒，那些年，他看上的几件大玩意儿，都转手翻了几倍，赚了不少。他跑过去看了，出手二十万大洋要买，但是这么大个玩意儿怎么运回北平呢？到处都是日本人，他出了一个损招，让村民把大鼎锯成小块分箱装。村民哪见过这么多钱？当天晚上就要砸和锯，也算这些村民有良心，刚要砸就发现这不是作孽吗？吴培文阻止了村民，说就是横下一条心，也要把老祖宗留下来的宝贝保护好。可是，日本人已经盯上了，派兵百人把武官村挖了个底朝天。也是大鼎有灵，祖宗保佑，吴培文把大鼎就藏在自家西屋的马棚底下，小日本居然没有发现。不过，日本人不会善罢甘休，他们还会去找。现在村民托人找到老布，让赶快弄一个差不多的赝品，先应付一下日本人，躲过眼前再说。"

听老董这么一说，李逸山心里十分着急，说："这些河南村民真是让人敬重，比政府里的那些贪官污吏不知强多少。老布那边怎么样？还有赝品吗？能瞒过日本人吗？这样的国宝，千万不能让日本人弄走，我们要一起想办法。"

老董："这可不，昨晚老布一走，愁得我一宿没合眼，真不知该怎么办。"

李逸山："这回可是比毛公鼎还要十万火急。没有时间了，这样吧，我们现在就去找老布，无论如何大家在一起商量一下怎么办。"

老董："现在到处都是日本人的耳目，要不要分开行动，到老布家会合？"

李逸山："这样反而引起他们的怀疑，既然如此，不如直接到老布家看看老朋友，我还没有去过老布家。”

这么多年，李逸山还是第一次到老布家，没想到老布家在一个四合院里住得这么拥挤。老布见李逸山、老董一起到家里来找自己，又感动又紧张，他笑呵呵地对李逸山说：“院子里的其他房子租出去了，所以家里拥挤了一点，也没有下脚的地方。”老布说完，立马吩咐老伴给客人倒水。李逸山注意到老布家里老老少少不少口人，老伴衣服上还打着补丁，心想这个老布，在外面乐乐和和，好像日子过得轻轻松松，没啥愁事，这家里的日子也并不好过。老布把李逸山、老董让到里屋炕上，三人开始小声说话。

老布说：“现在手上没货了，我正在为此事发愁呢。”

老董：“李先生说，这件大鼎是闻所未闻的镇国之宝，一定要保护好，万不可让日本人弄走，更不能流失海外。”

老布：“我知道此事非同一般。肖寅卿都这时候了还肯出二十万大洋买下此鼎，那肯定是价值连城。不过，北平界内，现在已经很难找到像样一点的青铜大鼎的赝品。头几年，邯郸一位朋友托熟人来打探过，说手上有一件大方鼎，我听他一描述就知道是赝品，他们说，既然如此，赝品也愿意贱卖，留在手上没啥用。要是至今还留在手上，非得我出面才好。”

老董：“外面兵荒马乱，到处是日本人，还是我和你一块儿去吧，遇事也好有个照应。”

老布：“老董，咱两个都是干吗的？都是文物商人，在日本人那儿都是挂了号的，你我一起出动，日本人傻啊？这不是不打自招吗？”

李逸山:“那你一个人出北平什么理由?”

老布:“我回老家邯郸看看啊。”

老董:“这么说,倒也还说得过去,可是,你一定要注意安全啊。”

老布乐呵呵地说:“小日本来了之后,我老布多少大风大浪都过来了,都死几回了,不怕!”

老董从口袋里拿出两百块大洋,交给老布说:“拿上,路上用。”

老布看看李逸山:“你们这回也都看见了,老布如今的日子就是这样,也不用打肿脸充胖子了。钱我先收下,等赶走了小日本,日子好了,我再还。”

老董:“这是李先生原来用于救济五爷的钱,一直存在我这儿,你先应个急。”

50

老布让日本人乱枪打死了。

老董知道消息,已经是一周之后。

老布走了之后,几天没有消息,老董担心他是不是出事了,按照时间推算,早该回北平了。第七日,老布还没有回来,一位安阳武官村村民找到老董,告诉了老布被日本人枪杀的整个过程。

村民说：“老布本来已经把大鼎赝品顺利转交到吴培文手里。吴培文很快将赝品藏在自家火炕里面，日本人进村搜查，很得意搜出了这件青铜器，但日本人不甘心，认为还有一件更大的青铜器被调包了，他们四处抓人，吴培文在村民掩护下已经逃往他乡。老布完成任务以后，没有马上走，一直想找机会看一眼这件绝世稀世大鼎，就在他在村子边查看地形的时候，让日本兵发现了，起初他还辩称是经过此地，日本人查看了他的证件，又让伪军当面辨别他的口音，最后日本兵发现破绽，将他强拉上军车，军车刚开到村边，老布发现村边有一个小树林子，他跳车直奔小树林，日本人开枪了。村民找到他遗体的时候，发现背上中了多枪。”

老董听后，忍住悲痛，马上来到李逸山家里，把老布的死讯告诉他，边说边流泪。李逸山静静听完，沉默了几分钟之后说：“日本人没有找到他们想要的青铜器，这件事恐怕还没有结束，我们要想办法尽快保护老布的一家老小，小心日本人继续到他家去搜查。”

老董一听，觉得李逸山说得很有道理，擦去眼泪，说：“一直以来，日本人对老布恨之入骨，却又抓不住把柄，这回发现他参与了安阳大鼎的保护，他们没有找到想要的，看来不会善罢甘休。”

李逸山：“当务之急是先把老布一家老小转移，老布的死讯等过一些日子再告诉他的家人。”

老董：“老布的老家邯郸已经没有什么人了，也无处可去，你我家里早被日本人盯上，我看不妨找一下五爷，五爷现在孤身一人，住着一个大院子，无人照料，日本人也不留意他。”

李逸山：“这倒也是一个出路。关键是日本人是不是认识老布的家人？还有，五爷家里一下子来了这么多人，日本人要是盘查起来怎么回答？”

老董：“我先找五爷商量一下，只要五爷答应，就让老布家人马上转移。”

李逸山：“老董，你稍等一下。”说完，李逸山从书橱顶层的一本厚书里，抽出一张汇票，递给老董说：“这是一万元的汇票，一位朋友早年送过来用于资助青铜器保护专用的。现在老布就是为了保护青铜器而死的，这笔钱，从今以后放在你这里，就用来周济这些朋友家人吧。”

老董一时特别感动，说：“李先生，这年头，你家里要用钱的地方也很多。”

李逸山：“大家一起共渡难关吧。”

老董把汇票揣进怀里，说：“也算我一份，我往里面也放入五千，谁有困难周济谁。”

老董从李逸山家里出来，直接去了五爷家里。

五爷正躺在床上，头朝里侧着身睡觉，说是睡觉，却并没睡着。五爷听见进门的脚步声，咳嗽了一声，嘶哑着声音问：“什么人进屋也不打招呼，五爷我耳朵好着呢！”

老董：“五爷，是我，老董。”

五爷依然侧躺着，不动，说：“老董啊，坐吧。五爷我没精神和你说话，我饿。你给我倒一杯凉水来，我喝两口，压压饿。”

老董后悔来的时候没有给五爷带点吃的，他说：“五爷，您先躺着，我给您弄点儿吃的来。”

五爷一听吃的，来了精神，翻个身，爬起来。老董一看五爷，一头乱发，胡子拉碴，几个月不见，面黄肌瘦，人一下子老了许多，他心疼地说：“五爷，我还是先给您弄点吃的来吧。”

五爷：“饿惯了，喝两杯凉水就能扛一会儿。说吧，您过来，准有事！”

老董：“老布走了。”

五爷：“老布死了？死了好，死了不受罪。”

五爷见老董低头不说话，又问了一句：“怎么死的？饿死的？”

老董：“让日本兵乱枪打死的。”

五爷一下来了精神：“我操他个姥姥！”

老董紧接着把和李逸山商量的情况和五爷说了一遍，停下来，等五爷的决定。五爷一骨碌从床上爬起来，说：“还等什么，快把他们接过来，别让小日本先下手。”

老董交代说：“老布家人还不知道老布的死讯，李先生说先不告诉他的家人，等安顿下来，再和他们说。”

五爷：“好。”

老董：“还有，要是日本人到您家里来盘查，您怎么说？”

五爷：“五爷我家里还不能有个远房亲戚？现在到处闹灾

荒，他们逃荒住在我这儿。”

老董：“谢谢您，五爷！”

五爷说：“谢啥呢，快去吧，住我这儿安全，准保没事。只是我没啥招待他们，我不能让他们跟着我喝凉水。你一会儿别忘了给我弄点儿吃的来，就是混合面窝窝头也成。”

老董掏出一百块大洋交给五爷，说：“您先慢慢用着，不够我们还会想办法，咱们先把这个苦日子给熬过去。”

五爷：“我不会再去吃烤鸭了，肉也不吃了。在我这儿，我有啥吃的，就有他们的。放心吧。”

老董找到老佟，告诉了他老布的死讯，老佟一听，联想到自己上回的经历，吓得脸色煞白，说：“小日本真他妈下黑手啊。”

老董对老佟说了和李逸山的打算，老佟说：“老布落了难，我多的拿不出来。”说着从床底下掏出一个皱巴巴的袋子，从里面掏出一百多块大洋，说：“也算我一份。”

老董：“你的心意领了，上回你的损失惨重，你还是留点钱过日子吧。”

老佟：“我已经想开了，留那些钱生不带来，死不带走，能帮朋友一把也算我老佟没白省钱。”

老董和老佟帮助老布家人转移的第二天，日本人开来一辆军车，将老布家翻了个底朝天，什么东西也没有找到，便将老布家给捣毁了。住在一个院子里的租客，吓得纷纷搬离。直到抗战胜利之前，这座院子一直大门紧闭，院子里长满荒草，再无人进出。

51

中国到了抗日战争最困难的时期，连重庆这样的所谓大后方也时常遭受日本飞机的袭扰与轰炸。

这天午饭前，傅云正要下课，日本飞机来袭的防空警报在整个城市上空拉响了。傅云没能马上回家，和学校师生一同钻进了防空洞。

傅云父母正在做饭，听见警报，担心外孙女婷婷正在放学回家的路上，两位老人不放心，便一同下楼，沿着婷婷每天放学的路，一路小跑着迎了过去。

警报在空中凄厉长鸣，此起彼伏，街上到处都是慌乱和惊叫的人群，傅云的父母越发慌乱地相互搀扶着小跑起来。

成群的敌机像黑云一般压过来，轰鸣着，炸弹密集投下来，爆炸声震天裂地，紧接着，尘烟四起，到处狼藉，呼救声、惊叫声响成一片。

傅云的父母好像什么也听不见，他们脑子里只有自己的外孙女婷婷，他们大声喊着婷婷的名字，一个摔倒了，另一个帮助扶起来，二人相互搀扶着，继续踉踉跄跄地往前跑。

山城重庆，处处都是起伏弯曲的山路，两位老人，一会儿气喘吁吁上了一个陡坡，一会儿又气喘吁吁下了一个陡坡。远远看去，就像两个移动的小黑点。两位老人带着哭声，呼喊着婷婷的名字，他们的声音喊哑了。

不知过了多长时间，警报解除了，山城重庆陷入一片火海。

傅云从防空洞出来，本能地往家里疾跑。回到家里，看到厨房做了一半的饭菜，估计父母一起去躲警报了。这些天，她反复和父母、女儿说过，听到警报响，无论如何，第一时间放下手中的一切，躲进就近的防空洞。等了一会儿，还不见父母回来，傅云有些着急，她朝着女儿学校的方向找寻过去。途中遇到了受到惊吓的婷婷。婷婷一头扑进妈妈的怀里，说吓死了，一路上死了很多人，倒了很多房屋。傅云还没有来得及安慰女儿，马上问："看见外公、外婆了吗？"

婷婷睁大惊恐的眼睛，说："外公、外婆不在家吗？"

傅云拉起婷婷的手，又扭头往家里跑，她多希望父母这时候已经平安地坐在家里等候她们了啊。冲进家里，依然没有父母的身影。他们会到哪里去呢？母女二人接着往外找。就这样，出去找一会儿，又回来看一眼；回来看没有，再出去找一会儿。一直找到晚上，一种不祥的预感袭上心头，婷婷说："外公、外婆会不会出什么意外啊？"

傅云摇摇头，嘴上说不会，她安慰女儿说，外公、外婆也许摔倒了，也许骨折了爬不起来停留在哪儿啦，或者受了轻伤住进哪家医院了，无论如何，傅云不愿从自己的嘴里说出父母遇到意外的可能。可是，嘴上不说，不等于她心里不这样想。但是，心里这样一想，就有一种天塌下来的感觉。

傅云和女儿一直寻找了一个通宵，直到第二天清晨，她们才在成百具遗体中找到浑身血迹的父母，两位老人紧紧拉着对方的手，脸上还带着惊恐，带着不甘，永远地离开了这个世界。

傅云扑下身子，抱住父母，伤心地大哭起来；婷婷一边哭，一边安慰着伤心欲绝的母亲。这一天，是傅云母女人生当中最黑暗的一天。

在为父母清理过伤口、简单掩埋之后，接连几天，傅云母女很少说话，晚上母女两个和衣而眠，守着漫漫长夜，睡醒了哭，哭累了睡。她们伤心至极，绝望至极，沉浸在巨大的痛苦之中，她们看不到未来的希望在哪里。

连续几日，婷婷一直陪伴在妈妈身边，虽然很快就要考试了，但她对考不考大学已经不放在心上。整个国家都在沦陷，上大学还有什么意义？有一天婷婷问妈妈："同学私下都在议论，中国会不会亡国？"傅云听到女儿这个问话，好像心里什么地方突然被刺了一下，她虽然没有马上回答女儿的疑问，但人变得清醒了许多。她想，这些天自己一直沉浸在失去亲人的痛苦中，忘了还有许多事情要做，她暗暗告诉自己，一定要振作起来，逸山在身边的话，一定不会这样消沉下去的。这时候，她的内心里是多么渴望逸山坚强地站在她身边啊。傅云突然想起，这次大轰炸，保存在中央大学校舍里的新郑出土文物不知道怎么样了，她站起来，和女儿吃了点东西，简单洗过脸，换过衣服，带上女儿一起朝中央大学走去。

52

这次大轰炸，中央大学多间校舍被毁，到处都有坍塌的瓦砾，傅云母女直奔新郑文物存放处，还好，这里的库房安然无恙。聂豫兴看到傅云母女一起赶过来，告诉她们，这次中央大学损失严重，罗家伦校长的办公室也被炸毁了。傅云看到文物保护完好，心里头略微感到一丝安慰，她带着女儿来到罗家伦校长办公的地方，果然发现，只剩下一面烧黑的墙壁。让她们震惊的是，罗校长和校长办公室的其他同事仍然在炎炎烈日下，面对仅剩的一堵墙壁在办公。

罗校长看见傅云母女，站起身，朝傅云点点头，走过来。他轻轻握住傅云的手，沉痛地说："你父母不幸遇难的事情，我刚听重庆大学的朋友说了，本来想去看看你们母女的，请节哀吧。"罗校长又将目光坚定地转向婷婷说："孩子，记住了，这是家难，更是一场国难。"

这时，一位校方职员走过来对罗校长说，在另外一个地方找到了校长办公室，马上就可以搬过去，罗家伦皱了一下眉头说："不是说过暂时不搬吗？就在这里办公吧。"

边上一位教员听校长这么说，插话道："我看罗校长说得对，最好不要搬，就在这里办公，这里是一个象征，就像犹太民族在耶路撒冷的哭墙，这是我们中华民族的哭墙。"

罗家伦仿佛受到了启发与鼓舞，充满激情地说道：“虽然我中华民族苦难深重，多灾多难，但是中华民族从来不相信眼泪，我们不哭！ 我们没有时间哭！ 这是一堵什么墙？ 这是一堵东方睡狮被打醒的醒墙，也是醒来的睡狮开始发怒的怒墙！”罗校长接着对一位办公室人员说：“一会儿对全校师生的演讲，我还要好好讲讲我们当下的全面抗战。”办公室人员提醒说，有几位记者听说校长今天有演讲，纷纷提出要来参加，不知校长今天是否对外。 罗校长说，欢迎记者旁听。 然后又对傅云母女说：“过一会儿，你们要是愿意听，也可以参加。”傅云点头表示愿意参加。

罗家伦校长的演讲是在中央大学满目疮痍的一片空旷地举行的。 罗家伦手上没有讲稿，他站在一个土堆上，面对成千上百的学生，上来便指着几天前被炸得到处瓦砾的校园说：“我们中央大学在南京建校，为了躲避日军的铁蹄，我们搬到了大后方，但是，即便如此，整个中国我们仍然找不到一个可以安放书桌的地方。 在我们当中，这些年，每天都有我们的亲人、同胞倒在日本人的枪炮之下，我今天想对大家说的是，中华民族数千年以来，今天的国难异常严重，中华民族已濒临死亡。 有同胞不断地担心，我们会不会亡国？ 我的回答是，假如不能振奋民族精神，假如没有重建足以振奋民族精神的文化，那么，我们就很难走出这次中华民族所遭遇的最深重的危机。”

接着，罗家伦将话题转到了大学建设上来，他说纵观世界各著名大学，无不承载着国民之精神，代表着民族的灵魂，乃国之重器。 否则，便失去了大学的意义。 他提出中央大学的使命，便是养成新的学风，这新学风可用四个字来概括，那就是：诚、朴、雄、伟。

“诚”，就是对学问要有诚意，不把学问当作升官发财的途径和获取文凭的工具;对于使命，更要有诚意，应向着认定的目标义无反顾走去。

“朴”，就是质朴和朴实的意思，不以学问当门面、做装饰，不能尚纤巧、重浮华，让青春光阴虚耗在时髦的小册子、短文章上面，而是要埋头用功，不计名利，在学问上做长期艰苦的努力，因为唯崇实而用笨功，才能树立起朴厚的学术气象。

“雄”，是大无畏的雄，以纠中华民族自宋朝南渡以后的柔弱萎靡之风。而要挽转一切纤细文弱的颓风，就必须从善养吾浩然正气入手，以大雄无畏相尚，男子要有丈夫气，女亦须无病态。

“伟”，是伟大崇高的意思，要集中精力，放开眼界，努力做出几件大的事业来，既不可偏狭小巧，存门户之见，又不能故步自封，怡然自满。

他最后说：“刚才有人还指着我的被炸得只剩下一面墙的办公室说，这堵墙仿佛犹太民族的哭墙一般，我说，不，我们中华民族从来就不相信眼泪，我们不哭，我们中央大学就是在炸弹下长大的，我们今天所说的抗战，不是上了战场与敌人面对面拼刺刀才是抗战，我们的抗战，已经到了全面的抗战、全民的抗战，关乎民族生死攸关的抗战，是全面抗战，即：武力对武力，教育对教育，大学对大学。我们中央大学所对着的，是日本东京帝国大学。”

罗家伦校长的激情演讲，赢得下面一阵阵热烈的掌声。正是在这一天，傅云的女儿李济婷发现自己一下子长大了，就在这一刻起，她决定努力拼搏，报考中央大学。

演讲结束后，新华社驻重庆分社的一位年轻记者堵住罗家伦校长，和他边走边采访。李济婷久久沉浸在激动当中，跟着罗校长、采访的年轻记者以及校长身边随行的工作人员，静静地听着他们的精彩问答。

第二天，李济婷拿到当日出版的《新华日报》，就其中一篇《中国必将取得抗战最后胜利》的评论员文章，兴奋地大声读给母亲听，而且得意地说，自己昨天还亲眼见到了这个记者本人，没想到这么年轻便写出这般精彩的文章。傅云好奇地拿过报纸再读，她发现该文章的记者署名是一个十分熟悉的名字：李勖。

傅云看到李勖的名字，吃了一惊，正在想这是不是李逸山的儿子，婷婷看母亲在走神，便问母亲怎么了。傅云就向她打听昨天见到的这位记者长什么样，婷婷说他身材高高的，两眼炯炯有神，人很精神，还和罗家伦校长说他来自北平。傅云越发陷入沉思之中，她几乎是自言自语道，这个世界不会这么巧吧？婷婷问母亲，难道这个记者妈妈认识？

傅云说：“这个记者李勖，可能就是你的哥哥。”

李济婷大吃一惊：“什么？”

53

傅云看过报纸的第三天正好是一个周末，她决定带着婷婷一同到新华社驻重庆分社找这位叫李勖的记者。接待傅云母女的是一位戴着眼镜、偏瘦的中年男编辑，他看到眼前两位漂亮的女士要找李勖，她们手里还拿着报纸，估计又是热心的读者，连忙问找李勖什么事。这一问倒把傅云问住了。傅云犹豫了一下说，也没什么事，就是想了解一下，这个叫李勖的是不是一位过去老朋友的孩子。这位编辑说："这个李勖是一位出色的战地记者，前不久刚从陕甘宁来到重庆，昨天又接到任务，赶往晋察冀了。他写过不少抗日故事和评论，感动了不少读者。"

傅云："他什么时候回到重庆？"

编辑一听笑了起来："这个李勖，来无影，去无踪，四海为家，哪里战事紧张，他就出现在哪里，想找到他，从各地的报纸上就能知道他最近到了哪里。我们也很少见到他，他是一个记者，也是一个抗日战士。"

与李逸山的儿子李勖的这次失之交臂，让傅云母女感到十分遗憾。

随着太平洋战争的爆发，日本战线拉得越来越长，对北平的控制也越来越严，也许日本人意识到败局已定，他们开始更加肆无忌惮地抢劫文物。

老董、老佟等凡是和文物打过交道的文物商人，家里均被日本人搜查过了，所谓搜查，就是看见有价值的大小文物，一律搜刮走。老董已经悄悄和李逸山打过招呼，让他加倍小心。

一天早晨，李逸山家里突然闯入两个荷枪实弹的日本兵和一名翻译，说要李逸山到宪兵队接受询问。李逸山刚要发火，日本人已经把枪口顶在了李逸山的胸前，李逸山怒斥道："你们有什么问题，就在这里问！"

日本兵用枪托捣了一下李逸山的肩部，大声命令道："少啰唆，皇军有重要的情报要问，到了再说。"

李逸山往外走的时候，他的妻子哭喊着追了出来，骂道："你们要把他带到哪里去？这世道还有没有王法了？"

李逸山平静地回过头对妻子说："和这群畜生讲什么王法？你回去吧，不用慌张，我没事的，很快就会回来。"

李逸山被关进日本人的一间审讯室，两个日本人只是虚张声势地问了问毛公鼎和安阳大方鼎的下落。李逸山一听心里暗暗高兴，马上得出判断：第一，这两件文物日本人没有搞到；第二，更不可能有自己的什么证据。李逸山信心满满地对日本人说："我每天在北平下棋、写字、吃饭、睡觉，两耳不闻窗外事，你们都是看见的，要说这两件文物的下落，你们应该比我更清楚。"

李逸山其实不知道，日本人审问他不过是装装样子，两天之后将他释放回家时，他才明白了日本人把自己带走的目的。李逸山回到家，妻子慌慌张张地告诉他："这两天，你被日本人抓走之后，家里珍藏在密室里的字画、书帖、青铜器，还有这些年你写的手稿，全部让日本人装进一辆大车拉走了，带头的就是那个戴眼镜的叫什么伊藤直哉的日本人。”李逸山听罢妻子的叙述，只觉得天昏地暗，胸口一阵剧痛，妻子立刻扶住他，等了一会儿，李逸山眼泪流了下来，自言自语说：“这一辈子的心血，全让日本人弄走了，早知道还不如一把火烧了。”

李逸山在家里休息了一天，第二天感觉身体稍微好一点，他一早让妻子将多年没有穿过的长衫取出来，套在身上，准备出门到日本宪兵队找伊藤直哉。妻子看丈夫要去找日本人，连忙拦住丈夫，死活不让出门。李逸山平静地对妻子说：“你放心吧，我不会去打架，我只和日本宪兵队长伊藤直哉说一句话，就回来。”

妻子知道丈夫的脾气，他坚持要做的事，谁也拦不住，但他又怕丈夫在气头上，再一次失控晕倒，便提出：“要去，我陪你一起去。说好了，你要和他们真拼了，我也和他们拼了。”

李逸山看着妻子视死如归的刚烈眼神，什么也没说，掸一掸衣袖，迈着大步，上路了。

来到日本宪兵司令部大门口，哨兵看见两个中国百姓迈着大步要往里面走，气势汹汹地跑过来，大声呵斥道：“你们的，干什么的，赶快滚开！”

李逸山站住，平静地用日语说：“我和伊藤直哉是老朋友，我要见他。”

日本哨兵：“你和伊藤队长提前有约定吗？”

李逸山：“你现在就进去告诉他，我要见他。”

日本哨兵与另一位哨兵耳语几句后朝里面跑去，李逸山和妻子站在大门口等着。

不久哨兵跑出来了，说：“伊藤队长不在北平，请你们回去吧。”

李逸山知道伊藤直哉这个老狐狸在撒谎，也许他现在就在某间办公室的窗口向外看呢。李逸山也不管那么多了，对着前面的办公楼用日语大声喊道：“伊藤直哉，你听着，你采用卑鄙的手段，抢走一个学者的收藏与研究成果，这是文明社会所不齿的行为。请你们所有的日本人记住，不能光明磊落地做人，就永远没有光明的未来。”

日本哨兵一下子听傻了，从来没有哪个中国人敢站在日本宪兵队大门口如此点名道姓地大骂其宪兵队长。哨兵又快跑进楼里去，向伊藤直哉请示该怎么办。

李逸山的判断没错，这时候的伊藤直哉就站在二层楼的一个窗口暗暗观察李逸山的一举一动。伊藤直哉身边的一个宪兵正用枪口瞄准李逸山的脑袋。跑进来的日本哨兵也在向伊藤直哉请示，要不要杀了这个胆大包天的中国人。

伊藤直哉挥挥手，示意日本宪兵把枪放下来，他冷笑道：“这个李逸山不管怎样还是北平文化界的一个名人，把他打死在我们宪兵队的门口，传出去不好听。”

李逸山回到家里，大病一场，身体日渐虚弱。

老董看到李逸山的状况，心急如焚。事也凑巧，一天，老董的一位从解放区来的朋友送了他一包红枣，老董没舍得吃，他想应该送给李逸山补补身子。也是无意，老董想把包红枣的报纸给换了，装进一个小篮子里。打开报纸，一个熟悉的人名正好让老董一眼看见。老董吃了一惊，心里纳闷，这个叫李勔的名字咋这么熟呢？猛然想起，李逸山先生的儿子不是叫李勔吗？老董想这天底下重名的多了去了，可是给名字取“勔”字的还真不多，这也就是有学问的人家才会起这样的名字，这个字老董当年还专门请教过李逸山先生。老董觉得，不管怎样，应该把报纸给李先生送过去。老董心想，这些天也难有什么高兴的事，万一这就是李先生的儿子呢？这是高兴的事。老董将报纸折好，揣进怀里，提上篮子里的红枣，用布盖上，便往李逸山家里走。

李逸山近来消瘦许多，这天正在躺椅上闭目养神，见老董进来，连忙让座。老董没有马上坐下，而是笑着从怀里取出报纸，小心打开，递给李逸山说：“你看看上面这个李勔是不是大侄儿？”李逸山接过报纸，急不可待地戴上老花镜，一字一句认真读起来，读完一遍，又读一遍，激动地问老董报纸哪儿来的。老董没好意思说是用它来包红枣用的，只说是解放区那边传过来的，自己偶尔看到。李逸山激动地握住老董的手说：“是你大侄儿，文笔、文风都像。那些年这小子在北平到处发传单、演讲，现在还真是用上了，写出这样酣畅淋漓、鼓舞人心的好文章。看来，国家希望还是寄托在这些年轻人身上。”

老董：“这么高兴的事，是不是也要告诉一声李勔他娘？”

李逸山：“她想儿子，嘴上不说，心里都快憋疯了。”

老董：“我这就去告诉一声。”

李逸山高兴地与老董一起来到厨房，李逸山妻子正在厨房和面，老董举着报纸把李勖发表在报纸上的文章说了，李逸山的妻子并不识字，一听这话，知道自己的儿子不仅活着，而且还活得这么有出息，扭头蹲在地上先是低声抽泣，然后越哭越伤心，直到号啕大哭起来，弄得老董手足无措，不知该怎么办。李逸山示意他出来说话，老董搓着手直抱歉，李逸山高兴地说道：“她这是高兴，让她一个人哭吧，把心里憋了太多的委屈都哭出来就好了。”

老董看到李逸山今天难得这么高兴，也十分高兴地把报纸交到李逸山手里说：“你好好留着吧，苦日子总有熬到头的时候。”

老董告辞走了很久，李逸山的妻子才从厨房出来，问李逸山：“老董呢，咋没留下人家吃饭就走呢？”

李逸山说：“你只管哭，把人家老董吓走了。”

妻子勉强笑了一下，李逸山这才注意到妻子笑起来的时候满脸堆起的皱纹。

就在李逸山夫妇最苦难的这些日子里，终于有了让他们更高兴的事。一天傍晚，李勖突然一身便服，风尘仆仆回到家里。李逸山一见是儿子李勖，激动得正想喊妻子，儿子机警地用手指放在唇前，示意父亲先别出声，回头关上大门，又闪进父亲的书房，才放松地站在父亲面前。李逸山看着眼前这个成熟、乐观、脸膛黝黑的健壮儿子，简直不敢相信自己的眼睛，他悄声问：“你从哪儿过来？怎么过来的？”

儿子简单回答说：“在新华社晋察冀分社，这几天有报道任务，离家近，就和组织上请假一晚，乔装打扮，进了北平。”父子两个还没有来得及说更多，儿子主动说要先看一眼奶奶、母亲，李逸山拉着儿子的手从书房出来，正好遇见妻子抱一件棉衣往书房走。妻子突然看见儿子和丈夫一起，站在院子里一下子愣住了，半天才说：“这不是勖儿吗？”

李勖看着眼前的母亲，头发花白，满脸皱纹，面黄肌瘦，心里难受，扑通一声跪在地上，喊了一声娘，伤心地哭起来。母亲连忙抱住儿子，又是伤心、又是幸福地哭起来。

这天晚上，一家三口，围坐在一起，说了一宿的话，大家都没有困意。直到这天，李勖才知道奶奶去世的消息。李逸山对儿子李勖说，打听到的初步消息说，大伯父一家可能在南京大屠杀中遇难了。李勖证实说，他也在重庆打听到，他们确实遇难了。父母把这些年家里的情况和李勖说了，李逸山还专门介绍了北平的情况，李勖则把自己这些年的情况做了简单介绍。他说在西南联大毕业之后，就和大学同班的一个女生一起去了延安，这个女同学现在就是他们的儿媳妇，也是北平人，在延安抗大当教师，他们已经有了一子一女，也都在延安的幼儿园。母亲听说自己做了奶奶，高兴得恨不得也要前往延安，亲眼看看孙子、孙女。眼看天快要亮了，母亲起身去厨房给儿子准备早饭。李勖则和父亲分析了国际、国内形势，他说，抗战不久就会取得最后的胜利，小日本如秋后的蚂蚱般蹦不了多久了。这一夜长谈，是李逸山这么多年以来最舒畅的一次父子对话。

李勖马上又要离开北平了，母亲千叮咛、万嘱咐，依依不舍，而李逸山则像是重新焕发了青春，双手在儿子双肩重重一捏，说：“注意安全，我们等着抗战胜利的那一天。”

李勖高兴地对父母说：“爹、娘，抗战一结束，我就把全家搬回来住，还是咱北平最好，家里最好。”李勖临走又从随身包里掏出一大块保定酱驴肉，说是昨天保定老乡塞在包里的，光顾说话，把驴肉的事忘了。留下酱驴肉，李勖像一阵风样消失在北平黎明前的暗灰色夜幕里。

54

1945 年 8 月 8 日，日本宣布无条件投降。

像死亡一般沉寂、压抑了八年的北平城，一下沸腾了，人们奔走相告，纷纷拥向了街头。

一位白发苍苍的老人拄着拐杖站在街边看游行队伍。李逸山站在街边的另一侧，远远看见这位衰老、熟悉的老人正是五爷，连忙走过来打了一声招呼：“五爷，您也出来了？”

五爷一看是李逸山先生，咧嘴笑着说：“今儿高兴！”接着，五爷又抱拳鞠躬对李逸山说：“这些年，多亏李先生和老董你们关照。要不，我活不到今天，看不到小日本投降这一天。”

李逸山：“苦日子总算过去了。”

五爷：“小日本也不撒泡尿照照自己，这是哪儿！这是北平！北平是外国孙子想占领就能占领的？我早说了，迟早得完蛋！”李逸山听了，笑笑，和五爷作揖告别。

日本人走了，北平人长长舒了一口气。老董又干起了老本行；老布一家老小将荒废几年的旧院子重新收拾好，从五爷家搬了回来；几年后，老佟听说老家山西解放区搞土改，家家都分了土地，举家搬回老家当了农民。

李逸山近来喜事连连。

他先是接到了儿子李勖从延安寄来的长信，信封里夹了一张一家四口的照片，儿子在信里说等忙完之后，准备向组织上打报告，全家迁回北平，和父母居住在一起。李逸山妻子这些天一直忙着收拾屋子，随时准备迎接儿子全家归来。

接着，他又收到了傅云从重庆寄来的一封长信。李逸山没有想到傅云到了重庆，信封里也夹了一张傅云与女儿的合影。女儿已经大学毕业，看得出来，已经长成像傅云年轻时候一样漂亮的大姑娘。

两封长信，两张合影，李逸山这几天是看了又看。当李逸山把傅云的来信与照片和妻子说了之后，让李逸山没有想到的是，妻子居然主动提出让她们母女也搬来北平，大家一起居住。李逸山内心十分感动，他也不隐瞒太太，把自己和傅云在日本留学的经过大致说了，妻子听后流着泪说："这些事，你不说，我也大概知道。你和她在日本的照片我和娘早在你的书桌上看到过，娘还劝我想开点。有什么想不开的，让她们一起搬过来吧，经过这些年的苦日子，总算熬过来了，大家也都好好享受一下太平的日子。"

李逸山惊异地抬头看着眼前这个虽然不识字，但是善良、大度的女人，再回想起这些年在一起经历过的种种艰难困苦，内心里对妻子产生一种肃然起敬的感情。李逸山不太好表达自己的感情，只是说了一句：“谢谢。”

李逸山给傅云回了一封长信，他在信里第一次提到女儿婷婷，希望她们一起搬到北平，已经和妻子说过了，大家居住在一起。李逸山还说，等候傅云的回话，如果她们同意搬来北平，他立刻起身，前往重庆迎接她们。最后，李逸山在信里塞进一张一万元的汇票，说这是当年傅云拿来的汇票，其中一万元用于为保护青铜器献出生命的老布一家，剩下来的请傅云拿去先应急。

令人高兴的事接二连三，李逸山决定重新捡起老本行，不管有多少困难，凭着记忆，凭着手上剩余的材料，李逸山重新投入《青铜器大全》的收集整理与研究工作。也许是心情太好，也许是要把浪费的时间尽快补回来，李逸山开始每天夜以继日地工作。一天早晨，妻子发现李逸山书房的灯光依然亮着，以为先生又工作了一个通宵，当她悄悄走进先生书房的时候，才发现李逸山趴在书桌上，永远睡着了。

李逸山走了，但他没有想到，中国在刚刚和平一些日子之后，内战又起，后面又是艰难的苦日子。

交通中断，通信中断，人们在期盼和平的等待中。傅云和女儿并不知道，她们已经和李逸山永远失去了联系。而在战火中不断为和平而战的新华社记者李勖，也不知道他的妈妈又将一个人在北平苦等四年。而在李逸山走后，能够支撑李逸山妻子继续活下去的理由就是儿子一家四口，每天端详照片上从未谋面的孙子、

他太累了
他睡着了
永远永远地睡去了

孙女，那是她一定要坚强活下去的希望和曙光。在最困苦的日子里，李逸山的妻子身上所迸发出来的生命能量与坚韧，甚至超出了李逸山生前所能见到的。这是一位普通、平凡又极其伟大的母亲，不过，她是幸运的，四年以后，当北平再一次解放的时候，这个曾经不断遭受惊吓与沉寂的四合院，这个充满苦难与哀伤的四合院，终于迎来了和平的日子里孩子们奔跑所带来的欢笑。

1949 年 10 月 1 日，毛泽东主席站在天安门城楼上，庄严宣告，中华人民共和国成立了，中国人民从此站起来了。在沸腾的人群里，有一个十分活跃而忙碌的伟大历史时刻的记录者，那是李逸山的儿子李勖，也有一个在苦难中已经很少掉泪但今天流泪最多的人之一，这个人是李勖的妈妈。

这一天，重庆还没有解放。傅云母女分别从同事和同学那里听到来自北平的消息。她们在等待黎明的曙光。

55

自从傅云母女成为河南古物保存所的常客，聂豫兴大事小事都会和她们商量，她们已经成为聂豫兴在这座山城里最值得信赖的人。

这一天，聂豫兴急忙找到傅云母女，说接到上面通知，河南新郑文物将要转运到别处，68 箱文物就要往朝天门码头运送，等候装船。

傅云一听，着急地问：“装船以后，运往哪里？”

女儿说：“走长江水运，会运往南京、上海吗？”

聂豫兴困惑地摇摇头，说：“北平已经改名北京，新中国已经在那里宣告成立，南京、上海都已经被解放军占领，重庆也撑不了几天了，所以才要把重要文物都拉走。”

傅云：“看来是要运往台湾。”

女儿：“那么远？”

聂豫兴看了看周边，小声说：“上面不让打听，不让议论，我们几个安保私底下猜想，可能是要运往台湾。”

女儿：“那怎么行！”

聂豫兴：“我今天急忙赶过来，两个意思，一是告诉你们文物运走的消息，也算是和你们告个别，第二个意思——”

傅云：“我们能做点什么？”

聂豫兴：“这些文物已经被重庆这边的黑帮盯上了，国民党军队忙着打仗和撤退，没人顾得上这些文物，虽然保安队都配了枪，但是，我担心这些文物出差错。”

傅云：“黑帮难道敢明抢不成？”

聂豫兴：“他们已经盯上这些文物好几天了，不管采取什么办法，他们可能都要搞到手。他们曾派人私下找过我，说让我和他们一起里应外合，把一部分重要文物先调包搞到手，搞走一箱文物给三百块大洋，让我拒绝了。他们能找我，可能也会找别人，我这两天特别担心。”

傅云：“那怎么办？”

聂豫兴："现在都是人心惶惶，河南古物保存所方面也在想办法。我听说一艘船只能运走一半文物，这样看管文物的人手就比较紧张，要是能多来一些人就好了。"

傅云："大概需要多少人？"

傅云这一问，聂豫兴倒是受到了启发，说："要是能多组织一些重庆大学的师生一同过来，日夜轮流守护，我看黑帮就不敢动手。"

傅云想了想说："我可以回重庆大学请求校方动员一些师生过来。"

聂豫兴走后，傅云立即找到校方，说明情况，校方很是支持，马上组织二百多名师生，浩浩荡荡赶往朝天门码头。河南古物保存所方面正为文物安全发愁，一听来了这么多师生要一起看守文物，特别感动，很快开始将第一批文物共 38 箱往货轮上搬运。

傅云和女儿也一同赶过来了。出门之前，傅云和女儿说好，要把随身的重要物品带上，这些年跑警报、躲轰炸，她们母女已经养成习惯，所有重要东西都提前装在一人一个的小手提箱里。傅云的手提箱里，除了钱物和换洗衣物外，这些年和李逸山的书信以及个人日记也一直不离身边。即将出门的时候，傅云突然想起来落了一件事，又匆忙返回去，和李逸山的合影还放在床头柜上。女儿看见妈妈把每天睡觉前都要看一遍的合影照片都带出来了，开玩笑说："妈妈，我们这是护送文物，又不走。"

傅云说："还是拿在身边放心，谁知道下一刻会发生什么。"

李济婷从小到大和母亲生活在一起，即便上了中央大学，也没有住校，仍然坚持走读，反正学校离家也不远。她在母亲身上学到许多重要的生活经验，也许是生不逢时，赶上战乱年代，这么多年，她感觉母亲随时在为下一刻发生什么做好了准备。随着年龄的增长，有时候，她觉得母亲有点啰唆，但事后证明，母亲的啰唆往往具有预见性和处处留心的生活经验。她和母亲在一起，总意味着安全与踏实。

38 箱文物陆续装上了船，聂豫兴随船负责看管第一批文物，临行前，傅云看聂豫兴还是有一点神色紧张，就走到聂豫兴跟前，悄声问："没什么问题吧？"

聂豫兴："随船人员能再增加两个人最好，到机场，中途还有几次卸货、装货环节，多两个人盯着更好。"

傅云说："这些中间环节，我也想过了，是存在一定风险。无论如何我们也要保护好这些文物。"说完，傅云对女儿说："和妈妈走一趟吧，我们要亲眼看着这批文物运上飞机，确保万无一失。"

女儿："我们能不能把文物拦下来，不让运走呢？"

傅云："上面下了命令，是拦不住的。关键是要保护文物安全。"

母女两个便跟着聂豫兴上了货船。

货船起航。

56

重庆机场陷入一片混乱之中，飞机起降的轰鸣声、人们紧张抢运货物的喊叫声交错在一起，远处还隐隐传来枪炮声。

河南新郑文物安全抵达机场之后，一个国民党军官带领一队士兵焦急地跑过来，大声喊着，赶快把文物往飞机上搬运。傅云和女儿站在机舱口，拿着聂豫兴递过来的一本小册子，一件一件清点、核对文物，搬一箱，在所对应的编号后面打一个钩。装载结束，一名士兵拿了一份电报火速赶过来，气喘吁吁地对军官报告说："刚接到电报，重庆大部分地区陆续失守，共军占领了朝天门码头，码头上余下的 30 箱文物已经落入共军手中，共军先头部队正在向我机场突袭，命令我们不要再等另外 30 箱文物，立刻起飞，此 38 箱文物必须运走。"军官一听，下意识地看了看手表，把手一挥，命令道："所有与文物有关的随行人员，必须马上登机，立刻起飞。"

聂豫兴一听，急了，大声说："不行，我不能走，68 箱文物不能分开，新郑文物寸铜片瓦也不能丢。"

傅云也站出来说："你们要把我们带往哪里去？ 我不上飞机，我要回家。"

女儿也站出来大声说："我们哪儿也不去，我们要回家。"

机场周边的枪炮声越来越近，只见停留在机场的几架飞机，先后仓促起飞，刚才还是混乱不堪的机场，一下子变得空空荡荡，安静下来。军官从腰间掏出手枪，对着空中连开两枪，声嘶力竭地喊道："都给我马上登机，不从者就地枪毙。"话音刚落，几个士兵冲上来，连拉带拽，将聂豫兴、傅云母女还有一位也表示不愿意走的安保人员强行带上飞机。

舱门还没有关上，飞机的发动机已经发出起飞前准备提速的巨大轰鸣声。机身晃动了一下，开始滑动。突然，解放军的先头部队开了一辆吉普车和一辆卡车，在飞机跑道侧面斜插着直奔飞机驶了过来。吉普车上一位军官模样的人第一个迅速跳了下来，紧接着，卡车上的解放军战士也敏捷地从车上飞身而下，全副武装，荷枪实弹。

机舱内的国民党军官正举枪对着飞行员下命令继续加速，震耳欲聋的枪声如雨点般在飞机的前后左右穿过，飞行员被迫减速，飞机剧烈晃动一下，停了下来。

国民党军官又用枪口顶着聂豫兴，让他站在机舱门口，对外喊话。军官命令聂豫兴说："飞机里全是重要文物，只要开枪，就将机毁人亡。"

解放军军官让战士们都停止开枪，竖起耳朵听对方在讲什么。士兵们屏住呼吸，一下子飞机场变得鸦雀无声。

聂豫兴："千万不要开枪，机舱里全部是河南新郑的重要文物。"

解放军军官一听这个人的声音十分熟悉，又听见提到河南新郑文物，便朝前走了几步，对着机舱门口露出来的脑袋喊："喂，请问你是聂豫兴吗？”

聂豫兴仔细一看，前面带队的军官不是别人，正是去了延安的岳中原，他兴奋地大声回话道：“岳中原，我是聂豫兴。”

岳中原带着解放军战士就要往飞机跟前走，国民党军官发话了：“向他们喊话，让他们别过来，否则我就要开枪了。”

聂豫兴照着原话大声喊了一遍，话音刚落，岳中原身边的战士们已经是紧握钢枪，冲锋枪、步枪均发出了子弹上膛和拉枪栓的声音。

岳中原示意战士们不要开枪，战士们则端着枪，警惕地注视着眼前的一切，随时准备投入战斗。

国民党军官下令飞机准备起飞，发动机又一次发出巨大的轰鸣声。

哒哒哒，哒哒哒，一位战士朝着飞机前的地面上打出一串子弹。 子弹打在水泥地面，溅起火花，发出嗖嗖的声音。

岳中原对开枪的战士厉声喊道：“谁让你开枪的？！”

开枪战士：“飞机上要运到台湾的文物，是俺河南老家的，俺家乡的文物，凭什么让他们抢走？”

还没等岳中原说话，聂豫兴从机舱探出头大声喊着：“岳中原，你听好了，李先生要我们保护的文物，一共 68 箱，寸铜片瓦也没有丢失，还有 30 箱在朝天门码头呢，你一定派人看护好了。”

飞机发动机再一次发出巨大的轰鸣声。

岳中原对战士们说：“大家不要开枪了，河南新郑文物是国家宝物，台湾也是我中华民族的土地。 只要不丢失，不损毁，不被外国人抢走，就先寄存到宝岛台湾吧。”战士们一听，都把枪放下，目送飞机起飞。

飞机起飞之后，飞出很远，忽然又掉头回来，在机场上空盘旋一圈，不知道是表示感激，还是机上人员对家乡土地所表达的最后眷恋。

岳中原和战士们一直目送这架飞机在空中慢慢变成一个小白点，消失在山城重庆巍峨叠嶂、连绵起伏的群山之上、蓝天白云之间。

57

王忆梅与艾米经常保持电话联系，有时候也通过电子邮件、微信联络，但是，有重要情况沟通的时候，她们觉得还是电话沟通比较直接、痛快。

王忆梅在完整地了解了李逸山、傅云他们的故事后，对几件青铜器也多了一份特殊的感情，她在电话里对艾米说：“我前几年到台湾的‘故宫博物院’参观过，知道里面的国宝文物都是 1949 年国民党从大陆带过去的，也看到过镇馆之宝毛公鼎以及新郑出土文物，但是因为不知道这些文物与外曾祖这段特殊的渊源，所以参观的时候只是走马观花，没有什么感觉，下回再去台湾，一定要好好看看。”

艾米："我从小就常听母亲和外婆讲起这些青铜器文物，所以每次到台湾出差，不管多忙都要去看一看这些文物。"艾米还神秘地说："有一回我偏头痛发作了，吃什么镇痛药都不管用，按照母亲的指点，我在毛公鼎前安静地站立了几分钟，哇，过了一会儿，头真的一点不疼了。我在电话里把自己的经历和母亲说了，母亲说，这是祖先在默默保佑。"

后来王忆梅把艾米的这个神奇经历和丈夫郝希金说了，郝希金笑着说，艾米肯定此前吃了药，这个时候正好发挥了作用，再加上心理暗示的结果。王忆梅觉得丈夫这个人太理性，跟他说什么，他都要找到科学的依据，所以在这些方面她觉得还是和姨妈艾米很聊得来。

王忆梅在电话里对艾米说，大半年来，自己去了一趟河南博物院（前身为河南省博物馆），看到那么多新郑出土文物保护完好，特别是那件国宝级文物莲鹤方壶，内心觉得特别亲切。她说自己生活在北京几十年，很少去博物馆，这半年来连续几周去了国家博物馆，不知道为什么，到了司母戊大方鼎和立鹤方壶跟前，两条腿就走不动了，站在那里，内心里头有一种非常安详的感觉，没准真有一种感应在里面呢。王忆梅说："艾米你知道吗？第一次看到莲鹤方壶的时候，我站在玻璃罩外，下意识地想伸手进去摸一摸，管理人员还以为我想怎么着呢，让我别伸手。我站在那里，不知为什么，眼泪哗哗，就是想哭，别人还以为我有病呢，他们哪知道我在想什么啊。那可是我的外曾祖当年触摸过、用生命保护过的国宝啊，我觉得李逸山、傅云他们那一代人真了不起。”

王忆梅与艾米都是那种非常感性的人，两个人只要拿起电话，就有说不完的话。

王忆梅在电话里问艾米，毛公鼎最后怎么去的台湾？ 司母戊大方鼎又是怎么回事？

艾米说，每一件文物的保护后面都有一个传奇故事。 毛公鼎在上海躲过一劫，到了香港，1941 年珍珠港事件之后，日本很快占领了香港，毛公鼎在香港不再安全，叶恭绰家人将毛公鼎再度转运回上海，后来叶家人日子过不下去了，转手卖给了上海的一个大商人，这个商人还不错，在日本投降后，将毛公鼎捐献给了南京国民政府，存放在南京博物院，1949 年与大批文物一道运到了台湾。 司母戊大方鼎也是在日本投降后，安阳武官村村民吴培文重新从地下挖掘出来，在当地政府的动员下，吴家人把大鼎捐献给了南京国民政府，当年在南京展出轰动一时。 1949 年，准备运往台湾，但由于大鼎太重，运输困难，解放军占领南京之后，在南京机场发现了被遗弃的司母戊大方鼎。

王忆梅告诉艾米，她在河南博物院了解到，当年留在朝天门码头的 30 箱新郑出土文物，后来由解放军全部交还河南省，其中最著名的一对文物莲鹤方壶与立鹤方壶，前者留在河南博物院，后者收藏在故宫博物院。

艾米感叹，这些文物能够在战乱年代保护下来，真是幸运。

在又一次的电话交流中，王忆梅问艾米傅云母女到台湾以后的情况。 艾米说，外婆傅云和母亲李济婷到台湾的前几年，生活拮据，最困难的时候，一小块豆腐乳就是母女俩一顿饭的下饭菜。过了几年，母亲李济婷去了美国，傅云随后也跟了过去，日子才算慢慢好起来。外婆傅云是在 1985 年去世的，母亲李济婷去世时间为 2008 年。

艾米说，自己出生在纽约，从小经常跟着外婆、母亲在纽约看各种展览，尤其是看到那么多的国内青铜器流失到国外，傅云常常是边掉泪、边记录，她的感情世界里一直没有放下李逸山，那边有一些有钱的华侨追求她，都被她拒绝了。听母亲说，日本人岛本雄二打听到傅云在台湾的消息后，专程飞到台湾追求她，也被她拒绝了。傅云对岛本印象还是不错的，听母亲说，他们在一起挺谈得来，但是在感情问题上，她始终忘不了李逸山。她对我们在婚姻上的教育是：要嫁一个爱你和值得你爱的人。在婚姻问题上，她没有中国老式家庭的那种传统观念，蛮开放的。直到晚年，她的床头一直放着她和李逸山在东京的唯一一张合影。

艾米和王忆梅聊天很直率，她说自己从小耳濡目染，对历史、文化、艺术，尤其是对青铜器情有独钟，她的先生是德裔美国人，到他这一代已经是第四代移民了。她和先生霍夫曼相识在一次青铜器艺术展览上，两个人几乎就是在那一次偶然相遇中确定了终身大事，当她把恋情告诉母亲和外婆的时候，她们只问了一下基本情况，就让她把霍夫曼带到家里来了。“当时外婆已经七十多岁了，见过一次霍夫曼，就笑着对我说，祝我幸福。我问外婆怎么看，外婆说，不用问她怎么看，她说她从我们俩的眼神中已经看出来了，我们的婚姻错不了。”艾米似乎仍然沉浸在当年恋爱的幸福感觉中，说，“忆梅你知道吗？ 我们两个真的很相爱，方方面面都很和谐。”

艾米说，霍夫曼一家世代从事艺术品收藏，起初主要是西方艺术，后来扩展到全世界不同种类的艺术收藏，这些年对东方艺术，尤其是对战乱中的艺术收藏与保护花了很多的精力与投资。艾米告诉王忆梅，她和先生以双方名字中的一个字母专门成立了一个 M&Y 基金公司，她一直在这个公司里工作，如果王忆梅有兴趣，可以过去考察。

王忆梅对艾米了解得越多，对艾米越是充满敬仰与兴趣。 她对艾米说，最近计划和丈夫一同到美国看看女儿，也很希望去拜访一下艾米一家。

艾米非常高兴地说，随时欢迎。

58

艾米居住在纽约附近新泽西州一个小镇上。

王忆梅与郝希金从北京乘坐飞机，经过十多个小时的飞行，准时降落在纽约肯尼迪国际机场。 艾米亲自开车在机场出口迎接他们。

这是王忆梅与艾米第二次见面，但是两个人好像是相识了几十年的闺蜜或亲姐妹一般，在一起时总是叽叽嘎嘎，说说笑笑，似乎有说不完的话。 艾米从机场一接上王忆梅，两个人便亲热地拥抱。上了车，艾米一边开车，一边与王忆梅聊着天。艾米有时候担心冷落了郝希金，出于礼貌偶尔会问候一下郝希金。王忆梅则不客气地打断说：“艾米，不用管我们家老郝，我们接着聊，让他多看看外面的风景。”

艾米一听王忆梅这么说，就笑了。郝希金也是满不在乎地笑了。郝希金想，还是老婆最了解自己。他的确不在意自己会不会受到冷落，反而愿意让她们女人之间开开心心地聊天，她们聊她们的好了，自己安安静静地看看窗外风景，或者想想心事，这在郝希金看来，倒也是一种轻松和自在。

郝希金来过几次美国，第一次来美国是陪同导师开会、考察，后来因公来过几次。他一直对出国兴致不大，尤其是这些年国内经济高速发展之后，他对国外更是不太喜欢。他不喜欢的理由，一是语言障碍，二是饮食不习惯，但根本上还是因为他觉得国内处处充满机会，充满活力，自己出来总有一种心不在焉的感觉。虽然老婆说他只想着赚钱，对其他事物一律没有兴致，他嘴上不承认，但心里想老婆说的有一定道理。在国内，他无论走到哪里，都能看到商机，他一天从早忙到晚，经常在国内飞来飞去，甚至约朋友一起吃顿饭都在想是不是有商机。时间就是金钱，这句话在郝希金看来，一点也没错。他看不上那些浪费时间的人，最恨那些凑在一起打麻将、打扑克的人。郝希金想，那不是浪费时间、浪费生命吗？所以，在郝希金的公司里，员工可以打球、跑步，但要是打麻将、打扑克，他绝不允许。不仅不允许，而且只要听见哪个员工私底下谈论麻将、扑克，他都会扭头就走，然后用不理不睬甚至冷漠的态度对待这样的员工，以至于，这几乎成了郝希金公司里不成文的规矩与公司文化，凡是新来的员工，老员工都会悄悄告诉他们，在公司里不要谈论打麻将和打扑克的事，老板不喜欢。

这次到美国，郝希金还是第一次以休假和私人旅游的方式，当然顺便看望一下在美国读书的女儿，这让他觉得也不算浪费时间，所以同意陪同老婆到美国玩上一周。来之前，他们已经商量好了，他只能拿出一周的时间，包括飞机上的来回两天，如果王忆梅觉得还想玩一些日子，郝希金自己先回去。郝希金的公司正在上市的关键时期，王忆梅对这一点也表示理解。

一路上，郝希金一边想着，一边看着窗户外面的风景。他注意到，和国内相比，美国的高速公路等基础设施已经显得老旧，而公路两旁一望无际的原始森林，则让郝希金觉得这个国家土地的广阔与深藏不露的富足。很快，汽车驶出高速公路，在道路两旁密集的森林里面，能看到规划有序、时隐时现的美国家庭住宅。王忆梅对郝希金感叹道，你看人家美国老百姓的住房，都是这样的独栋别墅，到处也看不到人。郝希金开玩笑说，这么一家一户地住在森林里，多寂寞啊。艾米说，纽约太拥挤热闹了，和国内差不多，美国人不喜欢住在闹市里，大多数老百姓还是喜欢住在安静的地方，生活区和工作区是分开的，为了安静，人们宁愿住在郊区。

正值秋天，又是下午时间，外面阳光正好，艾米顺便将汽车的自动天窗也打开了，王忆梅高兴地说：“艾米，这里的空气真是太好了。”

汽车经过一大片森林，然后穿过一条河流上的一座拱桥，又进入一片森林，前面隐隐呈现出一座古堡似的建筑，艾米说：“马上到了，前面就是。”

王忆梅与郝希金好奇地往前看，道路两旁，不时有小松鼠活泼地在树林里跑动，两只梅花鹿忽然从道路一旁敏捷地跑向另一侧，王忆梅惊奇地大喊：“梅花鹿！”

艾米说：“这是野鹿，没有人会伤害它们。”

汽车慢慢接近古堡，古堡的前面是绿油油的草坪，草坪上各有两个巨大的喷泉，正冒出哗哗的欢快声，像是在欢迎远方来的客人。王忆梅心情愉悦地对郝希金说：“你看这喷泉，这草坪，这蓝天白云，多美啊！”

郝希金也被眼前的环境吸引了，下了车，好奇地看着眼前这座古老的建筑，问艾米：“你们公司就在这里吗？你在这家公司上班吗？”

艾米笑笑说：“这是我家，公司的工作室在纽约、洛杉矶都有，我很多时候就在家里上班。”

艾米把王忆梅和郝希金安排在自家别墅二层的一间套房，还留了一间给他们的女儿郝歆怡，她一会儿要从普林斯顿大学赶过来，因为这一天正好是周末。

郝希金与王忆梅在客房安顿下来。这个房间足有二百平方米，这么大的房间用作客房，郝希金与王忆梅开玩笑说：“美国真是地大物博人少，用地简直就是浪费。”

王忆梅笑着来到房间的后窗往外看，对郝希金喊道：“你快过来看！”

郝希金站在窗口，看到整栋古堡的后面又是一片几个足球场大的草坪，草坪上散乱地点缀着树冠巨大的古树，每棵恐怕都有上百年的树龄。靠近建筑附近，还修建了一个网球场和游泳池。郝希金看着这些，激动地说：“等公司上了市，我们也搞一个这样的大院子，照着中国江南园林的样子来建。”

王忆梅说：“即便你有这些钱，可是你去哪里搞到这么一块地啊？现在土地这么紧张。”

郝希金想想也是，无奈地笑笑说：“也是。”

女儿来了，王忆梅非常高兴，拉着她向艾米姨妈做了介绍。晚饭之前，艾米带领王忆梅一家三口，楼上楼下做介绍，让他们先熟悉一下这里的环境，同时让他们顺便参观一下自己的收藏品。真是不看不知道，一看吓一跳，艾米打开许多房间，带领他们观看了不同时期的收藏品以及正在各地博物馆展览的收藏品的画册。郝希金好奇地问了一些 M&Y 基金公司的运作情况，艾米介绍得很详细，郝希金认真地听着。

晚饭时分，艾米的丈夫霍夫曼回来了。霍夫曼是个大个子，他非常热情地和大家一一拥抱，然后提议大家一同到附近小镇上的一家中餐馆用餐。

霍夫曼让大家每人点一份喜欢的菜。艾米赶紧解释说，如果不够吃，也可以点其他自己喜爱的菜，霍夫曼的意思是不要浪费。最终，大家每人点了一份爱吃的菜。

这天的家庭聚会十分融洽。女儿郝歆怡十分喜欢这对美国夫妇，霍夫曼听说郝歆怡在普林斯顿大学学习历史，连连竖起大拇指，用中文说“很好、很好”。霍夫曼个子很大，酒量却不大，因为高兴，大家频频举杯，过了一会儿，霍夫曼的脸就变得通红，但即便如此，仍然是来者不拒，举着高脚杯里的葡萄酒，像一个快乐的孩子一般，不停地说干杯。艾米劝他少喝一点，他便高兴地在艾米脸上亲一下，王忆梅心想，这个霍夫曼，真像艾米电话里说的那样，是一个大男孩。

到了美国几天，郝希金接连失眠。起初，王忆梅以为是时差反应，后来连续几天，郝希金依然睡不好觉，王忆梅估计又有什么事触动了丈夫的内心。

这一天晚上半夜醒来，王忆梅问郝希金怎么还没有睡着。郝希金也不回答，他问王忆梅：“你说，为什么同样都是挣钱，霍夫曼、艾米他们这些人这么快乐、开心，国内很多人却并不觉得快乐？”

王忆梅没有直接回答，她相信丈夫这几天可能一直在思考答案。她反问道：“你觉得呢？”

郝希金：“你看，李逸山、傅云他们那一代人，赶上了那样一个动荡的年代，可是他们精神上一直有一个追求，活得很有意义。国内现在有钱人也不少，可是大家好像活得不怎么快乐。”

王忆梅：“你觉得怎么才能快乐呢？”

郝希金：“我今天其实很认真在问艾米他们的公司运作情况，霍夫曼家族四代人都在做艺术收藏与保护，他们是一边赚钱，一边回馈社会，在为社会做事情，这样子赚钱就有了意义，这也是

西方许多家族公司长盛不衰的原因，你说是不是？”

王忆梅笑了：“那我们也可以成立这样的公司啊。”

郝希金：“我也在这样想呢，要不，我们也成立一个类似的基金公司，多做一点对社会有益的事。否则，我们赚那么多钱干什么呢？”

王忆梅：“是啊，要是把钱都留给孩子，这也会害了下一代。只要你想好了，我没有什么意见。”

之后连续两天晚上，郝希金还是躺在床上翻来覆去睡不着，王忆梅问郝希金：“还是为基金的事睡不着？你想好了没有？”

郝希金：“你让我再想想。这些天，我总在想，咱们这些年挣钱挺不容易的，一分一厘都是咱的血汗钱，这些钱，就是不花，放在银行，想想心里都是挺开心的。真要拿出去，成立基金什么的，也是心疼啊。”

女儿回到学校后，郝希金和王忆梅也没有什么地方可去，每天一有时间就和艾米、霍夫曼聊天、交流、讨教。

临行前一天晚餐的时候，郝希金谈了自己也想成立基金公司的事，霍夫曼、艾米非常高兴地说：“当然很好，咱们可以一起合作。”

艾米突然想起来一件事说：“明年有一个国际研讨会，准备在瑞士召开，其中涉及一个话题，就是关于战争中的文物保护，我建议忆梅可以在中国找到一个完整的案例，写成研究报告，提交给大会。”

王忆梅：“案例是现成的，就是关于河南新郑出土文物的保护。那既是一个成功案例，又可以用来纪念李逸山、傅云他们那一代人。”

这几天，霍夫曼和郝希金一直在听王忆梅、艾米详细介绍这个故事的来龙去脉，霍夫曼几次激动地从座位上跳起来，说：“第二次世界大战期间，西方战场的文物抢救故事，学者们已经讲了很多，人们似乎从来没有想到过中国在抗日战争期间的巨大贡献，这个案例值得深入研究。”霍夫曼当场决定：“你们尽快填写一份资金申请表，我们的基金公司可以提供所有的研究经费。”

郝希金站起来，也激动地说：“不用了，这个案例的研究经费，由我这里提供。这就算是我和忆梅为保护青铜器做的第一份工作吧。”

霍夫曼与艾米脸上流露出兴奋的表情，还没有等他们说话，郝希金接着宣布说：“忆梅和我正在商量，我们也准备拿出一笔经费，由忆梅负责，招聘几位专业人员，把流失在全世界的青铜器进行登记整理，陆续出版，这也是替外曾祖李逸山完成他老人家当年没有实现的愿望。我们还准备筹备成立这样一个专业网站，将中国出土的所有青铜器一一展示，为全世界的爱好者、研究者提供服务。最终完成出版《中国青铜器大全》这部巨著。”

虽然这只是一个四人的家庭聚会，但又像一个重大的公司董事会决策，郝希金刚坐下来，大家就都鼓起掌来。

在回北京的飞机上，郝希金对王忆梅说：“这次来美国，收获真不小。”

王忆梅带有一点调皮的口吻问郝希金：“你这一回想好了

吗？”

郝希金说：“想好了。”

王忆梅：“真的不后悔？”

郝希金：“不后悔！”

过了一会儿，郝希金便靠在座位上，进入香甜的梦乡。王忆梅这么多天难得见丈夫睡得这么安稳，向空姐要了两个毛毯，一个给丈夫轻轻搭上，另一个盖在自己身上，很快，王忆梅也睡着了。

他们的身下，是浩瀚的太平洋。

图书在版编目(CIP)数据

远去的背影/苗福生著. —郑州:河南文艺出版社,2019.4

ISBN 978-7-5559-0789-3

Ⅰ.①远… Ⅱ.①苗… Ⅲ.①长篇小说-中国-当代 Ⅳ.①I247.5

中国版本图书馆 CIP 数据核字(2018)第 287091 号

出版发行 河南文艺出版社
本社地址 郑州市郑东新区祥盛街 27 号 C 座 5 楼
邮政编码 450018
承印单位 河南瑞之光印刷股份有限公司
经销单位 新华书店
纸张规格 890 毫米×1240 毫米 1/32
印　　张 9
字　　数 178 000
版　　次 2019 年 4 月第 1 版
印　　次 2019 年 4 月第 1 次印刷
定　　价 29.80 元

印厂地址 河南省武陟县产业集聚区东区(詹店镇)泰安路
邮政编码 454950 电话 0391-2527860